渭水流觞

小河／著

中国華僑出版社
·北京·

图书在版编目（CIP）数据

渭水流觞 / 小河著. -- 北京 : 中国华侨出版社, 2023.5

ISBN 978-7-5113-8835-3

Ⅰ. ①渭… Ⅱ. ①小… Ⅲ. ①散文集—中国—当代②诗集—中国—当代 Ⅳ. ①I217.2

中国版本图书馆CIP数据核字(2022)第113394号

渭水流觞

著　　者：小　河
策划编辑：唐崇杰
责任编辑：孟宪鑫
经　　销：新华书店
开　　本：710 毫米 × 1000 毫米　1/16 开　印张：21.5　字数：276 千字
印　　刷：北京鑫益晖印刷有限公司
版　　次：2023 年 5 月第 1 版
印　　次：2023 年 5 月第 1 次印刷
书　　号：ISBN 978-7-5113-8835-3
定　　价：68. 00 元

中国华侨出版社　北京市朝阳区西坝河东里77号楼底商5号　邮编：100028
发 行 部：（010）64443051　传　真：（010）64439708
网　　址：www.oveaschin.com　E-mail：oveaschin@sina.com

浪志浮生
（自序）

PREFACE

“浪”是“大浪淘沙”的“浪”、是“浪里淘金”的“浪”；“浪”，有陶冶、筛选的意思，也有历练、磨砺的意思。“志”是“物微志信”的“志”，是“励志冰檗”的“志”，有志气、意志的意思，也有心事、情感的意思。“浮生”语出《庄子·外篇·刻意第十五》“其生若浮，其死若休”。放眼望去，芸芸世界，皆为“浮生”，如同浮萍，如同苍茫大地上的苔藓，生生不息，各具形态。我们如何以渺小的身形，而具强健之志呢？

我的先辈，我身边的人们，我周遭的一花一草一木，都在用他们鲜活的躯体，灵动的生命，展现着生命最本真的意义，渺小里面透出真伟大，平凡里面孕育真崇高，即便是丑陋也是生命最真实的美丽。

看看那大塬上的农人，一身的黝黑，反衬在深蓝的天空上，旁边几朵白云像羊群似的在悠悠地游荡，脚下是深厚的黄土地，锃亮的白铁犁铧在阳光下泛着耀眼的光芒，似乎要照亮每一段时光的厚度，在响亮的鞭声里一圈一圈地耕耘没完没了的日子，美好的生活，便在每一次日出日落中绚烂如天边的云彩。

我们都从未知的世界来，都要在这未知的碌碌世界里走一遭，或欢乐，或苦痛，或富贵，或贫贱，或金枝玉叶，或秋荻蒿草，最后我们也都要走向已知的未知世界，不同的是：我们的生命形式和生命意志。

在这玉树林立的世界里，我只是一株不知名的草，我不敢与雍容华贵的牡丹比端庄，也不敢与挺拔修长的竹子比气节，不敢与迎风傲雪的松柏比苍劲，也不敢与深谷幽兰比意境。我只是一株草，小小的，青青的，可我也有自己坚韧的生命形式，也有柔弱的美，我也在经历四季的奥妙，感受生命在这四季里的变化。最后，我会死亡，可我会留下什么呢？是那首“野火烧不尽，春风吹又生”的诗句吗？

想起艾青的那句“为什么我的眼里常含泪水？因为我对这土地爱得深沉……”的诗句，我也会泪流满面。我每每想起这句诗，脑海里便会呈现出一大片的黄土地，各种田禾长势旺盛，各色衣着的农人点缀其中各自忙着各自的活儿，其间有我至亲的人，泪水便快速地浸湿我的双眼，爱的狂涛巨澜便在胸膛里四处肆虐奔突，激荡得我眩晕跌撞。

我决意努力摇动手中的这支笔之棹楫，寻着我的情感的脉络峰壑，疏导，疏导，让这份肆意狂奔的情感，幻化成淡淡的文字，缓缓流淌成四季画卷，记录那些可亲可敬的走入画面就永远不褪色的人们，记录这片生我养我但从不言说的黄土地，记录这黄土地上四季刮过的风，也记录自己内心那份如黄土地般永不改变的情感。

我不是作家，也不是诗人，更不是思想家，我只想用我最普通的生命，用我们最基本的黑色的方块字——那一个个跳动的生命、那一个个闪烁的灵魂，去表达我对这片黄土地上最普通最本真的生命的最本真的感动、感恩、感悟！

今天，我像当初在这片土地上卖力地干活一样，挽起了袖管，鼓起了勇气，擦去额头上因为心虚而沁出的汗水，把这些文字辑成册，留下自己的一段心路历程。我不想借别人的高枝拔高自己。我只是浮生中一个小小的我，犹如我热爱的土地上一枚小小的草棵。我不能找个图腾似的龙头装在自己的身上，第一，那不是我，是“四不像”；第二，我这身体力怯，也扛不起那近乎道德的分量，所以，我只能干脆地直戳戳地展现最本初的自己。原原本本地记录下自己最本真的想法，算是自序吧。

小 河

2017 年 9 月 18 日

说明：此书系文学作品，内容所涉时间、地点、人物、事情，均属于文学创作，无现实对照意义。

目录

CONTENTS

这土地这人

时光的声音

CONTENTS

风之歌

这土地这人……

他们就像灵魂一样生活在我的身体里，如果没有他们的存在，那么，我生命的全部意义，似乎就剩下一具轻飘飘的躯壳，正如如果没有这迎风生长的各色草木庄稼，这土地还有它存在的真正意义吗？

风 景

（一）

我奶奶（陕西方言叫“婆”），拥有一双不大不小的脚（裹脚未成功），一身藻黑，从“旧社会”的陈年旧事里颤颤巍巍地走来，带着故事，带着心事，带着悲苦，带着满襟的尘土，带着满眼的疑惑，不曾停步，不曾歇息。她一路走在田禾旺势路边各色野草野花繁密黄土扑扑的乡间小路上，穿过乡音浓酽、树木葱茏、乡亲忠厚的村庄，接下来，她用一生的时间，将自己满腔纯粹的情感和浑身炽热的血汗，抛洒向这片丰厚扎实的黄土地，毫无保留。最后，她自己也将问心无愧地等待这片土地用宽阔的胸怀接纳自己。

我奶奶一生育有三子三女，其中两个儿子由于一些一说起来就让人忍不住泪流满面的原因夭折了。第二个女儿出生时，因家境实在艰难，粥米难继，只好硬着心肠送与家境好点的人家。这个母亲也因此在许多个晚上，都是以泪洗面，白天还得咽泪操持家务。

我奶奶十五六岁就来到我家了，虽然还没有过门，有点像“童养媳”的感觉，就已经开始为我们这个家操持家务了。待我奶奶过了门不久之后，我爷爷还在中学读书时被抓壮丁去当兵打仗了，一去好几年，杳无音信，家里人都以为战死在战场上了。等我爷爷再次踏进这个悲苦与辛酸交加的家庭的门槛的时候，他的女儿（我大姑）已经六岁了，她无论如何也不肯认下这个突然降临的父亲，那种场景我不知道当时我奶奶是用多么辛酸的泪水，还是用多么尴尬的笑声敷衍过去的？在那个战乱并且贫困的年代，一个女人带着一个还很年幼的孩子过日子，是何等的艰苦，真是“吃了上顿不知道下顿在哪里”的作难，并且明明知道是在自己家，却莫名地生出一种强烈的寄人篱下、看人脸色的“色难”心理。

（二）

我的家乡属于渭北黄土高原，干旱贫瘠，降雨较少，几乎是靠天吃饭，偶尔碰到风调雨顺的年景，老百姓还能吃个饱饭，正常时候每年都会发生“青黄不接”的事，大人娃娃饿肚子是经常的事，就更别说吃点好吃的了，起了这种想法自己都觉得是一种罪恶。遇到年馑的时候，大人娃娃成天都是饥肠辘辘，有气无力地耷拉着脑袋，地里的树皮草根都被吃光了。在这样的自然条件下，在完全靠体力劳动的那个年代，一个家庭的主要男劳力不在家，就失去了最基本的支撑，指望别人接济那简直就是幻想，生活的艰苦程度可想而知。而我奶奶就是在这样的条件下，拉扯孩子长大的，想来涕泪俱下。

关中地区的六月天，热浪滚滚，站着不动就已经汗流浃背，汗珠子可以顺着额头，在眼窝里打转儿，然后浸入眼睛，沙疼难忍，顿时闭眼流泪，让人记住日头的毒辣；也可以在脸颊上滑过一道弯儿，正好从嘴角渗入舌尖，让人尝到汗水的咸涩。

正午时分，烈日正骄，空气像燃烧的汽油，炙烤得让人透不过气来。所有的植物都是低头耷脑地打蔫着，骡马猪羊猫狗都张着嘴喘着粗气，似乎活不到下一分钟了。而我奶奶就是顶着这样的烈日，和男人们一起挥舞着镰刀猫着腰在地里割麦子、打捆儿、用架子车搬运，再去场里翻晒、打辗，期待粮食进仓，大人孩子能吃上一口饱饭。这一连串的劳作都是要趁着日头最红最毒辣的时候进行的，让你相信上天绝对不会轻易把食物捧送给人们。

有一年，正值麦收时节，骄阳像一个通红的火炉子就挂在头顶上，炙热无比。我奶奶回忆说“我身上来了（月事）”，由于常年四季用凉水浆洗衣服、繁重的农业劳动加上粮食短缺营养匮乏，来月事时“肚子疼得人都能拧成个疙瘩”，但是，麦子黄了，焦干了，六月的天娃娃的脸，说变就变，如不加紧抢收，一场暴风雨，所有眼看就要进仓的收获就付诸东流了。

这种时候，家里的“掌柜的”，也就是我奶奶的公公，是不允许任何人以任何理由待在家里不劳动的，除非病得躺在床上即将要死了。全家大人娃娃齐动员齐上手，因为疼痛，我奶奶根本直不起腰身，只能坐在地上用屁股蹭着向前割麦子，混杂着炎热、疼痛与羞辱的大颗汗珠子就一颗接着一颗滴落在焦灼、干涸的麦茬地里。我奶奶回忆到这件事的时候，觉得自己作为一个女人作为一个媳妇的自尊受到了不能承受的羞辱，但是当时是没有人顾及和疼惜的。我奶奶身体承受着巨大的煎熬，但看着成垛成垛金灿灿的麦子，内心似乎有一丝清凉的风掠过，多多少少有了一种慰藉。

我奶奶经常会给我们说“谷黄麦黄绣女下床”，意思就是说在农村，当麦子苞谷成熟的时候，即便是再娇柔的绣女也得放下那种矜持和娇贵，下床去参加抢收一年来全家人都在眼巴巴地期待着的收成的田间劳动，正所谓“龙口夺食”啊。更别说，我奶奶是一个家庭的主妇也是一个家庭的主要劳动力，参加这样的劳动是理所应当，不容推却的。我奶奶也用自己坚强并且倔强的脊梁践行着这些古老的谚语。

人的命运就是这样的，生活在城市的贵妇小姐绝对不会想到，粮食是像我奶奶这样拖着年幼的孩子顶着烈日的炙烤的农村妇女收获来的。人们应该怎样地感叹命运的不公呢？

后来，我爷爷在一个风高月暗的夜晚，敲响了自己渴望已久、熟悉而又陌生的门环，给这个贫苦而艰难的家庭注入了一丝生气，平添了一份难得的欢笑和希望，其实只是让它变成了一个比较正常的关中地区寻常的农村家庭，开始过着男耕女织但依然贫苦的生活，仅此而已并无他异。

（三）

我爷爷自幼读书，性格比较柔弱，也不是特别熟悉农事，加上多年出门在外东奔西走，农事方面就更加生疏了，后来又在村里的小学当了民办教师，所以家里的农活还主要靠我奶奶侍弄，幸亏有一个本家的爷爷帮衬家里的农事，才不至于太艰难太贫苦潦倒。

再后来，孩子稍微大了一点，可是到了吃“人民公社大食堂”的日子，对于我奶奶以及她的子女来说，无疑是一段痛苦而酸楚的记忆。

在那个人人都是饥肠辘辘的年月里，家里的人口在增加，又要添碗筷，孩子还没有成人，劳动力没有增加，大人们白天得参加生产队的集体劳动挣工分，才能挣到每人一碗“稀汤寡水”的饭菜。晚上回来还得照顾老小，缝补洗涮，每天都是在为摆脱饥饿的纠缠——那是凭你使出全身的气力也无法从身上撕扯掉的纠缠，而进行几近于殊死的斗争中筋疲力尽地度过，生活就像我奶奶说的那样“早上日头一出来就眼睁睁地不知道怎么才能熬到天黑”，现在生活在衣食无忧年代中的人们是想象不出来的。那种随时都可以夺去生命的清苦和悲戚，深深地刻画在我奶奶的骨髓深处。

然而，我的第二个姑姑偏偏就是在这样的背景下出生的，你让一个为娘的怎么样去对待这个尚不知人世艰辛的幼小生命？饥饿，无情的饥饿，缺乏粮食所带来的无穷无尽的饥饿，因为饥饿，我二姑会哭得整夜不睡，我奶奶看着孩子哭她自己也只能忍着饥饿抚摸着孩子一起无声地哭。

我奶奶对我诉说：“娃（二姑）饿咧，整夜咂不出奶就哭，哭一阵又咂，咂一阵又哭……大人成天价没啥吃，哪里就能有奶了……”

于是，自己无声的泪水就滴落在孩子的脸上身上，也滴落在自己的心上，苦涩地疼。

“眼泪都流干了！”这是我奶奶后来回忆时对我说的，但毫无办法。没

有办法只能将孩子送给“口粮”稍微宽裕点的家庭，不至于饿死啊，兴许日后可以再见面呢。

这种剜心割肉般的亲情割舍，让一个母亲该具备怎样巨大的承受力才能支撑过来？我不敢想象。那种万般悔恨又无可奈何的内心自责，不知道纠缠折磨了这个母亲余生的多少个不眠之夜。

（四）

多年以后，在一个阳光艳丽温暖的春日的早上，快要到早饭的时候。村子里突然之间一阵热烈喧闹的锣鼓声由远及近地响起。人们纷纷地站在巷道、门口张望，面面相觑，谁也不知道是谁家有了什么喜事，是结婚还是嫁女？事先也没见有一点动静啊？

我奶奶也站在自家的门口张望着：一匹头顶硕大的红绸绾成的大红花的高头大马，拉着一架装饰得五彩纷呈的马车，车辕上站着一个同样佩戴着红绸绾成的大红花的车夫，满脸绽放着憨笑，长长的鞭子抡圆了在空中打出一个接一个的脆响，车上装载着能制造出无穷喜气与热闹的锣鼓手，他们都热情洋溢并自我陶醉地敲打着，“咚咚锵——咚咚锵——”，在巷道里像一片彩云一样飘着前进，马蹄下和车后像一股旋风般扬起的尘土，在一片瑰丽的晨阳中幻化成七彩云霞，朦朦胧胧地，偶尔从云霞缝隙里穿出丝丝缕缕的光线，如同金色的透明的箭矢，美丽无比。

马车从长长的巷道驶过，不假思索地，准确无误地停在我奶奶的面前，我奶奶一脸的惊愕，正在我奶奶惊愕的同时，车辕上的车夫就问：“你是不是某某的妈？”

我奶奶愣怔了一下，才说：“是啊！”

“那就对了，你女儿某某今天结婚哩，专门来给你报喜来了！”车夫欢喜地大张着带笑的嘴，说。

这位母亲被这一巨大的突如其来的喜讯一下子震惊得如同进入了梦境般恍惚。其实，那一刻这位母亲内心清晰如泓，清清楚楚地倒映出，如同发生在昨日的那件令她终生难忘终生锥心的事情。

这位母亲的脸上没有流露出车夫预先就猜测到的并且很肯定的那种欢喜的笑容，而是一下子差点晕倒般歪斜在了那扇斑驳老旧的木门上，任从深陷的眼窝里涌出的两行如同从高高的山上曲折跌宕的溪水般的泪水，肆意地奔流在颧骨高耸清瘦无比的脸颊上。这位母亲无法抬起她那颗沉重无比的头颅，也无法因为这种喜庆而欢喜起来。

庆幸的是，在后来的日子里，我的这个姑姑并没有太多地怨恨这位母亲，因为那个年代像她自己这种情况的不止一家一户。两个女人都同时接受了这样一种共同的命运安排，在未来的时间里，生活终于没有辜负她们以前所经历的全部苦痛。通过自己双手的辛勤劳作，生活总算过得殷实了一点。

就这样，日复一日年复一年，在指望着日子一天一天好起来的朴实心理中，孩子也一天一天地大起来。生活的指望也可能发生翻天覆地的改变。

我奶奶作为一个目不识丁的农村妇女，但是对于孩子的读书教育问题，却有着自己鲜明的态度。她经常说“不识字，真可怜”，所以她很支持孩子读书识字，并且鼓励孩子通过读书去改变自己的生命轨迹，这种观点则与她周围像她一样长年在土地里刨挖的农人完全不同。

（五）

一个女人的伟大，在一定意义上，并不在于她秀外慧中、吃苦耐劳、贤良淑忠，而在于她通过自己的认识层次，去改变甚至扭转她自己的丈夫、子女乃至整个家族的生存状态和生活道路。

我认为，我奶奶就是这样一个女人，我不是强调她有多么的伟大，我只是在说她通过自己几近苦楚的生活经历以及自己身边的、生活周围的现实事例，明白了一个最基本最朴实或者说近乎笨拙的生活道理——子女只能通过读书去改变自己的命运及至改变整个家庭的“门楣”，待有朝一日子女读书求学成功，谋取“体面”的职业，便可以把所有过去她所遭受的苦难、屈辱，在那一刻全部洗刷干净，甚至幻化成一种内心无与伦比的荣耀。

我奶奶究其一生没有什么伟大的理想，其实我奶奶根本不知道有“理想”这个词语，用她的话说就是“指望”。

唯一可以说得上的“指望”就是:“娃娃们都把书念成了”，把日子过成了，别让村里的人“看热闹”、特别是别让那些曾经欺辱我们家人的人“看热闹”。每次我奶奶说到她自己的“指望”时，几乎都是眼睛湿润泛红、嗓子哽咽难语，在我幼小的时候就知道，这种表情里面包含了太多的人生辛酸、家族屈辱、咽泪做人的生命历程，所以我也会明白该怎么做才符合她的心意。

苍天不负有心人。这个家族里面的子女都还算争气，终于在一定意义上替我奶奶替这个家族换了“门楣”。同村的人也是争相学习，当然也不乏羡慕嫉妒恨的，人之常情，都在情理之中，我奶奶和我的家族都以宽厚的胸怀包容他们，正像这片淳厚的黄土地一样，无言地承载了所有生活在她怀抱中的美好的与丑恶的灵魂一样。

阳光像金子一样泼洒下来，照耀着这片金灿灿的黄土地，秋冬春夏四季轮回，从东边的塬坡上升起又从西边的塬坡落下，不辞辛苦，正像这片土地上辛勤劳作的人们，日出而作日落而息，日复一日年复一年，一茬倒下去又一茬站起来。我奶奶只是他们其中再普通不过的一位，普通到有一天当太阳再次照耀着这片土地的时候，人们已经记不起她是谁了。这就是一个普通生命所能经历的生命长度！

我奶奶改变不了生命的长度，也不知道什么叫作生命的厚度，只知道靠自己的双手辛勤劳作便可以养育她的子女，只知道用她的淳朴去接纳这个世界上所有的幸福与不幸。她一直笃信命运但从来没有向命运低过头，用自己女性的温柔撑起这个家族倔强的脊梁。心灵的承载也许是这片黄土地先天就赋予她的，咬紧牙关从不言说，也从不抱怨。

（六）

我爷爷过完他九十岁生日后不久，便安详地离开了他曾经辛苦劳作又无限眷恋的世界，归于那片黄土地了。我奶奶似乎并没有因此伤心，反而很坦然，就说了一句："我给他刚拆洗完、缝衬好被子，他这就不愿意盖咧，走咧……"就这么一句简单的话语，便是对于相濡以沫生活了七十多年的丈夫的离世的泰然表达，我不知道这句话里面融入了多少深沉的情感。朴实的劳动人民接受死亡，就像接受前生已经安排好的命运一样，自然而然，没有矫揉造作，更不必苦苦倾诉甚至呼天喊地。

已是耄耋之年的我奶奶，悠然地过着自然而然的生活，脸上堆满慈祥的笑容，逢人便打招呼，可谁也没法猜透那颗跟这片黄土地一样深厚而蕴含丰富的内心，只有那一头还没有完全白霜的头发，似乎在诉说着曾经深埋心底的青春和陈年往事。

（七）

我只想用淡淡的笔墨描摹这片黄土地上最普通的生命。

生命是无限渺小的，同时也是无限伟大的，我只想让笔尖轻轻流淌出生命的河流，在这广袤无垠的黄土高原上蜿蜒曲折铺展至远方。当阳光把水晶一般的光亮洒满河面的时候，便可一路上映出日月映出星辰，映出春树映出秋草，映出朝霞映出暮霭，映出爱恨情仇映出喜怒哀乐。古老的村庄在落日的余晖里越发显得郁郁葱葱了，这片土地上的人们一只手放在前额的上方眯着眼睛眺望火红的晚霞，身后拉出长长的影子，在袅袅的炊烟里，有几只鸟雀翩飞着似欲归巢……

爷爷走后的日日夜夜里，谁也猜不出这个老人心里在想什么，她也不会向任何人表达，这是一种无言的接受。只是每天在院子里无声地踱着步子，若有所思。停下步子时，就默默地站在门口凝视着远方，凝视着门前这片生养她的土地，凝视着村口我们回家必须经过的那条路。谁也没法说清楚这种凝望的眼神中到底包含着什么样的感情，或者说是寄托，再或者说是期待？

就是这么一种伫立的姿势到底根植了多么坚定的守望？淡然自若的眼神里到底蕴藏着多么执拗的期盼？满脸的褶皱里到底埋藏了多少人世的沧桑？而由这种褶皱构建起来的笑容，却展现了多么慈祥的人生从容！那银丝碎发里曾经飘逸着多少青春的笑靥，在儿女成长的脚窝里渐次绽放！反复印染了多少次的藏蓝服饰里编织过多少五彩斑斓的少女情丝？从来没有想象自己一双穿着土布鞋的脚能丈量出命运的长度，却无意中踩踏出了儿女的坚实人生路！那一片宁静的心湖，翩飞着多少少女时代的影影绰绰的梦想，而此刻沉静如镜，清晰地倒映出人世的风霜雨雪！那一双筋脉逶迤的手掌，清晰地记录着这一生所有的曲折、艰难与辛酸，却怎么也抓不住指缝间划过的流年！于是，这轻轻的一个伫立，便成了儿孙心中永不褪色的风景……

坚硬的命理

（一）

我爷爷一出生，就死了娘，因为难产，在那个现代医学概念尚不清晰、封建迷信思想还比较盛行的年代，很多女人是难逃这种悲惨的宿命的，亲人只会给出一个看似合理的解释:“她娃的命——硬——，没办法，唉——”！算是对死者一种最为无奈和惋惜的告慰。

在那个衣食艰难的年月，失去亲娘的孩子就等于失去生命。我爷爷的四伯是整个家族的“掌柜的”，在全家人极力主张将我爷爷送人，再给我爷爷的爸爸“续弦”（再结婚娶妻的意思）的一致建议下，他看我爷爷是个男丁，也长得胖胖乎乎的，甚是可爱，于是，就坚决地把他留下来了，因为自然经济条件下男丁是很重要的家庭力量，我爷爷因此就幸免了被送人的厄运。

随后，我爷爷认过三个“奶妈”，吃着“千家奶”，顽强地活了下来。后来我爷爷风吹雨打地也就在人们不经意间慢慢长大了，从此“命硬”这个说法就伴随他的一生。

（二）

我爷爷生活的时代，我们村子周围的平川和塬坡上还成片成片地种着罂粟。春天来临时，开出妖艳欲滴的花朵，微风吹起，罂粟花的奇异的芬芳会笼罩整个塬坡，也会随风飘飞到不知名的远方。说完这个大家应该可以想象出那是一个什么样的年代了吧？那是战乱频仍、土匪横行、饥荒遍野、瘟疫肆虐、百姓生活在水深火热之中的时代。

“福无双至，祸不单行”，劫难总是揪住这个幼小的生命不放开。我爷爷三四岁的时候就得了“天花”，这是个得上了就“九死一生”的疾病，高热不退，惊厥谵妄，几天几夜，烧得糊里糊涂，几乎不省人事，大人们都觉得这个孩子（我爷爷）可能熬不过这一“关”了，因为这个疾病带走的生命实在是太多了，大人们已经见怪不怪地可以接受了。

几天之后，高热却神奇地在一夜之间完全退下去了，我爷爷又活过来了，想喝水了，想吃东西了，眼睛里又重新透出了生命的光彩，身上的痘疹干壳像麸皮糠料似的，掉了一层又一层，可以用瓷碗盛放。我爷爷战胜了一劫，活过来，并且脸上身上没有留下特别明显的“麻子坑”。家人又一次惊异我爷爷的“命硬”了。

（三）

我爷爷的父亲重新娶了一房媳妇，我爷爷也就自然有了后妈，在旧社会后妈似乎就是个厄运或者是某种灾难的代名词，所以当我奶奶要和我爷爷定亲的时候，我奶奶的妈妈心里极为不愿意，嘟囔着“后妈的后妈，婶娘的婶娘”，这话的悲情含义就是：如果把女儿嫁过去肯定是命运多劫啊，迎接她的将是无尽的辛酸与苦楚。我奶奶的妈妈因此也就满脸愁容，可是我奶奶的爸爸同意，那个时代家里的女人得无条件服从作为一家之主的男人。不知道我奶奶的爸爸看上我爷爷家什么样的优厚条件了，没人能懂。

那个时候的我家，家族很大，我爷爷的父辈有亲弟兄四个，各自都有各自的家庭及孩子，但都一起住在同一个庭院里，在同一个屋檐之下吃饭，我爷爷自己也有九个堂弟兄，同父异母的有三个兄弟，要是算上姐妹那就更多了，好几十口人，家里常年吵吵闹闹、熙熙攘攘。

在那个劳动力还比较低下的年月里，地里庄稼收成非常有限的时代里，死一个人就跟死一只蚂蚁一样不起眼的时代里，我爷爷一个死了亲娘又有了后妈的幼小生命，究竟会有谁能真正在乎他的死活呢？我爷爷的生命就是在这样一种社会背景和家族环境中成长起来了，也许最应该感谢的就是他的那些“奶妈”和他的四婶娘了。

（四）

那个时代，总是风不平浪不静。连年的军阀混战，民不聊生，生命透支太多，饿殍遍野，也会带来大灾难之后的大瘟疫。有一年我们村遭遇了“虎烈拉”（霍乱）瘟疫，患病的人上吐下泻，不过半天时间，就眼窝深陷，皮包骨头，全身衰竭无力，眼睛上吊，而后就是死亡。全村死亡人数很多，真是“早上自己埋别人，下午别人埋自己”，死亡的恐惧笼罩整个村庄。

我爷爷也未幸免，也患上了“虎烈拉”，跟那些死去的人一样也是上吐下泻，但庆幸的是“虎烈拉”只是在他身上稍微要了一下威风，让我爷爷见识了一下它的厉害，然后就一阵风似的飘过去了，我爷爷奇迹般地停止了上吐下泻，好了——痊愈了——没事了，又活过来啦，又捡回了一条命。你说我爷爷的命硬不硬？

（五）

我爷爷一生都有一个算是奢侈而略带显摆的愿望，就是留个“大背头”，看上去多少有点气派有点文化老先生的感觉。他自己也无数次地对着镜子捯饬过，可直到死了，躺在棺材里，他的头发还是硬铮铮地支棱着，根根竖直如针，这是不是跟他的“命硬”有关呢？

我爷爷虽然没了亲娘，但是亲爹还在，并且我爷爷的四达（伯）和四婶还在，他们两口子很喜欢我爷爷，对待我爷爷也像亲生孩子似的。

在后来的日子里，我爷爷放学回家都是回他的四达家，而不回自己的家。我爷爷也是家里的男丁，理应读书识字明理，以后主持家庭事务、待人接物、记账书信都用得着，这些都是在我爷爷的四达和四婶地关照下完成的，因此我爷爷的四达四婶才是他生命意义上的“父母”。

我爷爷在本村的私塾读完了“完小”就离开家住校读中学了。我爷爷生活的那个时代，也许是因为人的平均寿命比较短的原因，人们为孩子完婚都是比较早的，在现在人的眼里结婚的两人就是个孩子，却偏偏要像大人一样成家过日子，想起来真是有点好笑。我爷爷就是在他在读完“完小”，续读“中学”时，与我奶奶成亲了。

（六）

我爷爷也希望能够读完“中学”长点学问，改变自己的不济命运，能过上像祖辈们那样日出而作日落而息的安安稳稳的日子就可以了。祖辈们心中似乎没有“理想”这个词语，吃饱饭穿暖衣平平安安，就是活着的全部内容。再后来我爷爷自然而然地有了自己的第一个孩子——我大姑，成家立业了，该是担负家庭的重担和作为丈夫和父亲的最基本责任的时候了。

就在说话的当儿，据说是因为“战事紧张”，至于什么战事，我始终没有搞清楚，好像是“打鬼子”兵丁不够，队伍上的人来村里征兵，其实完全是强迫，没有什么商量的余地，我爷爷在学校里也被“抓壮丁”了，当了兵。

后来听我奶奶说我爷爷性格软弱老实，没有妈的保护，爸又有了新的家庭，根本不管我爷爷的死活，才被他的那些兄弟们“欺负”了，才被“抓壮丁”了，我奶奶一直恨他们。

我爷爷到了队伍上，因为“肚子里有点墨水”，就被指派当了文书，帮上司整理文件写点手稿什么的，不用那么苦地扛枪打仗卖命，伙食还要稍微好些。

后来，他因为表现出色就升衔当排长了。抗战时期，我爷爷志愿参加了国民党“青年远征军”，经过集训后，全身武装乘坐飞机奔赴云南曲靖县。在曲靖县和其他部队会合后，继续奔赴缅甸与日军作战。

当时我爷爷已经准备好了牺牲，因为我爷爷听之前活着回来的战友说，在缅甸战争打得异常激烈和残酷，会眼看着身边的战友一个接一个倒下，再也不可能站起来了。也许是命运的怜惜和眷顾吧，我爷爷坚持到了日本投降，没有牺牲，反而押解了一批日本兵俘虏回到了天津。想想你怎么解释这事？是不是只能说一句：命硬啊？！

（七）

我爷爷被抓壮丁当了几年兵，不在家，我奶奶也因此受了很多恓惶和熬煎。

我爷爷离家几年，杳无音信，大家都认为死在战场上了，我奶奶和她的孩子因此也就更受她的叔伯兄弟的欺负了，生活也就更辛酸了。谁料我爷爷无灾无恙地，也没有缺胳膊少腿地回到了家，开始了艰难的家庭操持。事后，我奶奶淌着眼泪说“老天爷也长眼哩”！这话里含有很多意味，只有历经过生活艰辛的人才能体味出来。

我爷爷自幼读书，后来又在队伍上，所以对于农事不甚熟悉，农作物播种经管收割打碾晾晒需要从头学起。

后来，因为一次偶然的机会，附近的村办小学的一名教师生病了，校长让我爷爷替他上几天课，结果学生和其他老师反映说我爷爷教书特别清楚明晰，于是，我爷爷也就被请去当了民办教师。当了教师有个好处，就是口粮会宽裕一点，除了能差不多吃饱自己肚子之外，每月还可以往家里拿回点粮票来，改善一下妻儿的伙食。

可是，嫉恨我爷爷我奶奶的所谓的长辈兄弟，总是想着法儿地把我爷爷的粮票“掏”了去，我爷爷心地善良忠厚老实心眼少，很容易听信人家的说辞，每每就范，把粮票都给了人家，我奶奶和孩子只能继续忍饿受气了。

（八）

这样的情形持续了多年。后来我大姑开始读中学了，学习非常优秀，可是家里穷苦，挨饿是经常的事。有时候周末从学校回家来背馍，家里就连生产队喂骡子喂马的黑豆面蒸的馍馍也没有多余的，我大姑也只能有多少馍带多少馍回到学校去，维持不到周末就没有吃的了，经常因为饥饿坐在课堂上连头都抬不起来。我想象不出，我大姑是靠怎样的信念或者说信仰更或者说是决心，坚持读完中学上大学的？这就是我爷爷带给这个家带给他的子女的全部人生“福利”？也许，在后来的人生道路上，这些曾经历过的苦难却无意地成了他的子女们的巨大人生财富，受用一生。

眼看就要高考了，我爷爷对我奶奶说：“女娃娃家，能认些字就行了，以后‘出门’了，就是别人家的人了，念再多的书也没用，回来吧，甭念了……”我爷爷不想让我大姑继续读书了，可我大姑想继续读书，她心中可能早已有了自己的人生理想。

读书要交学费，高考要交考试费，家里没钱咋办？我奶奶愁得没办法，回娘家了，问娘家弟弟也就是我大姑的舅舅借了十块钱，就是这现在看来微不足道的十块钱，在当时却彻底地改变了我大姑的人生道路。

我大姑考上了大学，以后的人生路将稍微美好一些。说到这里，觉得我爷爷的封建传统思想还挺根深蒂固的，思想似乎完全没有前瞻性或者说久远的打算，目光也有点短浅，与他自己走南闯北的军人身份不太相符合，只是一味地想沿袭祖辈的古老生活方式。

（九）

说到我爷爷在教育的观念上，我觉得他也不是那么迂腐。在外村当教师期间，我爷爷对自己的学生好得如同亲生孩子一样。

他一个大男人笨手拙脚的，却亲手给十岁不到的小学生梳头发编辫子，竟然能编出好几个花样儿来。他平时吃饭的时候有意识地留一点馍馍，以防有些饭量大的孩子挨不到下一顿饭点就饿得肚子咕噜叫了，或者有些家庭粮食紧张的孩子在家里根本吃不到一顿饱饭，给予适时的“接济”。他会三番五次不厌其烦地劝说有些让孩子放弃上学回家干活的家长，尽量不让孩子辍学。他也会用自己的那双大手去轮番焐热那些生满冻疮，却依然坚持学习写字的学生们的稚嫩小手。

人的性格有时候挺奇怪的，总是对别人甚至不相干的人好之又好，但对自己人亲人却是苛刻了又苛刻，这让我很不解。

在“合作社”和“生产队”相继成立后，吃饭就要按照“工分”分配了，谁家的劳动力多谁家分的饭食就多。

全村的老老少少、男男女女，左手盆子右手碗地排着曲曲弯弯的长队去“生产队”的大灶上领饭吃。这样一来，我爷爷在外教书，我大姑还在读书，其他孩子还很小不经事，家里的劳动力少之又少。我爷爷有时候会带回来点粮票，本想着接济娘儿几个人，结果是经常莫名其妙地被他那些不怀好意的父辈长兄以各种名义克扣去，然后变成粮食送进他们的口中，所以家里能挣到的“工分”又少，我奶奶和孩子就经常吃不饱，吃尽了苦头，我爷爷也想不出什么好办法来。

这就是我爷爷性格懦弱的一面，委屈总是埋藏在自家的心底，或者说他就不认为那是委屈，还依然照旧教自己的书，日复一日年复一年。而我奶奶性子就比较刚烈，受不了一家人的欺负嫉恨，于是，家族气氛也就日渐紧张升级，妯娌矛盾也日渐复杂，我奶奶和孩子的日子也就越发难过了。

（十）

日子就在三尺讲坛上不知不觉地化作了粉笔的细碎粉末轻轻飘落在自己的脚下，一回头就是四十年。

古话说“恶有恶报、善有善报”。在我爷爷七十大寿那年的大年初一。那一年的春节没有下雪，一大早就是艳阳高照，空气中弥漫着融融的暖意和爆竹爆裂后特有的火药香味。

人们早早就吃完“钱串子”年饭，收拾停当准备挨家挨户去拜年。这时村头突然锣鼓喧天、鞭炮齐鸣、唢呐声如浪潮一样从远处涌来，人们还以为是惯常的新年村民自发组织的春节娱乐活动，只是今年稍微动得早了一点。可愉悦欢庆的唢呐声却越来越近，激荡着每一个人的目光。

人们看清楚了一块镶嵌有“乐育桃李”的金字红底的大牌匾，被领头的两个头发已经花白的人扶抬着，后面是一大队年龄相仿几近花甲的老人簇拥着向村子里面走来，越来越近，面带喜悦和虔诚，最后停驻在我家的门前。

这些就是我爷爷曾经给编过发辫的学生们，曾经给留过半个豆饼的学生们，曾经上门劝说父母让他们继续读书的学生们，曾经用他的大手温暖过他们冻伤的小手的学生们……现在都业已成为爷爷奶奶的学生们，自发地组织起来感恩这位已经白发苍苍、面色红润、精神矍铄、内心无比善良的老人——他们的恩师，也可以说另一个意义上的“父亲”“母亲”——我爷爷。村巷里面人头攒动，满脸的赞叹和羡慕，我爷爷穿过人群，笑意盈盈，当之无愧地接受了学生们的跪拜。我想那一刻，那一种热情虔诚的场面，直接触碰到了这位有着无比坚硬的“命理”，内心却无比“柔软”的老人的情感的最敏感点。他激动得泪花点点，却不知道说什么，嘴里笨拙地说着“快——快——都进屋里坐——”

（十一）

我爷爷一生为人谦和，处处忍让，偶有遇到村里的无礼之徒，也基本晓之以理，付之一笑。

我爷爷能写一手好的毛笔字，于是，只要村里遇有红白喜事，婚丧嫁娶，立碑撰文，他总会热情帮忙，写对联填礼薄。因此也得到了村里相亲邻居的尊敬和爱戴。但偌大的村院有几个轻薄之徒也不足为怪。

我们同村里有老弟兄两个，老二对我爷爷极不友好，有一天，我爷爷赶集买菜回来，刚走到我家门口，就听见有人在身后大声喊着“二爷，上街去咧……”，其实我爷爷在族里排行老三，而且“二爷”这个词在我们那里方言是对旧社会被富家雇佣做长工的又跟女主人私通的下人的蔑视称呼。我爷爷回头一看是那个老二在对他说话，并且音调特高生怕其他人听不见似的。

我爷爷听了这种无礼并且带有明显污蔑的话语，并没有针锋相对，谩骂他两句，只是轻描淡写地说了一句“回家好好问问你哥把我叫啥哩”，然后就平静地回家了。

过了没几天，那个老二再见到我爷爷时一反常态地热情地说：“三叔，你吃过饭了吧？”语气非常柔和谦恭。究竟是怎么回事呢？

原来这家老大，在“三年困难时期”，家境贫困，为了给儿子娶媳妇置办家当及彩礼，四处借钱未能借到，借到我家时，我爷爷觉得给孩子娶媳妇是人生大事也是做父母的难事，看见老大那满脸的愁容、紧锁的眉头，于是就将我家仅有的救命救急的20块钱借给了他，给孩子办终身大事要紧，所以老大打内心里非常感激我爷爷的大恩大德，虽然年纪比我爷爷大，但按照辈分仍尊敬地称呼我爷爷为“三叔”。他弟弟听了这事之后，也开始感恩和敬佩我爷爷了。

（十二）

退休后，不教学生了，忙忙碌碌一辈子又闲不住。我爷爷就在家务农，自己在门前不远的自留地里种了一片果园，先是桃树后是苹果树再后来就一直是梨树，都精心侍弄，松土、剪枝、施肥、浇水、疏果、喷药，一年四季手头总会有活儿干，一来增加了体力劳动，身体也活泛了，精神也好了；二来是接近了大自然，春华秋实陶冶了自身的性情，更加神清气爽了；三来多多少少也给家庭带来一点经济收入，何乐而不为。

打我记事起，我爷爷就经常说腿疼——关节炎，也曾多处求医治疗未取得什么明显效果，时间长了自己也就放弃寻医问药了。随着时间的推移，腿疼的毛病就越来越严重，到后来拄着拐杖挪步都很困难，可是我爷爷依然坚强地忍受着疼痛坚持他的果园劳作，四季不停，用他自己的道理讲就是:“人这关节就像机器上的转动的轴承，越是生锈越是要勤于转动，越转越灵活，不转动那就锈死了，再也转不动咧，那就瘫咧，莫用咧。”所以我爷爷坚强地忍受着疼痛劳动，为的是自己的“轴承”一直能保持着“转动”。

一直到他生命的垂垂暮年，实在是无法继续下地劳作了才停止了。这种对于生命的坚持对生活的热爱，每天都在耳濡目染着我们，也是无形之中捧送给儿女们的一笔生命财富，受益无穷。

（十三）

我爷爷是在过完他九十岁生日后不久的一个午后，那时是农历的七月份，天气还有点炎热，太阳才刚刚落在院子里的东墙上，我爷爷跟平日无异地吃完午饭，放下碗筷，在没有任何征兆，没有任何预示，一句话也没有留下的情况下，便安详地离开了他曾经辛苦劳作又无限眷恋的世界，归于那片黄土地了。

深厚而扎实的九龙塬坡是我爷爷最后的安宁的归宿地。

不大的农家院里，哀乐低沉，举家沉痛。就在我爷爷丧葬追悼会举行的同一天，我们县的“抗战老兵追认组织”一行十多人，举着巨大的花圈来到我爷爷的灵堂前，庄严地宣布了我爷爷为“抗战老兵”的追认宣言。

这个时刻我爷爷是用了大半生的时间去等待的，我爷爷一直渴望着有朝一日能够洗刷自己的人生“污点”，给自己一个交代，给子女一个交代，也给这个家族一个交代。

这个消息还是来得稍微晚了一点，追认宣言成了追悼悼词，历史的遗留成了人生的遗憾，“问题”的澄清成了英灵的告慰。但是，我相信我爷爷在天之灵应有感知，灵魂可以安息了。

也许，人生正是因为那么一点点遗憾而更加完美。

作为子孙的我们无比悲恸，同时也为我爷爷没有被病痛折磨而寿终正寝感到幸福。我们老家乡俗认为，一个人到老年不是被病痛灾殃折磨而离世，那是前世今生行善积德的结果，是福报，是“喜丧”，更因为政府的追认，更让我们做晚辈的感到一丝内心的宽慰和良知的体恤。

我爷爷只是这片世代以它为生的黄土地上的普通一人，生命普通到近乎这里的一草一木，春风吹绿，秋风吹黄，夏雨浇灌，冬雪埋藏。而就是这么一个平凡的生命的平凡一生，却给了我们一个伟大到近乎直白的启示，那就是：只有把无比坚强的“命理”让无比柔软的“善心”承载着，才能让一个普通的生命，在浩渺的时空中画出近乎平常而完美的生命弧线。

三尺布　一辈子

（一）

这是外婆去世的第七个清明节，我才跪在了她的坟前。

这七年的时间似乎很漫长又似乎很短暂，外婆的笑容总在我眼前浮现，这也总让我觉得时间的恍惚。我一直跨不过横在我心里的那道坎儿——在情感上，我仍然接受不了外婆已经去世或者准确地说叫死亡的事实。这一种沉重的情感像一层厚厚的布幔一直蒙压在我的心口上，让人很难清亮很难排解。

外婆应该是在夏季的一个炎热的午后去世的，这是后来推测的，没有人真正知道外婆去世的准确时间。

当村里人找到外婆的时候，她身体扭曲着，面朝土地，额头的皮肤破溃了一块，伤口被黑色的血痂覆盖着，近旁的黄土上曾经流淌的血液已经干结成曲曲弯弯的黑褐色的小小的溪流，已经干涸了，如同死亡已久的蚯蚓……外婆已经没有任何生命迹象了。她静静地躺卧在灌溉水渠的渠底，身体一侧的衣服上结结实实地沾满了土灰，看不出有任何争斗的痕迹，没有人能想象出若干小时之前究竟发生了什么事情。我实在想象不出一位心地那么善良的老人，为什么会有这样的生命结局？

我没有亲眼看见外婆去世时的样子，但我一听到从母亲口里传来的死讯，脑海里就立刻生出了一幅外婆躺在水渠渠底，表情淡漠，既没有扭曲的怨恨也没有隐含的快慰的影像，和我之前每年都看见的堆一脸鲜活的笑容的样子形成强烈的反差，这样的一种心理凝结和情感牵绊，很快就在我的大脑深处汪成了一片暗蓝色的海洋，随日月潮汐澎湃，击打我内心的堤岸。

外婆去世的那天，太阳闪花花地亮，白花花地毒，夏收后被雨水浸黄的麦茬间，玉米棵子已经半人高了，在眼睛能瞅见的不远日子里，就会迎来一场大丰收，可此刻，“引黄工程”的大渠里没有一丝水，玉米叶子有点干渴得“拧绳绳”似的皱巴着，久旱的土地多么渴望一场甘霖的滋润呀。

外婆选择了在她赶完人生的最后一次集市的路上，给自己的生命画上最后的句号。但这是句号吗？我固执地认为那分明是一个大大的问号，像秤砣，沉重，一下一下地撞击着所有亲朋好友乡里邻居人的心。

我推测是外婆自己要以这样的方式结束自己的生命的（他人没有必要去伤害一位那么大年龄的老人，又不为钱财，不太可能是疾病所致，外婆没有任何疾病，暴病的可能性也是极低的），我想不明白外婆为什么要以这样的方式结束自己的生命，是想解脱自己还是想惩罚别人，是想解脱别人还是想惩罚自己，不知道，但外婆这样做了，应该有她自己的道理，留给亲人们一个永远也解不开的谜。这个谜会像一个咒子一样日夜缠绕刺扎着人的心，也会像一个从虚空里面伸过来的一个巨大的铁爪，夜夜抓挠撕扯人的心，我想总会有人不舒服，甚至疼痛，甚至忏悔，疼久了，也许会明白过来的。

（二）

外婆赶完了她人生的最后一次集市，离开她曾经深深爱着的世界。外婆喜欢赶集，外婆的一生都在赶集。外婆把生活的一部分希望寄托在赶集上了，所以，外婆一辈子都在用脚步在赶集的路上丈量着生活。

我对外婆的印象也是从赶集开始的，之前的印象一概是季节的风，刮过去了就永远地消失了。

已经记不清在我几岁的时候，那是一个冬天晴朗的日子，年关已近，恰好我们镇子逢集，四野里没有一丝风，太阳在头顶暖暖地照着，空气中好像已有了春天的气息。

母亲领着我去赶集，说是外婆也在集市上呢，我自然兴奋地一路又蹦又跳。那时候，镇子上的集市对母亲来说可是个“大世界”，对于我那就更不用说了。

一走进集市，我就掉进了人的旋涡里，红红绿绿，形形色色，眼花缭乱，有点眼晕，辨不清方向，我总害怕把母亲丢了，心就“咚咚咚”地跳，耳朵里好像灌满了自己心脏跳动的声音。来到一个狭窄而人群更加拥挤的街道，母亲说这是“婆娘会”，也就是集市上集中买卖针头线脑、鞋袜布匹、女红手艺的街道，所以满街道几乎看不见几个男人。我紧攥母亲的衣角，经过一番拥挤推攘，母亲指着一位六十岁上下，面前的地上铺一块破破烂烂的包袱布，上面松松散散地摆放了几卷白的、黑的、粗的、细的土布，全身藻黑衣服，衣服显得老旧却很称身的老奶奶面前，对我说：“叫你外婆！”我就叫了一声：“外婆！”外婆满是褶皱的脸上就堆满了笑容，说：“××，我娃乖得很。”眼睛就眯成了一条缝，顺手把一节紫皮甘蔗塞到我手里，说：“甘蔗，你吃！”我就吃，甘蔗很甜，这是我第一次吃甘蔗，那甜就从舌头一下钻到心里去了，那甜从此也就在我的脑子里生了根，好像能长出一根长长的甘蔗，于是，我就把外婆和甘蔗紧紧地捆绑在了一起。外婆给我的第一次印象：突然、深刻、甜蜜。

（三）

在二十一个外孙里，外婆最爱我，原因很简单就一个字：乖。小时候，母亲总教育我，见人要知道问候，但又说大人说话时小娃不要插嘴，别人家的东西，不要随便乱动，千万不能跟别的同学呀娃娃们打架惹事，所以，我从小嘴皮子手脚就比别的小朋友怯懦一点拘谨一点，见人除过问候称呼外就剩下低个头，有时候在别人家吃饭都不敢放开了吃饱，这些行为表现集中起来，可能就是外婆认为的“乖”。

我喜欢待在外婆家玩，其实是为了吃好吃的，外婆外公总会给我买“吃货”，这是我家很少有的。我虽然是外婆疼爱的“乖”孙子，但孩子毕竟是孩子，难免也有调皮的时候。

有一年夏天，我待在外婆家过暑假。一天，外村放电影，一个很好的小伙伴便约我去看，心里很是兴奋，电影里演的是男孩最喜欢的武打片，看得自己手脚都不自在了，冷不丁地就比画一下，过瘾。电影完毕，四周一片漆黑，本来就不很熟悉的地方在暗夜里就更加令我晕头转向了，辨不清方向，就跟着伙伴走。

村外大片大片的玉米林已经半人多高了，黑漆漆的，心里多少有点发毛、害怕，蛐蛐们倒像是赶集一样，吵嚷成一片。伙伴说，天这么黑，他也有点糊涂确定不了回家的路了，干脆咱们就别回家了，万一走错路了就越走越远了，咱们就在外面的麦秸垛子上睡一觉，等天亮了再回家，我当时不知是出于什么心理很干脆地就同意了。

我们俩担心被狼吃了（大人总说夜里有狼），就爬上麦秸垛子的顶上，为了更安全，我们在麦秸垛子的顶上刨了个坑，躺进去，然后再用刨出来的麦秸把自己掩盖上，这样既有了被子又能防止被狼发现。一躺下去，就睡得跟死过去了一样。太阳都两杆高了，我们才惺忪着眼醒来了，相互看看对方，都还在，哪里都还好着呢，心照不宣地庆幸自己选择的地方很安全，现在该回家了。摘了摘头上身上的麦秸碎屑，溜下麦秸垛子有说有笑地走在回家的路上，太阳白花花的，耀眼，照在玉米叶子上一晃一晃的亮，蛐蛐们吵嚷了一夜，累了，此刻也都回家睡觉了，田野里除过风没有一点动静了。

之后，我就被“送”回我家了。后来，我长大一点了，听母亲说，当时外婆发动了村里许多人到处找我，向远近的村里人打听看见两个孩子了没有，几乎找遍了田野里的所有沟壕、水井、枯井、犄角旮旯，甚至向别人打听晚上有没有听到狼嚎早上有没有在地里看见狼屎。母亲说外婆越找心越虚，越找越惶恐，眼睛都快睁到“额颅”（额头）了，浑身直冒虚汗，外婆外公就开始琢磨：“这咋给女儿家交代呀？娃遗失了！”

后来，我再去外婆家的时候，外婆仍说我“乖”，但母亲再也没有留我在外婆家玩了。我听母亲说完这话，我很惊讶地说：我当时没看出外婆生气，既没有骂我更没有伸手打我，只问我了一句去哪里了，我如实地说了，全家一阵玄乎大笑，就没事了。

（四）

外婆一生从未想过要富贵，所以她把自己的六个女儿都嫁给了“庄稼汉”里面的“穷汉家”，但求日子安安静静就行了。

为了这个自认为苦口婆心的打算，外婆把一生的时间都搭在赶集卖布上了。女儿们嫁过去之后，家穷，缺吃少穿的，日子都过得紧紧巴巴的，外婆心疼女儿外孙便免不了时不时地贴补一下，这所有的贴补便来自自己在集市上卖布换线（换，就是交换、买卖，这是外婆对自己从事的行当的称谓）所赢取的那点微薄所得。

一到农闲，外婆总是奔波在集市和六个女儿家之间，一尺布换成三尺布，一斤线换成二斤线，日积月累下来，外婆就把自己的脚力和汗水换成了女儿脚上的鞋袜、外孙身上的衣裳和对未来生活的希望，每一寸布上都沾满着外婆对儿女们外孙们那份贴心的爱抚。

外婆不识字，但她知道“鼻子底下就是路”的道理，肩膀上背个包袱，包袱里面裹着些自己换的或织的布纺的五色线，沿着村庄旁边的那条不知通往哪里的铁路，到达了许多在她同时代的人认为相当遥远的地方，并且把自己带去的布匹、五色线，换成钱或者别的家用的东西再带回来，贴补儿女孙子们用度。这被当时村里的女人认为是个很了不起的举动，甚至比当时的一些男人还要强哩。

听母亲说，我出生的时候，因为穷，我的尿褯子总共也没有几块，往往都是这块湿了，那块还没有来得及干，于是，我的屁股上经常捂的是湿湿的尿褯子。没有有营养的食物可吃，母亲身体本来就瘦弱，奶水少，我常常饿哭，母亲把我抱在怀里看着我哭，母亲经常说那个时候她就觉得自己快要活不下去了。往往在这种危急的情形下，外婆就好像有心灵感应似的出现在母亲的面前。

外婆的到来，完全就是大救星了，好像能带来生的希望一样，吃的用的总能体恤一些，于是，母亲就舍不得外婆离开，一而再再而三地挽留，应该说是央求外婆不要离开。外婆离开时，母亲就哭，仿佛外婆的离开，就把自己的整个世界全都带走了，也仿佛自己的天空就会立刻塌陷。

（五）

我至今依然很庆幸，在外婆离世前不久见过她一面，当时并不是一次特意的安排，但就现在来看，那是多么珍贵的一次相见啊。

那是一个仲夏炎热的中午，我从泼火的阳光里踏进外婆的家门，门外耀眼的光线让屋内暂时一片黑暗，我便大声叫了一声“外婆”，伴着一声慈祥的既是询问又是回答的话语，“哦，我娃啊？！”循着声音，一个熟悉的身影便出现在从屋院后门射进的一缕在幽暗的屋子里愈发显得明亮夺目的长方形的光柱里，在我适应光线的一瞬间，外婆倏一下就飘到了我的跟前，恍若隔世的感觉。

外婆除过背稍微有点驼之外，在她那瘦小的身体里仍保持着一如既往的矍铄和干练，步伐轻快，坚实稳当，齐耳的剪发，黑白参半，似乎依然保藏着青春的神采，但满脸纵横的褶皱里已经填满了生活的辛酸苦累、覆上了人世的风霜雨雪、刻满了对世事炎凉的深刻理解，一身藻蓝色的衣衫泛出朴素的旧，陪伴她的时间也许像自己逝去的青春一样久远了……

那天外婆显得格外的开心，在和我说话聊天的过程中，眼角眉梢上始终挂着慈祥而舒展的笑意，这让我更感到外婆的和蔼可亲，也让我想起了以往外婆的种种好。

外婆一直独自住在自己的老房子里，她不愿意住进她唯一的儿子，我舅舅新建的房子。老房子虽然老旧一些，但外婆认为那房子里依然驻留着自己青春的温度，自己生活的温度，外公遗留下来的温度，孩子们欢声笑语的温度，还有那些在时空上距离自己越来越远，但在心理上越来越近的往日回忆的温度，这些都是新房子里所没有的。

在我们的谈话间，外婆会间或地看一眼西山墙上，记录外公离世的“音容宛在”的匾额和确是音容宛在的外公的照片。虽然匾额上已经布了蛛网布了纤尘，但蒙蔽不了外婆心头清晰的记忆。我能从外婆的瞳仁深处看见外公的影子，我知道，这些都是经历了久远的岁月、经历了人世的沧桑之后沉淀在心房深处无论如何也无法抹掉的情感印迹，那些情感像泉水总会从瞳孔里时不时地漫涌出来。

后来，外婆特意为我沏了一杯白糖水，说是能消暑解渴，我仰头一饮而尽，觉得自己的心被甜出了颤抖。外婆说了一些她已经不知道多少次对我说过的关于我小时候的趣事，即便是这样，外婆每一次说起时仍像是第一次提及一样，特别认真，自己也笑得特别开心，以前我也曾敷衍地多次陪着笑，但这一次我特别认真地听外婆讲，好像我自己也是第一次听到一样，笑出了我真正长大后真正理解了那种浓浓的感情后甜蜜的笑。再后来，我和外婆的谈话就在不断变换位置中进行，但浓浓的兴致和会心的笑容是丝毫没有改变的。

（六）

儿童时期的暑假，能在外婆家待几天，对我来说无疑是幸福时刻。

夏天来临，瓜果成熟了，尤其是西瓜和香瓜我最爱吃，我们家即便是在天气极其炎热需要消暑的时节，这些好吃的也是不常有的，但我每次去外婆家，都会发现天井下的水汀里的潮湿阴凉处，都会有好几个西瓜躺在那里，用清凌凌的目光看着我，我的全身就会在瞬间被清凉无比的波晕荡得舒展而欢快，仿佛西瓜的绿色纹理成了泛着碧绿微波的湖水。

吃西瓜时，我注意到外婆总是静静地坐在旁边看着我，眼睛里好像伸出了一双温柔的手，一遍一遍地抚摸我。我说外婆你也吃啊，外婆说她不渴，我就又低下头"吸溜吸溜"地吃西瓜。白天有甘甜多汁的西瓜吃，似乎这一天就会过得比往常快。

太阳一下去，带着庄稼、青草、泥土香味的凉风就从四野里围拢过来，舔舐我身上的每一寸皮肤，痒痒得舒服。这时候外婆和几个姨姨已经将几块凉席铺在屋院后面打麦场上，那时候还有两个姨姨没有"出门"（出嫁）呢，外婆家总是很热闹，头顶略带天光的天空上，挂着一线月牙儿，淡淡的，似姨姨们清秀的眉毛，有时候则是半圆的月亮，又像是半塘清透的湖水，有时候是大而亮的圆月，比我用破碎的镜子残片将太阳光反射到外婆家门前那口古井深处时看到的古井水还要清澈明亮，散发出淡淡的清凉的光晕。

我们一起躺在凉席上，盛满星星的银河从我们头顶上斜斜地横过去，溢出不少闪烁的光辉。外婆和姨姨们轻声地说着话，虽然大多数时候我不大明白她们谈话的意思，但我能从她们像时不时地从不远处浓墨似的玉米棵间吹来的风一样的笑声里，感觉到那就是所谓的幸福。借着淡淡的星光我能看到外婆满脸如菊的笑，这笑声也让我在燠热的天气里感到清凉。她们每每都会聊到月亮躲到远处的树林后面睡觉了，只剩下星星在远天困意十足地眨巴着惺忪的眼睛。这个时候，我就在外婆和姨姨们断断续续的细碎的聊天声中，就在从天而降的潮润腥甜的夜气里沉沉睡去。

当我醒来的时候，我已经不是睡在屋院后面打麦场上，而是睡在外婆家的大土炕上。新的一天的阳光从不大的窗格子照进略显幽暗的屋子里，成了一根明亮的光柱，美好的一天又开始了，连那些微小纤细的灰尘也借着那束光柱装点出来的舞场，自由自在地跳舞。这时候外婆就又出现在我的眼前，依旧满脸褶皱地笑，手中捧着蒸腾着缕缕热气的瓷碗，我知道碗里卧着两个让我一想就垂涎三尺的荷包蛋，那是我即便是在过生日的当天也不见得能吃到的至高美味。

在我的记忆里，外婆总是保持着和蔼可亲的笑，只是日月让脸上的皱纹由浅变深由淡变浓，最后，那笑便酷似一枚经年的老核桃，但在我看来更像是经霜沐雪后的菊朵，我喜欢这样的笑。

最后一次看望外婆，分别时，夕阳已染红西边的天空，给房屋、树木、田野、庄稼都涂上了一层耀眼的金黄。那几缕原先漂浮在外婆家房顶上，如同外婆从遥远的地方“换”回来的布匹一样暄净的蓝色云朵，那一刻，已经被我记忆里最为血红的一次夕阳浸泡得鲜艳无比。外婆就是在那样的夕阳里，站在庭院门口的那个小土坡上，向我招手送别，我回望了几次都看见外婆依然保持伫立、招手的姿势，那眯缝着的眼睛似乎还有更多的话要说，那一朵血红的残菊似的笑容，连同那清瘦但又透着刚强的身影一起，凝成一道风景，以岁月不蚀的方式永远地凝在了那个小土坡上。

落叶莲

“莲”在故乡人们心中的意义是很美好的，有漂亮、美丽、圣洁的意思；有珍稀、宝贵的意思；还有怜爱、疼惜的意思，因此“莲”用在花草的名字里以示其名贵，用在人名里以示此人的姣好和家人的爱怜、更期待能得到更多人的爱与疼惜。

2018 年农历七月十五，是我爷爷的“三周年纪念日”，亲朋备至，沉浸在一种悲痛的愉悦中或者说是愉悦的悲痛中。爷爷九十而终，无疾无恙，村里人都感叹说“不知道这是几世才能修来的福，能这样安然地‘走’”。于是，我们这些孝子贤孙心头的悲痛就减少了一大半。

“过事”（就是祭奠仪式的整个仪式过程，按乡俗，这是主家的大事情，需要费很大的心神又要耗费财力物力，并且需要村里人帮忙一起很好地筹划、准备、迎接和操持，都希望能不出岔子、顺利地度过事情）的整个过程依然延续家乡当地的风俗习惯，当然尽量节俭不铺排，响应社会新号召，“事情”过得很顺利。

过完“事”的第二天中午，我用扫帚打扫屋院内的烟头纸屑等垃圾的时候，无意间在屋檐下的一丛矮竹的根脚下发现了一朵淡粉色的花，并不打眼，但我心头还是一惊，多年前的某个印象似乎突然一下子在眼前清晰起来，我惊奇地快要喊出来了：“难道是它？不会吧？多少年都没看见它了！应该早都死了吧？怎么可能是它呢？”心头一瞬间泛起一连串的疑问。我双手拨开竹丛，没看见一片跟这朵花有关的叶子，于是我在心里确信地说：就是它——“落叶莲”。很有点久违故友的感觉，一股暖流顿时袭遍全身。没等我扭头问家人，站在门口的父亲就说：“这就是咱家原来后院的那一窝‘落叶莲’，二十多年了！”语气里包含了两层意思：感叹“落叶莲”生命力的顽强；感叹时间流逝之飞快。父亲接着说：十年前，咱家建造新房屋的时候，那时候你爷爷还在世，新建房屋占地的原因，后院的所有花木都被挪移到前院了，最后剩下那一窝“落叶莲”想放弃不要了，你爷爷说，挪移那么一小窝花，费不了多少事，兴许还能活，挺好看个花儿，开了也是个景儿。就这样，“落叶莲”被父亲挪移到一个不起眼不碍事的地方，春去秋来，这么多年了，竟然每每可以给这个农家院增添一绺不大不小的景儿。

儿子也是第一次见到这种“落叶莲”花儿，很是惊奇这种奇特的生命现象，于是，回京后，便把这一见识作为自己的特殊“财富”向小伙伴们炫耀。

这个带有欣赏和疼惜的名字是爷爷告诉我的，也是爷爷为它取的。算起来，它在我们家已经生长了快三十年了。

“落叶莲”是我见过的生长习性最奇特的一种植物。当春天温润如煦的阳光抚慰寒冷了一冬的大地的时候，各种各样的花草都从刚刚解冻后，愈发酥软的泥土里盎盎然探出头脸，空气里弥漫着泥土、阳光、露珠的馨香。即便是在这样美好的时节，你还根本看不到它的影子，它根本不屑与万物争春，只是把自己的灵魂深深地潜藏在大地的深处。

五月，当已显炙烤的空气燠蒸整个大地，它从烘烤如龟甲的泥土中坚强地刺出如箭般尖利的、又饱蘸着生命浆液的、碧绿得如一团火焰般鲜耀的芽苗来，难道它积蓄了整个冬天的力量，就是为了和即将来临的酷暑做一次彻底的抗争？

所有的花木都是在这个时候争奇斗艳，蜂萦蝶绕，它却只一丛碧绿，悄悄地藏在姹紫嫣红的后面，犹如炎热天气里的一泓清泉，翠得诱人，却甘愿被掩蔽在大山深壑之间。比君子兰稍窄的叶片呈扇形向两边自然伸展、曲度自然舒适如弓，叶脉清晰流畅输送生命强劲的汁液。

大概两个月之后，当空气开始燃烧的时候，你会发现在不经意的一夜之间，它所有的叶片都开始变黄、枯萎，最后完全焦干。你认为它经受不住七月伏天的炙烤，终于枯败了。你会因为它的突然枯败而情绪低落甚至沮丧，最后你甚至放弃了它，遗忘了它。就在你将要放弃、将要遗忘的时候，在那散乱枯黄焦干的败叶之下，婷婷地长出一根碧绿笔直、棱角清晰分明的苔儿，透出一股生命固有的倔强和柔韧。当然这个过程大多数情况下是不被人注意和发现的，完全是在一种悄无声息的状态下发生的。

突然一天，你发现一朵状如绣球般的粉红色花朵莹莹地开放在那里，散发出一缕一缕淡淡的清香，这时候，你才会惊奇于它并没有枯败、焦干、死去。在被遗忘的角落，它只是将生命转化了一种存在形式，以另一种更具高贵、更具尊严、更值得赞叹的姿态存在并呈现出来，给你一个超乎寻常的美丽。这时候你才会惊讶生命会如此神奇如此清雅如此坚韧如此惊艳。

第一次见到这样的一株花，实实地为这样的生命现象所震惊，我不禁问爷爷:“这花叫啥名字？”爷爷说:“我叫它‘落叶莲’！”从那一刻开始，这个名字就刻进了我的心里。

一株花，拼尽了自己的全部生命，没有枝干，最后连叶子也不要了，仅仅为了那短暂的孤零零的灿烂，仅仅为了向世间散发那一缕淡淡的清香。并且，这种花不是每年都会长出来，你就会认为它死了，再也不会长出来了，但是，它会在不确定的某一年再次展现在你的眼前，给你惊讶，给你欣慰，当然更多是一种只有自己能体会到的心灵震动。就像此刻，久违多年以后，我再一次看见它，除过惊喜之外还有一股暖流漫过心头，亲切、舒坦、慰藉。

爷爷是一位小学教师，由于自己的“历史问题”，一生经历了太多的坎坷与艰辛，先是“民办”，直到退休才转为“公办”。因为工作需要从一个地方调到另一个地方，或远或近，但无论如何，爷爷用了四十年的时间，在自己站立的那间教室精心培育他的每一位学生。爷爷从来没有向任何人做过任何的自夸，只是默默地付出，如同“绿叶配红花”——爷爷一直坚定地认为老师就是这样的。只是在爷爷七十岁生日那天得到了他教育过的学生敬赠的一块“乐育桃李”的牌匾，如今爷爷去世已经三年了，那块牌匾依然在厅堂的西山墙上静静地悬挂着，犹如一朵“落叶莲”的花束一样，散发着淡淡的清香，芬芳着自己，也芬芳着我们家的整个屋院。

我想，我们即便是一个最普通的生命，我们自然会在自己的生命过程中经历各种坎坷各种波折，我们的生命也终有一天会在岁月的深处枯败、凋零、焦干，但我们仍然应该让自己的灵魂活成一株散发着清香的“落叶莲”，即便是没有婆娑浓密的枝叶的衬托，也能芬芳属于自己的那个“方寸”。

母亲的春天

（一）

一缕金黄的阳光从房檐上落下来，透过窗户的玻璃，似乎可以看清每一根光线，空气中的浮尘在这阳光里纷飞跳舞，端端地照在这个年轻女人的脸上，清瘦得略显病态。单薄的身体在这缕并不是特别明亮的光线里轻轻晃动，脚地（卧室的空地）上就长出了一个人影儿也在轻轻晃动。她正在梳头，一下一下地，梳子在她的头上划过一个又一个轻柔的弧线，不假思索地把手和梳子置于眼前，仔细端详一下，再用另一只手摘下脱落后绞缠在梳子上的头发，然后仔细地将头发按照先前的发缝分成等齐的两半，每半再分成平均的三缕，细致而娴熟地编成过肩的辫子，一边耳后一个，最后将脱落的头发绾成一个小团儿塞进后院的土墙缝里。直到现在我也没弄明白塞在墙缝里的头发团儿有什么作用，这似乎成了我对母亲最初的印象，像是很依稀，但又十分真切，分明地刻在了我的心里。

这已经是 1983 年的春天了，再早之前的印象就是一些太模糊不清的片段了，似乎在眼前，但又看不清楚说不出来，就让她一直朦胧着吧！

这一个春天，母亲将要历经她嫁到这个家后第一次重大人生变迁。在写关于父亲的文章里面，我已经说到了，就是第一次建造真正意义上的属于自己的家——屋院。这是令母亲特别艳羡特别兴奋的事情。为此，母亲每天脸上会生出许多笑容来，走路脚步儿轻快，干活也是有八分力气非得使出十分来，虽然身体单薄，可心气儿旺。

（二）

20 世纪 80 年代，中国的农村大多还被贫穷笼罩着，我的家庭因为伯父的意外亡故，给这个家庭更罩上一层久挥不去的伤悲和阴郁。这个本来就已脆弱至极的家庭，就剩下父亲一个可以顶门立户的男丁了。这个家庭亟需输注一股强劲的力量或者说一股鲜活的精神血液才能让它再次蓬勃起来。父亲决定在新宅基地上建造自己有生以来第一座完全意义上属于自己的屋院，把这个极其脆弱的家庭重新顶立起来，母亲是坚决的支持者。

“扯了被子当袄”，就那样七拼八凑地置办起了建造房屋的各种材料，当时觉得那些木料还是可以看过眼的，现在看来，那些椽子呀檩条呀柱子呀就只能做烧锅的好“硬材”（柴火）。即便是这样，母亲已经是心里美滋滋的了，搬胡基（一种土坯）、拉土、和泥、掮木料、做饭，母亲都是走得比跑得快，心头的热气冒得三丈高。也许是母亲惧怕了以往那种低声下气的生活，也许是由于年轻气盛的那份不服输的心气儿，经过快两个月的忙前忙后，日夜操劳，属于自己的屋院算是撑了起来。

房子是好是坏且不论，至少在村里人的眼中这个家庭是有奔头的、这个家庭是有一股力量的。在后来的聊天过程中，母亲还不止一次地说道：“房，盖起来了，脊梁杆子都比以前硬了！”我相信这是母亲的肺腑之言，我也相信这是从母亲那一身单薄但又坚强的骨头里面长出来的话，句句顶心。

白天忙了晚上忙，不分昼和夜。母亲似乎有使不完的劲儿，虽然贫穷和饥饿依然纠缠着她。但，母亲一心想把这个家庭的日子过到人前头的心劲儿从来没有被饥饿和贫穷击垮过。

（三）

母亲几乎从来没有嫌弃过我们家穷，一直坚决地跟着父亲支持父亲，她说“人有手艺地有肥，我就不信咱能穷一辈子？”我家的房子盖起来了，债台也就筑起来了，母亲和父亲就思量着如何尽快地偿还债务，过上轻松滋润的日子。

建完屋院的那几年，母亲还是跟以前一样，每天做饭、看孩子（妹妹还小）、喂猪以及做家里的零碎活儿，春天耕种秋天收获，父亲依然起早贪黑地做着木匠的手艺活儿，我和妹妹都还小，日子也就能过个饱暖。

母亲最实在的指望就是看着我们跟着日子一天天地长大。再后来，我们大一点了，上学了，花费多了，光靠地里长出的那点粮食和父亲做手艺的那点手工费，一年到头，除过吃喝用度之外，手里就根本落不下几个钱，新盖的房屋还需要置办更多的家具，母亲就着急呀！跟父亲一起寻思着干点挣钱的行当，让这个家庭尽快日子过得松泛一点，孩子大了，也得考虑孩子的教育和更远的将来。

经过几个漫长而严寒的冬天的煎熬，当又一次春日温暖的阳光照在那个崭新的屋檐上的时候，母亲对父亲说：“老祖先给咱留下这做花炮的行当，咱只能靠这吃饭了，就雇人搓捻子（花炮的引信）挣钱吧！”生活的目标和希望就这样指定了下来。接下来就是日复一日月复一月年复一年地努力干活了。母亲除过做饭、喂猪、洗衣服、看孩子、干零碎的家务活之外，所有的时间都是晾晒火药、运送原材料、浆捻子、捆捻子，也得操心村里随时来买主儿的事情。

为了尽快摆脱贫穷，母亲也把我抓得很紧，放学要我用最快的速度做完作业，参加撕顺浆过的湿捻子的活儿，母亲会一直忙到很晚，用完一盆又一盆的浆水，浆完一捆又一捆的捻子。有时候，我一觉睡醒了，发现母亲还在浆捻子，那单薄的身体在淡黄的灯光下，显得有点机械有点孤寂，眼睛视乎蒙了一层什么东西，当时我不太懂，但我知道她的内心对生活充满了无限美好的憧憬（这个词母亲肯定不懂，用“指望”比较合适）。

雇人搓捻子的活儿大概做了五六年，全家齐动员，全家有劲儿往一处使，日子慢慢也好起来，旧账慢慢偿还完了，家里也添置了一些家具，但还是穷呀，只能说生活可以安稳点了。在后来的日子里，母亲经常回忆起那些年熬过的苦日子，叹气地说：“那些年，真是把人的脸看够咧！日子过得咋就那么紧紧巴巴的？！”

（四）

母亲虽然身体单薄，但志气刚强，一心想把日子过到人前头去，受再大的苦出再大的力也都甘心承受，我不知道母亲是从哪里得到的这种心气儿？等我长大了，为人父了，才明白了母亲当年的心劲儿。

母亲用了半生的时间和父亲一起去摆脱这个家庭的贫穷，母亲经常说：“日子穷了，在人面前都说不起话！”

是的，母亲没有文化不识字但这样明白的处世道理还是明白的。所以母亲明白既然嫁到这个家，生是这个家的人死是这个家的鬼，只要有一口气，再苦再累也得把日子往前过。这就是母亲的信条，朴素得近乎直白。这也是支撑这个瘦弱的躯体永不停息地干活的唯一原动力。

母亲是不识字的，这一点，直到现在我也并没有因为母亲是文盲是农民而感到在别人面前矮半截的自卑，甚至我还有点自豪哩！一个不识字的农民能培养出两个大学生，难道不值得自豪和骄傲吗？

母亲不识字，“两眼墨黑”，凡事都听人家说，面对农村里的政策方针之类的布告、通知、宣传、报纸，母亲除过耳朵能听懂的，余下的都是人家说是啥就是啥，自己看不懂呀，干着急没办法，深受了没有文化的苦楚。

于是，母亲就把学习文化知识寄托在子女身上，不能让自己的孩子再受到没有文化的煎熬，再不能“走到哪里都是两眼一窝黑咧！”所以，自从我和我妹上学以来，母亲都会不停地叮嘱：“好好把书念，别光知道到处逛！操心着把自己的书往人前面念！”

大家都说：穷人家的孩子早当家。在我刚开始上学的时候，在我第一次听到母亲说这样的话的时候，我就能体会出这话语中的苦涩和艰难以至于由此产生的殷切期望。所以我从小读书虽不是最拔尖儿的，但算是优秀里面的那一个。

有一次，放学后，我和几个同学去村外玩耍，没有及时完成作业，后来又由于同学之间的一点小矛盾，就和别的同学打了架，被同学家长找上我家门向母亲告了状，母亲向同学的家长说了软话赔了不是，顺手抄起扫地笤帚就飞也似的找我。老远我就看见母亲乌黑着脸色，像一团乌云向我压过来，她走到我面前，一句话也没说，扫帚把儿就雨点般地落在了我的背上、屁股上、腿上，母亲打我我没有动。母亲越打越气，就说：“我今非打死你不可，叫你在学校好好念书哩，你到学校外头跟人打架去啦，你咋这么不争气的？”我很委屈，心里更难受，就说：“他骂你没文化，是瓜子（傻子），我气不过，才打他的！”母亲听了这话，突然撂下笤帚，泪水顺着两边的脸颊就肆意地流下来，落了一地，愣了一会神，转身就走了。

那一刻，我真后悔，后悔不该把这话说出来，我想母亲在那一刻，肯定是心被刀剜似的疼痛，我从来没有见过母亲如此地伤心。此后，我便更加努力地学习了。我再也不想看见母亲那如雨的泪水。

（五）

母亲在她的四十岁之前，都是过着比较艰苦的日子，除过身上的衣服和口中的那碗热粥，似乎家里没有什么值钱的东西，可母亲并没有什么怨言，只是偶尔会在我们一起干活时说一句“跟着你达（爸爸）没享过一天福！”然后又低头继续干活了。我知道这话里并没有怨恨，这是对自己宿命的一种无怨承接，母亲信这个。

“跟上当官的做娘子，跟上杀猪的翻肠子”，母亲听过这话也明白这理儿，在那个年代，婚姻都是父母包办的，母亲当然会无言地接受宿命的安排。所以，母亲也经常在父亲干木匠活儿的时候，自己就给父亲当下手，拉锯子、抬木料、熬胶水，父亲干完活了，母亲就赶紧动手把家具收拾齐整，把地上的木渣碎屑刨花打扫在一起，当柴火烧，可以节省不少煤炭哩！母亲任何时候都在想着节俭一些家庭开支，但对于我和妹妹的吃穿和教育花费却是从不节省，很大方的，也许，母亲认为，她一生的指望就在我们兄妹两个人身上了。

母亲和父亲一起凭着自己的辛勤劳动，支撑着这个家。等到我上中学的时候，家庭经济状况也就慢慢好起来，因为乡村的中学除过学费和学杂费之外，并不需要太多的钱，为了节省钱我没有住校也没有在学校搭灶，所以更能多节省一些，当然也是家庭并不富裕的原因！我无数次地用双脚丈量中学时代家与学校之间的那条乡间土路。那条土路我太熟悉了，路上踏满了我无数的脚印，路边洒满了母亲满眼的期待，路边也洒满了母亲用目光种下的生活希望。

（六）

1997年，就是这一年，又成了母亲生命中极其重要而又充满复杂感情的一年。

这一年的夏天，我考上了大学，母亲的脸上始终绽放着笑容。“在村里人的面前似乎高大了半截儿”这是母亲说的。我知道这一种高兴是从母亲单薄而又刚强的身体里面自然而然地散发出来的。但是就在那偶尔的一瞬间，也就是那一瞬间，母亲认为那一种莫名的忧虑的表情，不会被任何人所发现，但是，她生了一个感情极其敏感的儿子，我就微妙而又清楚地感觉到了，我知道母亲在忧虑什么，我明白那一种带有忧虑的沉默和沉默的忧虑。她是不愿意让我知道的，也不愿意让我为此而内心受到一点点哪怕是对于我考上大学的无限兴奋的一丝丝伤损。

学费成为这个本就不富裕的家庭的一项重大开支，虽不能说是雪上加霜，但肯定是雨雪增滑。那一刻，我确实不知道自己考上大学是个好事还是个坏事，似乎只是一种宿命的安排罢了。

为了我上大学，父亲比以前做更加多的木工活儿了，母亲也开始养猪，猪卖了就有钱可攒了。这样的日子很辛苦，加上亲朋好友的资助，母亲觉得“入”还是基本可以敷“出”的。

又是一年的春天，猪肉特别贵，母亲就觉得是养猪的好时机，一定能卖个大价钱，水涨船高呀，猪肉贵了，小猪仔的价钱更是飞上了天。母亲和父亲合计一下，还是应该多买几只猪仔，于是父亲决定用前期积攒的钱都去买猪仔，这样到时候会一次出栏更多的生猪。可母亲说：“不能把钱都买了猪娃，万一猪娃不成，那咋办呀？娃上学就没钱了？”父亲没听母亲的劝告。

五月，天气刚开始变热时候，一天早上母亲去喂猪，探着头向猪圈里扫视地一看，发现新养的猪仔死了几个，母亲就着急了，脸上就失了颜色，头上沁出了汗，心里一下没了着落，两腿发软。再后来的几天里猪仔间或地无缘无故地死去，这给母亲的心里扔了一颗炸弹，也给父亲火热的心头泼了一瓢凉水。那一年母亲养猪亏了本，我的学费是从村里信用社贷的款。

后来母亲再次提说起当时的心情时，说：“看见猪娃一个接一个地死去，我的眼珠子都快掉到地上了！”当我从母亲手里接过那一沓钞票时，我心里沉重无比。

（七）

无论是多么料峭的春寒，一定会孕育出一个春天该有的希望。经过五年的大学生活，我眼看着就要毕业了，母亲父亲都看到了新的希望，肩头的担子会松快一些。不服输的我决定考取研究生，父亲劝我说：毕业了，就先工作，等有机会了再考，也不迟。我明白这话中的意思，也明白父母为我上学一直辛苦劳作，应该参加工作挣工资回报父母。我不好给父亲说出我的想法，我就给母亲说："我想试考一下，我要考上公费研究生我就上，如果考不上公费的我就不上。"我像是给母亲写下了军令状。母亲对我说："你考，我给你达说，让你接着上研究生，给妈和你达脸上再争些光，我和你达砸锅卖铁都要把你供出来哩！"母亲说这话时，脸上的表情舒展又刚毅，而我却泪光盈盈。

那一年我考上了公费的研究生，父亲也没有再说什么，母亲脸上开出了更加灿烂的花，虽然花瓣更多了些褶皱。母亲心里是更加美滋滋的了，可母亲脸上却在以后的日子里多流了许多汗水。

母亲不识字。我反复地说着这件事，不是自卑也不是厚颜。我是在诉说一种感情，这种感情只有看到母亲这么多年满脸变换的表情才会深刻地体会到。

母亲虽然经常说："我都这个年龄了！学字也没啥用了，也不出远门，就在咱家，认识不识字能咋的？"可我知道母亲是尝到了没有文化的苦处的，所以才咬了牙要把我们兄妹两个供养成大学生的。这口气她是要争的。这就是母亲，看起来很单薄，没有文化，可内心很刚强很气盛。

在三个春天过去之后，母亲脸上的笑容就像迎春花那样即便是在料峭的寒风中也会开出一个美丽的春天。这一年，我和妹妹同时毕业了。我和妹妹找到了工作，上了班，挣了钱。当我工作后的第一个春天回到那个依然是瓦槽里长满了褐色的苔藓，门前的黄泥皮墙被常年的雨水冲刷得斑斑剥蚀，那两扇被反复油漆了多次却仍然四处开裂的家的时候，我分明看见迎接我回家的母亲的脸上多了许多皱纹，头发比以前更加枯槁和银丝缕缕了。那一刻，我眼睛里是溢满了泪水的，我没有让泪水流下来，母亲却灿然地笑了，那一种笑容能陶醉我所有的梦乡。

（八）

在以后的日子里，家里的经济条件越来越好了，但我却因为工作原因，就很少在春天里回家了。母亲的电话就多了起来，几乎在每一个春天里都会说："塬上的迎春花开了——果园里的苹果花梨花都开了，一片白一片红——麦子返青了拔节了，荠菜很嫩，真想让你回来吃一碗刺蓟面……"我知道母亲想我了，电话这头的我就湿润了眼睛，不敢再继续说下去了。

母亲身体单薄，特别怕冷，最害怕的是冬天。刚一入冬，就开始惦念着春天了。但母亲却依然在冬天里干很多很多的活儿，一日两餐是必不可少的；还要做针线活儿，要不然我们身上便没有棉衣棉裤脚上便没有棉鞋；去村头的水井上排队绞水、挑水；抽空再去做花炮的人家去当小工，弥补家里的用度，双手整个冬天都是红肿胀大的，裂着像"娃嘴"一样的口子，钻心疼痛，手上便缠满了白色的胶布。等到春天来了，母亲说："身上不冷了，两手却发起'瓷痒'，痒得人心里发慌难受，一夜一夜不能入睡。"无奈地再说上一句，"真想把这两只手剁了，咋这么不争气的！"

母亲对春天充满了无限的偏爱，可偏偏母亲又是出生在冬天。这一种宿命的安排着实让人费解。

母亲是出生在腊月的，天寒地冻。母亲出生时特别瘦小，听外婆说就像一个"笤帚把儿"一样，气息非常微弱，外婆认为这个孩子是活不了的，就让外公用柴火笼（笼，农村一种相当于篮子的容器）提着扔到屋院后的坑壕里去，身上包了一件花布褥子。

一个幼小的生命还没有看见过这个世界就要告别这个世界，命运似乎太残酷了，正巧我的大姨从地里回来经过看见了，手指放在鼻子上一试，还有气呢，再一摸褥子里面还热乎着，就把母亲抱回家了。外婆也没有指责大姨的这一举动，作为一个母亲，外婆表现出了最原始的母性，当初的举动只是害怕半道上的伤痛，一勺温水一勺羊奶地喂着，母亲竟奇迹般地睁开了眼睛，看见了这个世界，看见了她的母亲，看到了她的姐姐——给了她再次生命的人。

母亲长大后，外婆也常跟母亲说起“扔”她的事，以为是个“瞎瞎”，结果还是个“好好”，母亲并没有责怪外婆，而是跟听笑话儿似的彼此相视一笑就算过去了。下次碰到合适的情景，外婆又是对母亲一说，母女又是相视一笑。

（九）

母亲在她成长的那个年代算是度过了一个比较幸福的童年和少女时代的。母亲家所在的地方不像我家的旱塬地方是水浇地，所以在口粮问题上，母亲是几乎没有饿过肚子的，还有我的外公当时是村长，子女多少会有点便利条件。

母亲真正的幸福生活是在我和妹妹大学毕业后开始的。

昔日母亲脸上潜藏的那一层阴郁和忧愁，全然不知道飘飞到哪里去了，面色也开始红润起来了，身体整体上也好起来了。有一年我回家，母亲对我说：“妈一辈子体重没有上过 100 斤，今年终于超过了，都是我娃给我带来的福！”我看见母亲的头发也在笑，还抖呀抖的。

母亲最高兴我们回家了，好像我们一回到家，她全身的每一块肌肤都是快慰的，忙前忙后，手脚都不知道怎么搁着好，给我们做各种爱吃的饭菜，她倒不饿了，我说“妈！咱一搭儿吃吗”，母亲便说“我不饿！你吃，多吃点，伙房还有哩！”母亲看我们的那一种眼神似乎能把我们融化掉，变成一滴温热的眼泪，静静地在她的瞳仁里转悠，再也不滴落。这就是母亲的幸福，似乎前半生所经受的所有艰辛苦难在那一刻都幻化成了一苞内心无比巨大的花朵，盛大地开着。但愿那一朵花永不凋落，淡淡的清香永远弥散在这屋梁上。

（十）

幸福是一株用苦难浇灌而挺立的常青藤，无论多么大的苦难，最终都将会迎来顽强的生命力攀爬上崖顶遇见阳光的美妙；也无论幸福是多么由心，总会在曲折苍劲的藤蔓上体味出苦难的酸涩，让人久久回味学会珍惜。

妹妹出生时，那个时候家里吃的很缺乏，常常青黄不接，食不果腹。母亲身体一直不是很好，妹妹在母亲肚子里的时候就在营养方面“欠了账”，当然出生后因为家境不好身体营养上又“欠了账”，从出生开始就经常闹病，三天两头发烧、咳嗽、气喘，家里又没有钱，孩子一发烧，母亲就着急就发愁，整夜地抱着孩子在脚地不停地转着圈儿，眼泪就扑簌簌地滴落下来，真是能熬干眼中所有的泪水，熬尽心中最后一滴血，实在扛不过去了，就觍着脸向邻里乡亲借点钱，给孩子看病，等孩子病好了，母亲又为债愁，真是穷到山穷水尽呀，母亲只能“鸡勾子（屁股）底下掏蛋”似的熬日子，看尽了人的脸色，尝尽了世态炎凉，人情冷暖。

妹妹到了三岁还不会开口说话，还不能站立迈步，“提起来一堆、放下来一摊”，村里人见了妹妹都叫“哑巴娃”，母亲眉头就拧成了疙瘩。快到四岁了，妹妹才像个正常小孩一样，咿咿呀呀学语蹒跚学步，笼堆在母亲脸上的阴云才逐渐消散。

母亲是出生在一个严寒的冬天的，可母亲一生都在渴望春天、热爱春天。

我不止一次地说过母亲是不识字的，其实母亲是识得一个字的，这个字就是“春”字。

母亲说这个“春”字，是自己“当姑娘”时，学习女红绣花时学会的。那时候母亲还是少女，情窦初开，“春”字有着既具体又朦胧的意象。也就从那时起，这个“春”字就绣进了母亲的生命里，绣进了母亲的情感深处，再也没有消退过。母亲用一生的时间都在为这个“春”字努力。母亲希望如煦般的春日暖阳能一直笼罩着这个家庭。母亲也祈求如春的运势能始终萦绕着她的子女。母亲也用最为深情的目光瞭望着如金的春日阳光一次一次地在这片古老的土地上升起。

如今，母亲已经花白头发，脸上爬满了皱纹，但我能看到，那种生命里的春日之光填满母亲脸上的沟沟壑壑。在绽放笑容时春风回荡。

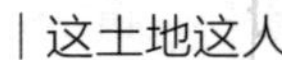

心灵的屋院

（一）

如今遇到了一件非常尴尬的事：一直想着为他写点东西，脑子里面也似有千丝万缕的思绪，可提笔却不知从何写起，完全是杂乱无章不能成文。搁笔细想缘由，为何一种感情在内心狂奔跌撞如怒涛洪流，自己却不能束缨三尺在手？

我知道，我是太想靠近他了，太近了，近得几乎无法端详他的本来面目了。就像我们站在地球上，距离月球那么遥远，却能在黑暗的夜里，清晰地感受到它的光亮和温柔，那种轻缈的银辉甚至能让你知道它是热烈的，似乎能用双手揽起它的所有光辉；但如果我们移步月球之上，则完全是黑暗一片，死寂一般沉寂。这就是距离和视角带给我们的难堪。因此，我要把心之眼眸暂时地拉开一点，让自己心中那片激荡的湖水平静下来，渐渐影出轮廓清晰的他。

水静了，影出了斑驳的流年和嶙峋的过往，他的轮廓渐次漾进我的瞳仁深处，波光潋滟，但不翔实，我知道我还不够了解他。

（二）

这个人就是我的父亲。

父亲出生时，中国广阔的土地上确实已经插遍了红旗，可艰难苦困的确还没有在这片土地上消失，所以，我的父亲便是伴着这种艰难苦困出生的，艰难苦困也将伴随他的大半生。他有生以来就在与艰难苦困做着持久的抗争。

一九五一年腊月二十九日这天，跟往年的这一天并没有太大的差别，只是人们已经不用再像“杨白劳”那样出门去“躲年关”了。

空气中已经飘荡着丝丝缕缕的爆竹燃放后特有的硝烟味——就是我们都熟悉的那种特殊的香味，让人们知道新年即将到来。当一轮车轮大的太阳从村头的老槐树树杈上升起的时候，似乎预示着一个温暖的春天即将到来，可这火红而略微耀眼的光芒并没有给这片土地带来太多的温暖，真正温暖的春天的到来还需要些时日；这正如我的父亲伴随着一声清脆的哭声的坠地，并没有给这个还充满艰难苦困的家庭带来多少幸福和欢笑一样，就在这样的一个还显寒冷的清晨，我父亲开始了他的生命历程。

父亲出生的第二天就是大年三十，第三天就是大年初一。可是在那个还比较贫穷困难的年月，春节家添新丁的双重喜庆也并没有给一个终年被贫穷啮咬的家庭带来多少欢快。日子就这样静悄悄地过去了。当春日温暖的阳光照耀这片土地的时候，人们只是惯常地恢复了古往今来没有什么大的变化的农事耕作，在土旮旯里刨食。

人们获得了解放，但生产力还比较低下，九龙塬依然干旱，庄稼地里的收获依然微薄。家族大田地多收获的粮食一年到头很难勉强糊口的事实，就像脸上的伤疤，即便是自己看不见，但痛痒的阴影却始终在自己的心头缠绕。祖母拉扯着我的父亲和他的一个姐姐、一个哥哥就这样饥寒不论饱温无常地慢慢长大了。直到 1958 年前后，我婆领着三个孩子，人口多，工分少，每顿所领的饭食不够吃，家庭内部妯娌之间矛盾逐渐升级，经常轻则拌嘴摔脸子，重则摔碟子掼碗，甚至动手打架。一个传统的家族面临着亲情和人性的严酷考验。

（三）

在大自然的考验面前，人情人性便会表现出最原始的残酷。全村人，大人小孩，男男女女，老老少少，在一起干活，在一个灶上吃饭，排着曲曲弯弯的队伍，衣衫褴褛，大盆小碗地等待领饭，那是真真的“遭年馑”啊！所有人每天都是饥肠辘辘的，我父亲也经常被饿得坐在门口的门墩石上连头都抬不起来，大人还得按时出工干活，我爷爷在外教书，只有我婆能出工挣工分，可以想象那是一种什么生存状态、生命状态。

肚子里面没有足够的食物，却要为食物而拼力劳动，最后，劳动所得的食物还是填不满饥饿的肚皮。

此时，我爷爷的两个同父异母的兄弟早已各自成家有了自己的孩子，一家三代人生活在同一个屋檐下，血缘相系，却暗生恨心，觉得我婆孩子多出工少，自己孩子少出工多，饭食都被我父亲“一窝子”（方言，鄙视骂人的话）人吃了，心里觉得很吃亏，极为不公平。于是，在 1962 年“三年困难”时期的中期，这个传统的还带有一定封建观念的家庭，曾经是多么的人丁兴旺，温饱自给，其乐融融，在那一刻走到了它命运的尽头，一个时代结束了。

好不容易挨过了艰难的“三年困难时期”，有些人因饥饿失去了生命，有些人则千恩万谢地捡了一条命。从饥饿中才刚刚缓过神来的父亲，还完全没有明白人生是怎么一回事，还完全没有树立起人生的最基本理想，还没有完全体味人生的艰难味道，还没有完全体察人情的冷暖、世态的炎凉，就一股脑地被卷进了“文化大革命”。家族的历史背景，个人的成分问题，都赤裸裸地摆在了父亲的面前，不容逃避。

爷爷的“国民党排长”身份，给这个家族和这个家族里的人带来巨大的灾难。

全家人每天都生活在惴惴不安惶恐不宁之中，白天不知道太阳是如何升起的，太阳又是如何落山的；夜晚不知道天上有澄澈的明月，闪烁的星辰，一声轻风拂掠门环的声响，可以让全家人惊醒坐起，再无睡意。大人只能低头干活、半句话不能说，只要开口，稍不留神，就可能被批斗。对于一个家庭历史背景有污点的小孩来说，无疑是一件不幸的事。

（四）

父亲学习很优秀，可学校停课了；父亲也是个热血青年、年龄合适，也想着“好男儿热血洒疆场”，可是家庭成分背景都不好，对于当兵守护边疆这件事，国家需要“根红苗正”的青年，我父亲是被排除在外的；继续上学吧，自己不是贫下中农子弟，到头来也是不可能被“推荐”上中学更不可能被“推荐”上大学的，是没有结果看不到头儿的事，最后，父亲选择了自动放弃，也许是对自己命运的一种无助地承认和无奈地接受吧。父亲辍学回家了，祖母含泪劝说“不管世事咋变化，你自己别听旁人胡说，不管多大的事有大人在呢，你自己念你自己的书……”父亲还是决然地离开了自己喜欢的学校。

一个大小伙子待在家里也不是个事啊，最起码得自己养活自己啊，加上那些“坏人”天天找事，怎么办？父亲听人说，国家要修建“西韩铁路”，正在招工，父亲年轻力壮，就去了。这一年，父亲才刚刚十七岁，因为生月小，其实实际年龄只有十五岁，说起来还是个孩子，时代的错误让生活的坎坷无情地压在这个还比较稚嫩的肩膀上。父亲吃冷馍喝凉水住帐篷，夏干三伏冬干三九，拉架子车背石头，扛水泥抬钢轨，再苦再累，不说出口，这是自己选择的道路，不能埋怨别人，寒来暑往一干就是三年。挣了点钱，除过给家里买点必需的生活用品贴补一下之外，剩下的钱都用来置办自己的木匠工具了，铁路总有修完的时候，可自己的人生之路还长着呢，父亲就已经开始为自己未来的人生悄悄地做着准备。

（五）

父亲从“西韩铁路”当农工回来的时候，已经到了该结婚的年龄。

祖母对父亲说：“你年龄也不小了，过完年就别去修铁路了，待在家里，万一有人介绍对象，你不在家就错过了机会！”祖母用了“万一”这个词，其实在祖父祖母的心里，清楚地知道自己的家庭成分成了孩子婚姻问题难以逾越的峭壁悬崖，只是抱着一种侥幸的心理而已。

就这样，一家人等了几年，没有人上门介绍对象。祖父祖母自然有点心焦，父亲肯定是心凉了。“文革”差不多快要结束的时候，有一日，母亲的父亲也就是我的外公，在没有任何征兆的情况下自己来到我家门上，对祖父祖母说：我家有个女子想“给到”（嫁给）你家儿子当媳妇，咱们做亲家吧，你们看行不行？祖父祖母简直有点不相信自己的耳朵，这么大的天空，馅饼难道就真能砸在自己头上？就这样母亲就嫁到了我们家。

我觉得我的祖父祖母我的父亲都应该感谢这个淳朴善良的农家老人。因为我外公家的政治背景和家庭成分都很好，正是所谓的“根红苗正”，我外公又一直担任生产队队长，“有女不愁嫁”，完全没有必要找一个“门不当户不对”的亲家，给自己找麻烦，给女儿找罪受找苦吃。如今外公已经去世二十多年了，他当年是怎么想的，他难道不害怕把“火”烧到自己身上？把自己的女儿推进火坑吗？只在父亲的心里留下一个永远的谜。

庆幸的是，父母结婚的那个年头，“文革”已经结束。村庄和田野里还残存着些许这场运动涌过的痕迹，让人心生余悸。父亲的眼里，太阳和月亮似乎比以前鲜亮了一些。

（六）

我出生的时候，父亲才刚刚敢放松地喘口大气。改革开放的春风所带来的温暖似乎要晚一点才能使我们家乡的这片土地活泛起来。

“责任田”到户了，劳动的积极性火一样高涨，父亲高兴地快要跳起来了，当年经过辛勤精心地耕作，土地里收获了父亲从未见过的那么多粮食，父亲非常激动。从此，全家人就不再为吃穿那么愁眉拧疙瘩了。

虽说吃的不像以前那么短缺了，但生活依然贫穷和熬煎。打我记事起，我就不知道父亲每天早上是几点起床的，每天晚上是几点回家的，他一直在为生活而日夜操劳着。

父亲是个木匠，无师自通的那种，脑子里面想什么就能做出什么，看一眼这东西就能做出比这东西还好的东西，这一点，我直到现在仍佩服得五体投地。改革开放了，人们都可以在农闲的时候自由地做点小买卖，手工艺，帮人干活，挣点钱，贴补家里用度。父亲受够了生活的苦难和被人欺辱的下气，一心想把日子过到别人前头去，于是日月就在父亲的两个肩头来回滚动，东升西落。那个时候的木匠还完全是纯手工劳作，虽然劳动量很大很辛苦，效率又比较低下，父亲也欣然接受，毕竟可以通过自己的力气吃口安稳饭了，心中也是由衷的欣喜和坦然。

说到我父亲这个无师自通的木匠手艺，我觉得有点传奇有点宿命。父亲在刚开始读初中的时候，就对这木匠手艺产生了浓厚的兴趣，于是就自己忙里偷闲地去书店买书看书画图钻研思考。在大概不到两年的时间就完成了基本理论和榫卯结构的掌握。自己就开始了处女作——一辆独轮车的打造工程，结果很成功，独轮车卯窍基本完美结合，使用起来也很顺手。在那个年代，人们对于手工艺的观点，还是比较信任师承关系，这样才能得到更多人的认可和信任。于是，父亲就拜了我们本村的一个老木匠为师，就有了名誉上的师承关系，很短时间内，父亲也就出师了，独立门户单独揽活儿了。人说“兴趣是最好的老师”，父亲对于木匠手艺完全是出于一种自觉的兴趣热爱，所以就能心中生花，做出的家具门窗榫卯精当，严丝合缝，式样新颖，深受附近村民的喜欢，时至今日，虽然父亲已经上了年纪，木工活也越来越少了，但是村民对于父亲独到的手艺还是赞不绝口人人佩服，这也是父亲今生的骄傲。

虽然有手艺，也只是能挣点小钱，贴补家里的油盐酱醋，于家庭大事却是杯水车薪，那时候村子乃至全国上下还是在贫困线上挣扎，做这样的手工自然也不会挣太多的钱。从祖辈继承下来的房屋供我家和伯父家共同居住，人来人往婆媳妯娌难免会生出一些是非来，于是我父亲便决定另盖一院新房屋，搬出去居住。

（七）

事实上，父亲做事是很有计划性和预见性的，早在他萌发了盖房子的念头的两年之前，父亲就只身去了本省陕北地区黄龙县的原始林区，做“清林”工作，为的是能挣点钱买点像样儿的木料回家。

说起“清林”大家可能比较陌生。“清林”就是，砍伐完有用木材之后的原始的荒山野岭，再进一步人工清除芜杂生长的灌木藤萝、树根残桩、荆棘葛草以及一些不能长成木材的杂树苗木，然后翻松土壤，有计划地种植新培育的优良苗木。

当地环境恶劣，夏热冬冷，有点“林暗草惊风”的感觉，吃喝更是短缺而粗糙，往往是早上带着干粮和水上山干一天活，到晚上才能回到山下帐篷休息一下，时不时还会有虫蛇出没，扭脚伤手的事也常有发生。父亲就是凭着年轻力壮以及心中那不服输的一口气，拼命地干活多挣点钱。还得利用休息时间悄悄地走村串户地询问有没有合适的木料可以买卖，就这样，经过半年多的筹划准备，积累了一些木料。

父亲找人找车准备拉着木头出山，由于山高路远没有司机愿意跑这趟活儿。父亲给人家拖拉机司机说了千般好话万般好处，有一个善良而富有同情心的司机才答应帮我父亲把木料拉出深山。山路崎岖不平，七拐八转盘，危险重重，几乎是冒着生命危险才把一车木料拉出深山，一路是风餐露宿，终于把两车木料拉到了自家门口，大喘了一口气。直至今日，父亲想起那段艰难的日子还禁不住喟叹。

据父亲后来回忆，我们家刚从“文革”中一跌一撞地爬出来，家人还都心有余悸呢，有一万个胆儿也不敢从“黑市”倒卖木料。所以，父亲就选择了“清林”这种没人愿意去，特别苦特别累的活儿，只为能建起属于自己心中的那一方小小的空间。

经过万般艰辛的“清林”工作，所得到的木料还是远远不够建造一座屋院所需要的木料。没有办法，时代和家庭的种种限制叠加在一起，无法逾越只能等待，看时间能不能给出一个近乎人情的答案。父亲眼看着距离自己的第一个人生目标就差一步之遥了，可就是到达不了，任你如何熬煎、焦躁，也无济于事。这一等又是两年时间。

（八）

等到要真正开始打地基建造房屋了，木料依然是捉襟见肘，东挪西凑，还不够用，父亲气盛，一定要把房子盖起来，别让村里人看热闹说笑话。于是，拆了原来居住的老房子弥补新房屋，木料还是不够，父亲的二伯心地善良，看出了父亲的难处，手一指父亲说，“你去把老陵里的那几棵柏树砍伐了，当杆条檩子吧”，木料这才勉强凑够，每行一步真是艰难异常。

自从分了责任田，家里的粮食勉强够吃，可要盖房子，需要请匠工，过去匠工还不怎么论钱，既然不论钱，饭菜自然得吃好点喝好点，别亏待了大家，都是干力气活儿。粮食不够，咋办？去亲戚家借粮食，大多数亲戚也不宽裕，真是看人脸色难呀。没办法，我妈只能回娘家，给她的父亲我的外公诉苦，外公当即表示，“需要多少粮食装多少粮食，我见不得子女为过日子作难”，给了父亲和母亲极大的鼓舞和支持，至今父亲提起我的外公还是感谢敬佩之声不绝于口。就这样经过千筹万划，新房终于动工了，“立木”了，完工了。蓝砖蓝瓦泥皮墙，木框木门西式窗，前门房后伙房中间加的是厦房，严严窝窝的，村里人都说：“蓝亮亮的一院子房，美气！”父亲似乎在那一刻，脊梁比以前的任何时候都更加挺拔一点，脸上的笑容也更加活泛一点。

这一次盖房是父亲人生中一个重大事件，当时刚好也是父亲的“而立之年”，我只有五六岁左右的样子，对盖房之事有点模糊的片段式的记忆。我爷爷虽为一家之主，但是在预示着一个全新的家庭重新建立起来的重大家事中，却没有表现出该有的热情和积极，也没有尽到该尽的责任和义务，只是按部就班地去学校上课教学，我不明白这位父亲的父亲当时是什么样一种心理历程，难道和自己没有关系吗？难道跟自己的尊严没有关系吗？没有人知道，也没有人深究，终将成谜。

新房盖起来了，电灯也亮起来了，整个家族的尊严也稍微地竖起来了，这已经是 20 世纪 80 年代初（1983 年）的事情了。当时全国人民都下海做生意了。父亲却完全沿袭了祖辈的传统——种地吃粮，农闲时依旧老老实实地本本分分地做他热爱的木匠手艺活儿。日子就这么日复一日年复一年，在日月的交替中划过，一次次播种希望，也一次次收获微薄的果实。我和妹妹也像小树苗一样天天地往上蹿，都上学了，父亲的担子也就更重了。

（九）

虽然，父亲四季如一日地辛苦劳作，可日子过得还是恓恓惶惶的。自从新房盖起来之后，债台也就跟着房子一块儿垒起来了。

家里除了母亲出嫁时的几件陪嫁家具和分家时所得的几件又破又烂的板凳之外，就是空荡荡的房间，四壁空墙，没什么像样的家具，窗户上还没有玻璃，平时用白纸糊着，冬天用塑料纸遮挡寒风。这所有的一切父亲都看在眼里刻在心里，继续起早贪黑地操持他的木工活儿，能多挣一分是一分，期待有一天一脚踏进这个门槛时，家的温馨扑面而来。

厚实的九龙塬就像一个壮实的汉子，扁担一头挑着太阳一头挑着月亮，累了，换个肩头，更替这里的岁月。父亲也是个勤劳的挑担者，日月在他的肩头交替着，分量却一直在他的心头。我已经上中学了，妹妹也上小学了，应该是三四年级了。

有一天，放学后，我回到家，看到不少的家具摆放在家里厅房底下，有两个高低大衣柜，有两张写字台，有两张茶几，有两张方桌一高一低，有长凳和方凳各八张。我很惊奇地问父亲：“谁家要做这么多家具？”父亲说：“谁家也不给，这是给咱家做的。”父亲脸上露出了怡然的笑容，那一刻我坚信父亲说的是真话，我仔仔细细地把每一件家具看了一遍，摸了一遍，当时我的心里想了些什么现在已经说不清了，但肯定有自豪。

眼前的一切九龙塬的厚土是不会生长出来的。原来，父亲早在新房刚落成的时候，就筹谋着给家里做些像样的家具。

那个年代家家都穷，物资匮乏，父亲只能用日积月累的方法、“闲时收拾忙时用”的勤快一点一点积累，一节木头一块板、一条桌腿一块面儿，心用在那里收获就在那里，经过长达十年的积累，终于有了今天这些家具，父亲能不由衷地憨笑吗？家具做好了，泥灰灰过，砂纸打磨过，手摸上去光滑平整。请来村里最好的油漆匠人，为了节省花费，父亲心灵手巧，油漆匠人稍加指导，便自己完成了底漆和头两遍油漆的粉刷，节省了不少工钱花费。油漆匠人完成最后一道油漆的粉刷、贴花、推木纹、清漆罩面，所有的家具门窗就鲜亮地呈现在全家的面前，也呈现在全村人的面前。油漆鲜亮了家具的面子，家具鲜亮了父亲和家人的面子。昔日昏黄的泥皮墙夹杂着麦秸节段，在崭新的家具的衬托下熠熠生辉，像是焕发了新的生命，活像几面浮雕似的，连墙角的那张蛛网也似乎换了新的主人。

这一天父亲等待了十年。这十年的每一个日日夜夜里父亲是怀着一种怎样的期盼和焦灼？青天不负有心人呀！感谢时间给父亲的脸上涂了一层荣光，感谢勤劳给了人最基本的尊严。

（十）

我和妹妹渐渐长大了，我上中学了，妹妹上小学了，粮食比以前收获得多多了，吃不饱肚子的日子被时光远远地抛在了时间的长河里，一去不复返了。父亲明显地意识到，自己青少年时期由于“历史”和家庭的种种原因，没能继续上学，耽误了青春和人生前程。孩子便成了自己实现人生理想，顶门立户，为自己为家族争气，洗刷一生屈辱的唯一希望了。

于是，经常在一起干农活的时候，借机教育我们，“当农民只能下闷苦，好好念书，以后坐在凉房底下就把钱挣了，不用风吹日头晒”。教育所要的花费也是越来越高，父亲依旧是起早贪黑地做自己木工活。可是纯手工干活，出力多出活少挣钱少，父亲就着急。

“穷则思变”，父亲读过书，接受新事物快，听人说有一种代替手工的“电刨子”，父亲在村里人家借了钱，买了这个现代化的工具，当时算是我们方圆几十里唯一一台“电刨子”。人们已经开始相信科学了，认为这“电刨子”做的家具肯定比纯手工做的家具漂亮，因此，找父亲做家具的人家也就更多了，挣钱也比之前多了一些，基本可以满足我和妹妹上学费用以及家里的吃喝用度了。活多了，也比以前更操心更劳累了，但父亲的脸上似乎却比以前更多了一些笑容。除过秋收两料庄稼之外，父亲就是抓住一切机会多干活，多挣钱，家里的黑白电视机自然也就换成彩色电视机、单缸洗衣机换成了双缸洗衣机，原来没有的工具、家具也随着日月的更迭都置办起来了。日子比以前活泛了许多。

神奇的九龙塬上厚厚的黄土，只要有种子种下去，施上肥，勤照看勤侍弄，适时浇水，就没有长不成的庄稼作物。

我和妹妹就是父亲手底下的庄稼苗子。经过了十多年的施肥浇水，终于，在1997年有了还算可心的收获——我考上大学了。父亲在享受这种村里人鲜有的幸福和快乐的同时，心头似乎也更多了一些沉甸甸的东西。大学学费、生活费可是一笔不小的开支。这对刚刚摆脱贫穷正要向幸福的康庄大道奔去的家庭来说，无疑是一项不可小觑的负担。并且，我的大学需要上五年（医学院），后面还跟着我的妹妹也很快就要考大学了。父亲顺应经济大潮，也赶上村里的部分先富起来的人们要建造新房屋添置新家具的时期。父亲抓住机遇干起了包工包料的新型木工活儿，人家也落得个清净，订好日子，直接付钱搬运家具就可以了。

我的大学一上就是五年，并且在我大三上完的时候，妹妹也考上了大学，也需要读五年时间。父亲期望的苗木如今都收获了不小的果实。一家两个孩子都考上大学，在我们周围的村里还是史无前例的，这让父母亲及整个家族都扬眉吐气，争足面子。可是父亲肩头的担子也就更沉了，我从父亲满脸的笑容和喜悦的眼神后面清晰地读了出来。我是本科和研究生连续读下去的，我研究生毕业的同时妹妹本科毕业了，父亲似乎可以松一口气了。

也就是说，父亲这十年应该是他有生以来出力最多流汗最多受苦最多担子最重的十年。这十年父亲不知道把多少原木木板规整地锯成各种形状不同的框条、刨平、凿上榫卯，然后组合成各式各样的家具，送到了不知道多少人家的家里，换回了钱票，供着我们兄妹和这个家庭。父亲承受了不知道多少身体的劳累和心中的酸苦，今天我当了父亲后才略微有点体会了。

（十一）

2005 年，我们兄妹俩都毕业了，工作了，挣钱了，父亲终于可以缓口气了。同时，我和妹妹也都离开了家，到外地工作了，一年到头回不了一趟家，好不容易回一趟家吧，又待不了几天，就得匆匆离开了。父亲就说了一句:“看把你们供出来能咋？都走了，不回来咧……”这话里面似乎带有丝丝缕缕的嗔怨还有不舍或是想念和孤独。父亲是不用再那么起早贪黑地拼命挣钱了，可是心里反而比以前空寂而没有着落了，我分明注意到父亲的两鬓多出了零零星星的白发，父亲比以前老了。那一刻我感到深深的自责和愧疚，又不知道如何表达。

在情感方面，父亲是个非常含蓄的人，从来没有当面向我们表示过爱怜、赞扬或者鼓励再或者是批评，只是淡淡地说一声或者评价一下，更多的时候是幽默地描述一下就过去了。但是，父亲偶尔也会流露出对孩子想念。记不清是我上大学的哪一年了，听村里的一个婶婶说：你达（父亲）在和大家一起吃饭的时候，大家都说起了孩子的东长西短时，你一句我一句，津津有味，充满了幸福和得意，你父亲就说了一句，“不知道我娃现在把饭吃了没有？现在做啥呢？”我知道这话里包含了太深的父亲对孩子的想念和关切。从那时起，我知道，我们时刻被父亲装在心里，从来就没有走出过父亲的牵挂。

（十二）

2010 年，这又是父亲人生中一个极为重要的年头。父亲决定要把以前住了快三十年的老房屋拆掉，盖一栋能符合现代潮流的房子。我曾劝阻过父亲很多次，不用建造那么多那么大的房子，建议父亲把老房子翻新修补一下再住几年，等我这边的条件好了，就把他们都接到自己身边来，一则便于照顾，安享晚年，二则可以天天在一起，弥补以前读书工作时欠下父母的陪伴和情感亏欠。

可父亲坚决要重新盖房子，说：“人争一口气，佛争一炷香，我现在已是六十岁的人了，这一辈子，我再盖最后一次房屋，以后……就再没有以后了，我想比旁人都盖得强一些，争一口气！”父亲这话里的意思已经不单单想住敞亮高大的房子了，而是想在自己内心建造一所敞亮高大的房子，用一砖一瓦把自己人性的尊严重新高高地耸立起来，把过去所有的耻辱委屈一并拆除并深深地掩埋进这厚厚的黄土地基之下。在那高高的屋院里面，安放自己从来都不愿意委屈低下的灵魂、安放自己生命里所有的自尊。我再没有对父亲说劝阻的话，而是用实际行动支持鼓励了他。

2010 年，春天的第一声炸雷响过之后，一轮火红的太阳就从东边的原野上慢慢升起来了，霞光万道，带着温暖，带着生机。

父亲还是沿袭着一生早起的习惯，在自己家开始做建造房屋前各种木料的预备工作。一会用锯子锯木头，一会用刨子刨平木板，一会用墨斗画出墨黑直顺的线条，一会用凿子凿卯窍……油亮的汗珠子从额头上沿着曲曲弯弯纵纵横横的皱纹流下来，掉在地上似乎能把自己脚下的黄土地砸出金星子，若有所思的眼神中透露着幸福的笑意。我知道，这一次父亲将在原来的宅基地上矗立起自己的人生信条和尊严。

盖房花费了父亲几乎所有的积蓄，其实父亲实在是没有什么积蓄，原因我已经说过了：主要是父母子女的出资和兄弟姐妹亲朋好友的无偿资助。这一次，祖父祖母显得异常积极和慷慨，拿出了几乎一生的积蓄，也许只为“在死之前能住上我儿盖的新房子，把这口气争了，哪怕住一天也行！”这是祖父祖母在房子建造起来之前说的。建造房子用了大半年的时间才算完工。村里邻里乡亲投来了不同的眼光——羡慕嫉妒恨都有，父亲只看在眼里不说出来。这是这件事情所带来的必然结果，但是不管村里人如何羡慕嫉妒甚至忌恨，一座崭新的房屋就端橛橛地塞进大家的眼睛里，不容忽视，不得不佩服，不得不认输。这半年的时间，父亲操了多少心，熬了多少心血，付出了多少辛苦，无人能真正体会，换来了应有的世事效应。

这是一个家族的崛起，这是一个家族的骄傲，这也是一个家族后人有出息能争气的象征，这正是父亲所要表达的内心最深处的情感宣泄。从此我家门前也更添了一些村里串门聊天的人，也更添了一些另眼相看的尊重。可以说父亲侍弄过这座房屋的每一根木料，这每一根木料上也都曾沾染上父亲手心的汗水，这每块砖瓦和墙面在阳光下都闪耀着父亲倔强刚毅的笑容。

（十三）

“人世几回伤往事，山形依旧枕寒流”。所有的苦痛的过往都将在岁月的深处积淀、酝酿，最后幻化成内心可以感动自己的情感流露。父亲灿然地笑了，满脸的皱纹微颤，满头的花白飞舞。

工作后的有一年，我回家看望父母。聊天谈话间，父亲说起了当年供读我和妹妹上大学的时候的情况。

父亲说，当时，供你们兄妹两个读书时，学费很贵。我黑夜白天不停地干活，钱还是不够用哇，叫人作难得很。庆幸的是，那个时候，村里木工活儿多，能涌上手，虽然累，但心里还有个落脚。看着你俩“把书念成了，我做活儿全身都有劲儿，心里也坦然！”等到你俩刚毕了业的时候，“村里的木工活儿齐茬儿没有了”，都被现成的铝合金门窗压花板家具代替了，没有活儿了，也就没有钱了，“真是庆幸你俩的运气好，要不然达就供不起咧！”

父亲把那么多年浸满汗水的付出，却简单地归结为自己孩子的好的运气好的宿命，可见父亲在那些年辛苦劳作的时候，已经完全忘掉自己的存在。如今，我该用什么样的方式报答这一场老天安排的充满了爱和辛酸的“宿命”呢？

新房建起至今，又快一个十年过去了。父亲也基本不做木工活儿了，因为这个传统的手工艺在时代的大潮里慢慢沉入了海底，但愿能成为历史黄沙中一粒闪烁的明珠，等待着又一个“沧海桑田”的变化。

那一台伴随父亲多年的“电刨子”，它见证了父亲人生的奋斗历程，见证了我和妹妹的成长过程；它带给了父亲足够的尊严，也竖起了整个家族的尊严；它锯断粉碎过多少屈辱的过往，它刨平过多少内心的疙瘩人世的坎坷；它是生铁一块，可它能发出父亲胸中的铿锵之音；它本是无心的，可它伴随父亲久了，就有了情；它没有歌喉，可它发出的声音我们全家人都听得悦耳踏实。如今，它静静地待在门房下面，依旧保持着随时待命的状态，父亲喜欢它的这种状态，我能读懂它，也能读懂他。

门前两亩梨树果园，塬上六亩庄稼地。父亲说：“这点果园留着，心情好时侍弄，心情不好时也侍弄，就当是散心活动哩！”果园成了父亲保持一生勤快习惯的一处精神乐园；六亩庄稼地夏收小麦秋收玉米，父亲说“粮食够吃，就行了”，保持着祖辈教导的庄稼人的本分。

期望父亲在以后的几个十年里，能过得怡然自得。

（十四）

这篇文章即将结尾，天上半轮朗朗的明月挂在楼头的那棵银杏树梢上，依旧洒下清凉舒展的光辉，温柔地笼罩着我和这个世界。我和这个世界都切实地感受到它的抚慰，我禁不住想举起双手揽它入怀，相互依偎。明月！只在黑暗的夜里将光亮抛洒给我，照亮我内心的阴郁，让我强大，当太阳再次从东方升起时，他却悄悄地隐去。

生命也如同这月亮，在不断地将光亮洒给我们的同时也在随着时间慢慢地销蚀自己，但月亮可以重圆，而生命终不再圆满。于是，我便感叹父亲的生命也正如这月亮，生命的周期里，很少有圆满，这让我喟叹不已。

末了，我只能用自己温热的生命去叩拜这一片月光了。

2017 年 7 月 14 日　夜

木　香

掀开记忆之门，我是在父亲的臂弯里第一次嗅到这种味道的，温温的，热热的，似乎隐隐约约，但又真真切切，夹带着一个青年男性的特有的强有力的体味，混杂着些许汗液的味道，在父亲的身体周围形成了一个无形但又很难突破的围圈，将我整个儿包裹起来，这味道很独特，极少有人身上能散发出来，像是一种原始森林里面从未面世的洪荒，又恰似身边每日都会贴近的平常，像是从父亲还不甚浓密的胡须里面散发出来的，也好像是从父亲刚硬的头发里面散发出来的，又好像是从父亲那一身打有补丁的衣服的缝隙里面散发出来的，这就是木香——木头（木料）的香味。这种味道，嗅到一次，便会记忆一生。

父亲一辈子密切打交道了两样事物：第一是土地，因为父亲是农民，土地里生长出父亲和家人赖以生存的粮食；第二是木料，因为父亲是木匠，木料的纹理走势吻合了父亲深藏在心中的那幅充满无限期待的明丽图画、木料的馨香温润父亲无数个劳累后的酣梦。

父亲把汗水、热情甚至热血都浸染进了这两样事物上。这样，土地的厚重和木料的曲直也就完全可以承载、勾画他所有的人生。父亲把自己所有人生的美好愿望都一次一次地播种进土地里，父亲把所有对生活的美好期盼都用经过他的手打磨抛光的木头的纹理体现出来。自己在时光深处，收获的是儿女眼仁里遍身沾满黄土的自己的影像和萦绕在梦中的木料的馨香。

土地确实没有亏待父亲这位诚实的农民，但土地满足不了生活向他索要的全部。于是，父亲自学了木工，当一根根粗糙原始的木头在父亲像树皮一样粗糙的大手中经过精心的刨凿成为一件件精美的家具物件的时候，他生命的价值就此体现出来。我相信在父亲的内心深处应该埋藏着更为美好的梦想的种子，也许，这种子只能永远地深埋在他的内心深处，再也没有机会发芽了，只能用一身既浅淡又浓郁的木香濡润他脚下这片踏实的土地。

木匠是个手艺活儿，也是个眼力活儿，大多数时候凭借的是“眼劲”，但好多时候还得加上鼻子。一块木料好不好，适合做什么家具或者物件，不光得看木料的原始树种是什么，还得看木料原始的纹路走势或者解开后木板的纹理粗细形状，这是需要匠人不断地自我锻炼“手劲”“眼劲”的。当然，打造特殊的物件所需要的木料还得加上“鼻子的敏锐度”以判断木料的“油性”。

在我们家乡人们心目中，有两种称呼可谓是充满了无上的尊重，无上的崇拜，他们的话语或者看法就被看作是相当于定论、法则或者说铁律，几乎不可更改。一种是“先生”，是对老师和医生的尊称，只有从事这两种职业的人才能够被人称为“先生”，甚至可以省略掉姓名，语气里面充满了敬畏之情；另一种是“匠人”，包括木匠、铁匠、泥水匠等，在家乡人们的心目中他们的话语是可以用来判断、衡量、评价一种“材料”能否被利用、被怎么样利用、利用成什么样子，一个家具、物件、房屋的好坏、合理性及价值的标准，这些话语甚至有一种不能被更改或者逾越的信任和权威。当然，他们往往也一定会付出极大的努力不辜负人们对他们的那份敬畏和信任。

像人们通过一个人的言谈举止和整体气质判断一个人的个人修养家庭教育一样，父亲是通过木料的纹理和木料的香味来判断一种木头的好坏的，父亲说：“一般来说好的木头香气浓香味香，越好的木头香味越厚越浓。”我相信父亲的话。

人总是要死的。在家乡，各家各户自然会为年龄到了一定程度的老人置备棺木。做棺木在我们家乡被称作“割方”（大概是为了避讳，便按照棺材的外形取的别称），对于整个家庭以及亲戚都是一件很严肃而庄重的事情。

这样在选择棺木板材上就有很大的讲究，棺木的质地、分页的多少，在一定程度上反映了这位长辈在家庭中的地位、权威以及给家庭做出的贡献的多少；也反映出晚辈对于这位长辈的尊重爱戴程度、家庭的富裕程度以及晚辈子女的社会能力；等等。于是，“材”（家乡人对棺木的避讳称谓）就有了“桐木材”“杨木材”“松木材”“柏木材”“楠木材”；厚度也有不同，有四寸的、有六寸的，还有八寸的；又可以根据一副棺木用的板材块数的多少分为“四页瓦”“八仙板”“十枕（根）头”；特殊的木板又可以根据木料的油性分为“干料”“少油”“富油”。所有这些，一部分由事主家家庭成员的态度决定，一部分则取决于当时那位特定“匠人”的“眼劲”“手劲”还有鼻子的“劲”等个人经验。所以，选择一位得力而富有经验的“匠人”就显得尤为重要了。

就“割方”这件事本身而言，事主家所有的成员都会对他们所选定的这位“匠人”更多出那么一点的看重来。父亲就是凭借着自己的“眼劲”“手劲”和鼻子的“劲”而赢得了人们的尊重。

小时候父亲之于我，就是那一件一件散发着木头香味的衣服。父亲出门在外给别人家做木工活儿，早上我还在睡梦中的时候父亲就起床出门上工了，晚上，当父亲披着星星戴着月亮回到家中的时候，我就又在梦中了。父亲是典型的大男子汉，所以，我是不会轻易被父亲揽入臂弯的。当然，我自己也始终觉得父亲就是父亲，很威严，有着他自己独立的世界，绝不会轻易允许我一个毛孩子随意闯入的，所以，也就不可能轻易地围绕在父亲的周围了。

但从内心来说，我非常喜欢更确切一点地说是渴望围绕在父亲的身旁，特别是父亲在做木工活儿的时候。我觉得父亲说的话都很有意思，很深奥，父亲做活儿的姿势都很有“架势”，我很想模仿，心里一遍一遍地想要是我自己能那样该有多好呀。

父亲也经常在干活的过程中会突然情不自禁地说：“你看这木料纹理多顺，这木料油水多好！不信你闻？”我就认为这话是父亲对我说的，我当时就会心怀一种带有某种悸颤的骄傲走过去装模作样地用眼睛看一看，鼻子凑上去闻一闻，好像我也是一位经验丰富的匠人。这时父亲绝对不会不耐烦的。

父亲说，一般木料看纹理就能知道好坏，但真正的好木头还得再加上木香来判断。对于木头，父亲一辈子没有看“走眼”过；但对于人，父亲总是用最“香”的味道来评估他人，可很多时候，这些人都是亏了父亲的，这个人充其量只是拥有一般“纹理”的人。家人埋怨父亲时，父亲总是说：“匠人也有看走眼的时候。人脸上又不写字，咋能就每次都看准哩？”

木头的纹理是树木默默地在心里刻画时光的印迹，它记录着树木一生经历的严寒酷暑春茂冬衰、描绘着树木曾历经的坎坷与创伤。同样，木头的香味是树木默默地不动声色地在自己的灵魂里沉淀自己经历的所有的过往，风雨雾霭、流霜冰霰。如果说树木的纹理是一种记录的话，那么树木的香味便是一种“本质”的透露。人就是这样凭借纹理和香味来判断树木、木料的。

当然，父亲也固执地认为，人与树木都有华败荣衰、生老病死，便也应该有极相似之处。父亲之于木料的经验和态度，也让我相信了时光在每个人身上刻画的纹理、沉积的香味也各不相同。这种特殊的香味独自悠然地从他们自己的身体内部灵魂深处散发出来，我相信他们终会遇到适合的“鼻子”。

解　板

父亲的眼睛可以透视木料，就像 X 线能透视人体一样，我感到很神奇，于是，木头在父亲的眼里也就有了区分。一根木头到底作何用途，父亲只需要用目光上上下下来来回回端详几次，就像用锯子把木料解开成了一块一块的木板那样一目了然，结论就此得出，很少有走眼的时候。

一根木头要是能被解成板，那算是对这根木料的认可和大用。被解成板后，一根木头就可以在匠人的手底下成为各种形状不同用途不同档次不同的家具、物件、摆件了，走进不同的场所，也便有了不同的身份不同的地位。于是，木头被解成板之后，便成就了木头，木头成就了，一部分匠人也就因此而成就了。

木头被解成板，看似一种伤筋动骨的损坏、一种折夭殒命的裂解，实则是一种无量的赋予，一种莫大的成全。当然，有人说，一根木料成为柱子、成为大梁、成为檩条，都是一种大用，为什么非得要被解成板呢？这是一种破坏哲学，也是一种建立哲学，值得思考。

在电锯产生之前，解板是一件苦差事，同时又是一种技术活，是一切木工活儿的最上源头，是一切木工活儿的基础。

在我还比较幼小的时候，就看到过父亲在几个壮实男劳力的帮助下，将一根被父亲的眼睛“透视”考核过的木头，用绳索捆绑固定在屋内厅堂的柱子上，然后，就地取材，在木头的两侧各用一块木板搭建一个斜坡为踏脚之处，犹如独木桥。使用被父亲精心“发”（用工具打磨尖利的过程）

过的牙尖齿利的大锯，和对面的帮工或者另一个匠人一起“你拉我送”地将一搂粗的木头，沿着父亲事先用墨斗“打”下的笔直的墨线，解成一块一块散发着木头特殊的温热的香味和锯条因为摩擦而散发出的金属味的木板。解板过程中，对木匠和帮工的技艺、力道、耐力、配合都是一次严格而苛刻的考验。这些都可以从解板时匠人浸透全身衣服的汗水上，从一块一块木板的平整程度上，从拉锯的两个人的吆喝声里，甚至可以从木屑的粗细的均匀程度上得到充分的体现。

木头失去了原始的壮大和遒劲的外形，失去了完整的年轮记录，失去了整体的存在感，但木头的外形会在此后的匠人的手艺里体现得更加工美、柔和、灵动。岁月的同心年轮在匠人精心地打磨下，演绎成美轮美奂的自然花纹，体现出拥有者的内在修养内在气质，木头没有了整体存在，但木头的价值以增加的方式转移进了一块一块具体的木板中，生命将以更加具体的多变的形式展现出来。

这样一来，解板是一个分解、剖析过程，也是一个构建、重置、提升的过程。

父亲说：“我这一辈子不知道解了多少板。也不知道把多少板做成了家具。”父亲又说：“我这一辈子就是不停地解板，不停地将板做成家具。”成为柱子，成为大梁，成为檩条的木头，也许成就了屋厦的宏伟，但木头本身没有留下任何姓名或者特殊身份。而经父亲解板后成为家具、物件的每一寸木头上，都浸透着父亲坚韧的生命温度走进了千家万户，留在了千家万户，被千家万户所念叨提及。

父亲醇厚坚实的生命之树，被时光在不经意的日日夜夜里解成了日子的“板”，但父亲也在每一个充满阳光的日子里，用汗水将生命刨凿打磨得更加纹理优美、香气悠然。

你并未走远

俗语说“人一死，就有了日子”。可是，我怎么都觉得这三年的时间就像在昨天；三年前发生的事情就好像是发生在昨天。是我不愿意承认吗？不是，是自己的感情一直保持着昨日的温度，不愿改变。

爷爷去世已经三年了。这三年的时间就跟没过似的，停滞着。所有一切都停滞着，保持着原来的样子。那一把灰色的葛条藤椅还摆在门道原来的地方，上面铺一张浅灰色底儿缀满水红色小花的椅垫，太阳斜斜地照在上面，带着暖意，没有人去搬动它；自家小庭院里走道两旁的木棉花依旧保持春天发芽，夏天开花，秋天落叶，冬天把未死的根深深地埋在泥土里等待又一个春日的阳光来照耀，那是爷爷曾经亲手种植的；那一根原木拐棍自从爷爷走后就一直等待在房间门扇的后面，着地的一头缠着一小节黑色的橡胶皮子，作用是防滑；那架覆满了铁锈而显红色的火炉依然静静地蹲在墙边，默不作声，似在等待……通往厅堂的那条短短的水泥路上，爷爷走路时鞋底蹭地的声音似乎还回荡在耳边，这一切都静默着，但又好像都在说着话。

我每次回家还是习惯性地先进爷爷的房间去问候，这完全是一种多年养成的无意识的行为，但当我撩起门帘进入爷爷的房间的时候，脑海深处才会有一个声音告诉我：爷爷已经去世了。于是，我就目光直直地看着西边山墙上挂着的镜框里爷爷的照片，呆愣愣地站一小会，再回过头无声地走出房间。

爷爷走后，奶奶总是安详地坐在大门口的交椅上，交椅紧挨着那把藤椅。我一进家门，奶奶便会深情地上上下下打量着我，像是我离开这个家门有很多年了，或者是我身上某个部位发生了特别明显的变化，又或者是怕再失去一位亲人似的，满脸始终堆着笑，说:“比以前身体好些了，身体好，比啥都好！”这句看似简单的话里似乎包含了她饱受辛酸的一生的全部哲学。但我是似懂非懂，不能完全理解的，只是不停地微笑、不停地点头。

每顿吃饭的时候，我还是习惯性地去叫爷爷来厅堂吃饭。但刚起身迈出两步的时候，才意识到爷爷去世了，不在了，再不需要来厅堂吃饭了。这些下意识的行为的起始原因我是无法控制的，或者说根本不由我控制，完全是一种无精神支配的自然而然的行为。我也常常会在不经意的一瞬间或者一瞥间，清晰地看见爷爷就坐在门道的那把灰色的葛条藤椅上安详地打着盹儿，耳朵似乎能听到爷爷那悠长而富有节奏的鼾声。

屋院内我眼睛所及的任何一处角落，任何一件家具物件，甚至一面空荡荡的墙上，我常常能看见爷爷那堆满和善笑容的脸。那一刻，我才对“音容宛在”这个词有了更深刻的理解。

一日，我跟小姑电话聊天，我说:“我总是觉得我爷爷没有死，他就坐在那间窗户面向庭院的房间里面，静静地，只是不说话……”稍静片刻后，电话那头的小姑声音略带颤抖地说:“这也许就是亲人的感觉吧！”我听出小姑也想念我的爷爷了，想念她的爸爸了。

这样一种感情被阴阳两界所阻隔着，只能依凭一种无尽的思念去维系。我现在终于深刻而明确地理解以前看过的很多故事里电影里那些关于想念思念或者怀念的特别描写和镜头画面了。

于是，我便在内心里说：爷爷，你并未走远！

记忆到底能走多远

（一）

如今再回忆外公，脑海里仅仅就剩下几帧老照片似的影像，还有为数不多的几个片段，像播音室里被剪辑过的故事。但就是这几帧照片总是时不时地闯进我的脑海，模糊但足够辨认，反复激荡着记忆的海洋，生出一圈一圈的涟漪，荡向目光不能及的远方，接着新的涟漪又产生了，又荡向远方，如此反复，日日夜夜，那个“远方”又是自己清楚的远方，但不能触手可及，让我心绪不知所处。

那几个片段似的故事，像是获得了超宇宙力，总能以波的形式，撞击我心房的某个地方，那撞击的波动，是沿着血脉流动的，时间一到，会让全身的每个细胞都激越起来，生出许多温热的颤抖，不能自持，甚至会影响自己本该安静的梦。

外公是个农民，是个地道的农民，是个能手农民，是农民就离不开牛马骡子，外公单喜欢牛。外公说：牛性子慢，但牛有长劲。这个话，外公对我说了不止一次，这话的意思是我在外公去世后才渐渐明白的。

外公家的庭院，最前面是三间门房，最右边的一间留出来作为人进出的过道，中间的一间半是牛圈，剩下的半间是牛的草料贮藏室，贮藏室的门开在另一侧，不与牛圈相通，这样可以保证草料的干燥不发霉而且不受牛的粪尿味的污染，保持了草料的香甜美味。外公有生之年里，牛圈从来没有空过，始终会保持有一到两头牛在养，这既是农家耕种土地所必需的，又是一种内心踏实的依靠。

牛在外公的眼里可不单单是耕作土地庄稼的牲口，牛是外公的好“帮手”，牛是外公最忠实厚道的“伙计”，更是外公所养扶的一家老小里的重要一分子，是家庭不可或缺的重要成员，是具有尊严的一位成员。在外公的眼里，有时候比家人还要金贵呢！

除过冬季大地和麦苗熟睡后不便打扰之外，其他春、夏、秋三季外公都会按照时令的变化分派好下地的活。

最忙要数初夏割完麦子到播种秋庄稼和收割完秋庄稼到播种冬小麦这两段时间。这两个时节里，全家人都在忙，外公不单要在脑子里盘算如何耕种、收割，让一切活计有条不紊又有比较高的效率，并且在身体上也是最劳累的，但要说最累的还是外公心爱的那头老黄牛。

拉载满了成熟庄稼的大车对老黄牛来说已经算是轻活了，犁地是最吃劲的，耙耱地则稍微轻省些。犁地的时候，牛在前面低着头弓着背，鼻子里喘息粗气，四条腿上会暴出一绺一绺的力量十足的肌肉和青筋，身后留下一溜深深的蹄窝，但瞬间就淹没在身后深插在泥土里的铧犁翻腾起的泥土的浪花里。这样的活，一般会从太阳还没有冒花，地里的野草还挂满露珠的时候，干到日上三竿接近中午的时候，这时候已经是牛困人乏。这过程中牛是要用全身的劲量拉犁的，外公心疼牛，除过扶犁掌方向外，也要双手用力推犁，尽自己的力量给牛添把力气，还要不时地停下来让牛歇一歇、喘口气。牛停歇时，外公是不闲着的，赶紧在地畦田垄上揪一把看上去特别鲜嫩的青草，卸下牛笼头，送到老黄牛的嘴边，老黄牛伸出长长的舌头几乎用不了两下就把全部青草卷进嘴里，青草的清香立刻就会弥散在周围的空气中。外公看着老黄牛香甜惬意地咀嚼青草，会禁不住脸上露出笑容，牛也会回报外公以充满谢意与深情的眼神。

待到耙耱地时，外公是舍不得自己站在耙耱之上的，一个成年人的体重是远远大于一个小孩的，于是，为了减轻老黄牛的负担，我往往就成了坐在耙耱上的最佳人选了，这项活叫“坐耱”，是很轻松，不用废什么力气，但是耙耱地时腾起的土尘会像浓烟一样将自己包围，等从浓烟里面挣扎出来的时候，已完全成了一个泥塑的孩子，头发、睫毛、衣服都裹了一层黄土，活脱脱一个“泥菩萨”。

有时候，干活的中途会遇到不期的风雨。特别是夏天，天气就像娃娃脸一样，说变就变，没有一点预兆，往往让人尴尬。一旦遇上这样的阵雨天气，外公会以最快的速度给牛卸了耙犁回家，但有时候还是赶不到家雨就下来了，外公怕牛生病，就脱下自己的衣服给牛披在背上，回到家顾不上自己先换下湿衣服，反而是先给老黄牛把身子擦干，再用麦秸笼一堆火，给老黄牛烤烤身子，这才放下心自己去换下被雨淋湿的衣服。第二天，外公一定是要比往常早起一些，第一件事就是去反复摸摸牛的两个耳朵根部，看看牛生病、发烧了没有，像我生病发烧时，母亲用手摸我的额头一样。

农闲的时候，老黄牛每天都会被外公牵出门外，放放风，呼吸呼吸新鲜空气，换换在圈厩的逼仄环境里待久了的苦闷的牛心情。

外公家有两根拴牛桩，长条形，青石做的，顶端分别蹲一个石猴，活灵活现的，一个在门口对面的南墙下，天暖和时陪着老黄牛晒太阳取暖舒展筋骨；一个在门口的大槐树底下，天气炎热的时候，伴着老黄牛消夏乘凉。不管是在哪里，老黄牛只要一看见外公拿着扫帚出了门，就知道该回槽了，回槽前是要梳理毛发挠挠痒的，它便会起身静静地站立着，似乎一直在期待这美妙的一刻。外公用细篾扫帚顺毛给牛梳理毛发，梳理完毛发挠完痒痒，老黄牛会摇头晃脑地使劲地抖动几下全身，它面部的表情告诉外公它全身的每一丝肌肉这时候都是舒坦的。老黄牛对着外公深情一望，发出轻松惬意的长哞，这是对外公表达谢意的最好方式。

外公去世后，办完丧事，老黄牛被卖了，尽管生产劳动还要继续，但外婆说以后再不养牛了。从此，外公家就真的再也没有养过牛了。

（二）

在渭河冲积出来的八百里秦川，放眼望去尽是坦坦荡荡的肥沃土地，孕育出了关中独有的饮食文化。各色面食享誉江南塞北。而水盆羊肉泡馍堪称蒲城一绝。

我家和外公家中间隔着一座高高的土塬，这道土塬也应该是曾经才情四溢青春奔放的大唐骚人们，四处采风涂鸦言志抒怀的绝佳去处。我们家处在土塬的北面，外公家住在土塬的南面，因此上，外公管我们家叫“塬北”，我们管外公家叫“塬南”，也因此，母亲把回娘家不叫回娘家，而叫“回塬南”，外公外婆把看女儿不叫看女儿，而叫“去塬北”。

塬南属于灌区，庄稼每年收成两料，大多数人家吃喝比较富足，塬北村里人娶媳妇愿意娶塬南的，嫁女也愿意嫁到塬南去；相对于土地肥沃的塬南灌区，我们就是塬北的“干土梁梁”的干旱区，没有灌溉渠道，每年只能勉强种收一料庄稼，还得“看老天爷的脸色吃饭”，也许上天也有难平衡的时候。而外公却偏偏将自己本就是塬南的女儿嫁到塬北，因此母亲在困难的时候总有点怨气外公，把自己嫁到塬北受苦。所以，小时候我经常被母亲带着“回塬南”，因为家里实在是不够吃的。正常的饭菜都吃不了饱，肉肉菜菜、汤汤水水的好吃的那就更别想了。所以，村里人互相打趣的时候就说“我请你吃羊肉！”“你是吃了羊肉了？”（我们把吃羊肉泡馍简称吃羊肉，突出了羊肉的难得和珍贵，一般人家吃不起，吃得起的也不会常吃。）

我第一次吃到羊肉泡馍，是外公带我去的。那是一个夏天的大清早，我被外公从睡梦中叫醒，外公说了一句：“咱吃羊肉去！”转身就出去了，听到这话，我就觉得又是大人哄我起床的招数，所以就没在意，继续赖床睡觉。不知过了多久，我朦胧中又听见外公大着嗓门在炕边说，“赶紧起来！咱吃羊肉去”，顺势摸了一下我的头。

那个时代外公是有一辆自行车的，这是家里比较贵重的物件，外公特别珍爱，经常擦拭、照油，使得自行车的有油漆的地方明亮可鉴，辐条一根一根在阳光的照耀下可以达到炫目的状态，一般人是不能碰的。去“吃羊肉”的那天是迎着太阳的，我坐在自行车的后架上，坐在外公的阴影里。刚冒花的太阳照得村庄、田野一片辉煌，早晨的风夹带着田禾花草的清香，当然也会间或地夹带浓郁的牛粪味（当时让人讨厌，现在却很怀念），闻一下就精神爽朗。

乡村的土路不平整，坑坑洼洼的，因此坐在自行车上就像坐在随波浪起伏的船上，颠颠簸簸，上上下下，左右晃动，不知道拐过了多少个弯，也不知道过了多长时间，当时就觉得很远，终于在一座店舍门前停下了。

这家店舍相对独立，不挨着村庄，也没有四邻，周围是绿绿的田地，门前一条不宽不窄的土路，路面上还有雨天时行人留下的散乱脚印，清晰可辨，房子周围的空气里弥漫着羊肉汤的幽香，闻一下几乎能让人迷醉，至少我在那个时候是这么认为的。

按说我是个“乖孩子”，亲戚都这么说，我们那里说“乖”是矜持、听话的意思。但当店家把一大碗羊肉汤放在我面前的时候，我几乎按捺不住自己的手脚，不知道它们该怎么做才是合适的，我有点控制不了它们，或者说是它们突然之间不听我使唤了，屁股总是想离开凳子，至于接下来该怎么站立，该怎么拿筷子，该怎么将烧饼掰碎泡在羊肉汤里，该怎么张开口吃香喷喷的羊肉泡馍，当时似乎我根本来不及思考这么仔细和深入的问题。

羊肉汤上面漂着几朵翠绿鲜嫩的香菜叶，每一朵都像是一叶扁舟，似乎要把我的心载到一个不知名的但又让我无比向往的地方。清澈的汤水上面还漂着许多大大小小的、圆形的或者椭圆形的油滴，从窗户进来的阳光光线让它们一个个辉煌灿烂，发出诱人的光彩。而那几块线条明朗的羊肉似乎很轻易地就穿越了那一片阻挡在我和它们之间的那一泓幽然的水草，款款地向我飘过来……现在回想当时我是怎么吃完一大碗羊肉的，又是怎么再次坐上外公的自行车回到外公家的，完全没有了印象，完全想不起来。但是那一碗羊肉的幽香，直到现在依旧萦绕在我的记忆里。

（三）

暑假待在外公家，最大的幸福就是几乎天天都能吃到甘甜多汁的西瓜。

我小时候，农村的经济还不很繁荣，人们手头没什么现钱，好多时候都是以物换物，直截了当。比如人们在集市上用鸡蛋换油盐酱醋，比如用棉花换布匹，比如村道里卖西瓜的不说卖西瓜，而是喊“换西瓜”的号子，人们则用小麦、大麦、黄豆、玉米等粮食商定一个目前的行情直接交换。外公家那里是灌区，粮食富足，自然舍得用粮食换西瓜了。

外公每次都会换回来七八个西瓜，遇到特别好的甚至会换回来十来个，放在屋内天井的阴凉潮湿处，放上半天，天井的凉爽之气就渗透进西瓜里去了，西瓜吃起来会更加的脆甜、爽口，我们叫“沙甜”，吃完会更加消暑解渴。我们那里把切西瓜不叫切西瓜，而叫“杀瓜”，充满了豪气，也是西北人特有的人格气质。

每到午后，天气也是一天最炎热的时候，外公就会“杀瓜”，全家人围在一张桌子周围，外公边“杀”，家人边吃，刚开始大家吃的速度是超过外公“杀”出的速度，这个时候外公是不吃的，外公就继续“杀”，直到桌子上摆满西瓜牙儿，大家都吃不动了，外公才开始吃。外公是我见过吃西瓜最快的人，还能边吃边吐瓜子，那个时候我是很羡慕外公的这种“本事”，能多吃还不硌牙，我就会定睛观察外公的嘴和腮帮子，看外公是如何做到的，有时候还会看得愣神，然后被外公一句“看啥呢”叫醒，外公吃西瓜的“本事”我始终没看明白，也没有学到。

吃完西瓜，休息一小会儿，太阳还高，但颜色已经不是正午那么发白了，而是泛出鸡蛋黄的颜色来，空气也没有那么炽烈了，外公就会说一句：该吃的吃了，该歇的也歇了，该下地干活了。

一般情况下，外公牵着牛扛着农具，我挎着给牛打草的“笼”（当地一种用树枝或者竹篾编制成的带有鋬的农用容器），外公吆喝着牛干活，我在距离不远的地方给牛打草。

太阳消失在远处的玉米林子后面的时候，晚风送来阵阵凉意，露水很快就会降下来落在草尖上，打湿裤腿，我的牛草也就打满了，外公就说，“露水上来了，回家！”回家路上，外公指着自己满脸的汗水、沾满灰土的衣衫鞋子，看着我被草笼压斜的小小身子，又不好意思说累的神情，就会语重心长地跟我说一句话“好好把书念，不要打牛后半截”，当时我只知道外公是教我好好读书，将来不要再像他一样天天得下地干活。其实我自己并没有想那么深刻，只是觉得只要能吃上甘甜的西瓜，干点活也没关系。

（四）

在这么多已经遥远，但非常清晰的情景里，外公的面部影像我始终是看不清楚的。

在我的脑海里好像只给外公“照”过一次“相”，但就是这一张影像深深地刻印在我的记忆里，异常清晰，无论时间的风尘如何弥漫、肆虐，都不会将它冲淡或者磨蚀，反而随着时间的流转冲刷而更有了欲盖弥彰的意味。

这张影像自从外公去世后就一直挂在外公家老屋里的西山墙上，高而硬朗的颧骨上方一双充满爱意而略微凹陷的眼睛，给我的感觉不是照片，而是外公真真地站在那里看着我，额头、面颊、眼角布满沟沟壑壑的皱纹，像他一辈子耕过的田地上的泥土波浪，这会依然鲜活地铺排在他的脸上，始终保持着土地一样自然的笑。我只要一想起跟外公在一起的任何情景，这张影像就是外公唯一的表情，无法更改。这张影像清晰、明朗、醒目，也像版画一样被镌刻成外公喝茶时的悠然表情。

外公爱喝茶，酷爱，就像他酷爱养牛酷爱抽旱烟一样。抽烟，被科学证明对身体百害而无一利，但外公在世的时候是不怎么了解科学的。并且，那烟叶大多数时候是自己种植，自己收获，自己“享用”的，外公说纸烟没劲（其实最重要是为了省钱），这烟（旱烟）提神。

喝茶，用现在人的眼光看，应该是属于养生的一种爱好，也是一种生活情趣，但外公喝的茶基本不具备养生的功效，可能就剩下提神的功效了。外公买一斤茶叶五块钱，那就是顶贵的了，喝进嘴里苦拉拉的，流进胃里有点闹“心”，我曾经背着外公喝过一口，那“苦”有点刻骨铭心。

外公每天很早就起床，第一件事，就是烧水煮茶。院子的前门口，也就是牛圈的顶头，隔着门道，西山墙根下，蹲着一个小小的泥炉，是外公自己用黄泥箍的，酷似博物馆里古香古色的鼎，只是下面的三个脚细长，恰能迎合现代人的审美观，旁边一个小缺口，像年迈的老人掉了一颗下门牙似的，那是入柴添火的地方。多少年过去了，烟火将火炉的外表熏染成墨黑，当炉火燃起时，一如那些寒冷的冬季，外公穿着一身黑土布棉袄棉裤蹲在门道的墙根下，手扶着烟袋锅，烟袋锅里的点点星火，忽明忽暗，衬托出外公早已佝偻的身躯。

煮茶的水是院子里的古井水，是外公用辘轳摇上来的。烧的柴是老黄牛拉着碌碡碾压出来的麦秸或者外公自己拔倒的棉花秆，路边捡拾的干枯树枝等。火在炉膛里燃着，时时发出毕毕剥剥的声响，似外公睡眠时的呼噜声里夹杂了几声沉闷的咳嗽。红红的火光给外公酱红的脸涂上一层鲜艳的红色，似姨姨们出嫁时外公喝醉了酒时的脸，在闪闪烁烁的火光中，才能显出一点生动和鲜活来。

外公边等着茶水，边抽着旱烟，边若有所思地愣神，嘴里吐出的白色烟雾，一瞬间就把自己的脸淹没了，但很快烟就又散开了，外公的脸又露出来了，一会清晰一会模糊，在这清晰和模糊的交错里，外公吞吐着自己对生活的艰辛的承受、忍耐、理解和体味。等到水壶里的水欢叫地跳跃起来，嗞嗞地落进火里化成一瞬的白色水汽的时候，茶就煮好了。茶倒进杯子，杯口上氤氲着袅袅的水汽。茶很浓，看不见杯子底，但能清晰地映出外公脸上的每一道皱纹还有睫毛和胡须，一丝一缕都看得清楚。

外公端起杯子，嘴唇试探性地沿着杯子的边缘划过一个半圈，速度非常迅疾，还伴着茶水经过嘴唇时爽利的“滋溜”声，然后喉结一动，第一口茶就下肚了。外公脸上的表情，让你觉得那一刻他是享受了人世间最痛快的幸福的感觉。我就问外公，“啥味？”外公会禁不住地吧嗒一下嘴说：“香！甜！”然后会扭头看一眼牛圈里正在香甜地吃草料的老黄牛。我说过，我尝过外公喝的茶水，就是在第一次认真读过外公喝茶后的面部表情之后。茶水一进我的口，没有半丝犹豫就被我吐出来了，真是一种说不出来的苦、涩。

喝完茶，外公就牵着老黄牛扛起农具下地了。也许我永远无法体会出外公喝第一口茶水的那种惬意和满足感。也许外公只是利用早晨这短暂的时光，从悠长、苦、涩的茶水里体会出了人生偶尔才会有的香与甜来，即便是这香与甜的感觉极为短暂，外公于内心也是满足的。

外公的这两样爱好，也为他的命运埋下了伏笔。外公酷爱喝茶，可外公在他生命的弥留时分，是连一口水也无法下咽的，更别说他酷爱的煎烫的浓茶水了。

人生就这样，很多时候曾经看似简单的幸福会成为难上加难的幸福的折磨。

外公酷爱旱烟，可是到了生命的最后，由于消瘦，外公连呼吸的力气都没有了，抽烟的惬意、放松完全成了他生命的一种极度的奢望和遥远的记忆。

外公喜欢养黄牛，外公生前养的那头老黄牛送完外公最后一程后，就永远地易主了。从此外公家再也没有出现过黄牛的足迹，但原来的牛圈却保持了很多年。也许，牛槽边上一直还活动着外公给牛搅拌草料的身影，他的子女需要那种带着昔日温度昔日声音的身影，那也许是外公走后留给他们和我最鲜活的记忆了。

外公享年多少，直到现在我也不清楚，只知道外公去世的那年我在参加中考。所以，外公出殡时，长长的孝子贤孙的队伍里单单缺了我，待到给外公办三周年纪念的时候，我又参加高考，同样，长长的孝子贤孙的队伍里又单单缺少了我。后来，母亲在不经意的时候对我说：那么多的“外”孙“里”孙里面，你外公独独最爱你，但你外公在“咽气”之前，在举行丧事和三周年的时候，你都没有参加，真是亏欠你外公了，你外公真是白疼爱了你一场。母亲说这话的时候，内心似乎有一种莫名的遗憾和期待。

当时隔二十多年后，也是毕业之后在北京工作十多年之后，我第一次来到坟场，跪在外公和外婆的坟前，母亲对着外公外婆的坟头说了一句：“达——妈——孩子来看你们了。”母亲颤抖的声音里面，带着对自己父母的亏欠，带着外公外婆曾经为扶养他们付出的辛劳，带着对自己扶养自己的孩子在成才的路上所承受过的心酸，带着自己的子女长大成人，有了体面的工作后，才有了扬眉吐气，倾吐胸中瘀滞已久的委屈，似乎在那一声哭腔的告白里得到充分的倾泻。我似乎明白了母亲多年咬牙受苦过日子的“狠”心，似乎明白了外公疼爱我的理由。

（五）

外公走了，还有外婆疼爱我，我似乎并没有因为外公的离去而悲伤。

日子依旧在继续，我上中学，考大学，读研究生，再后来就是工作，没完没了地工作，日子在自己的努力和父母的期盼中过去得飞快。

当有一天我得知外婆去世的消息时，我的心一下子好像从一种混沌的状态中突然清醒过来一样，心口感到一阵难以挠抓的疼痛，这种疼痛似乎不是单纯为了外婆，而是深切地疼在对外公的怀念里。那一刻，我才突然意识到我亏欠了外公对自己的疼爱，一种再也没有机会去弥补的亏欠，我意识到这一种亏欠将会在以后的日子里像一根藏在海绵里的芒针，不知道会在哪个不期的时刻刺痛自己一下，关键是自己无以抚慰自己被刺痛的痛点。

一个不纯粹的农民

以 1997 年为界画一条线，正好把我现有的生命进行了对折，正好分成了相等的两部分，但这两部分并不是简单意义上的重叠。前半部分，我的肉体在农村但我的精神却想离开农村；后半部分，我的肉体在城市但我的精神却想回归农村。一句话，我的肉体和精神始终是分离的，因此，我不是一个纯粹的农民，也不是一个纯粹的城市人，这让我难堪也让我幸福，让我纠结也让我舒展，让我痛苦也让我欣喜。

前半部分，脑海里面储存着老师、父辈们反复在耳边说的“电灯电话、楼上楼下”的“现代化”生活的美丽得有点像幻影的憧憬，却用自己的依然稚小的躯体体验农村惯常的所有生存技能。这是真真切切的生命的开始，我没有办法选择的生命的开端。

我生长在这片土地上，我几乎熟悉这里每一条两边生长着各色杂草的土路；每一条矗立罗列着黄土墙蓝瓦房的村巷；每一条可以狩候黄鼠游走着绿蛇蹦跳着癞蛤蟆的壕沟；每一片点缀着野花翩飞着漂亮蝴蝶的庄稼地；每一张赭红脸堂上绽放的笑容；每一个背影走路时的姿态和背影发出的声音……所有这些，时间已经每天反复着反复着，终于深深地刻画进我的生命里，我无法用任何方法将它们抹去。

在这片土地上，在我还相当幼小时，我已经在母亲的指教下，蹒跚地提着比我还要大的篮子，跟随在一群比我大的，穿着花花绿绿的衣服，移动起来就像大地上生出来的，流动着的一团团五颜六色的云朵似的小伙伴们的身后，学会了在春天酥软的麦畦间挖野菜。

我第一次跟着农民身份的父母下地，便学会了在炽烈的骄阳下提着竹笼，在白得耀眼的麦茬地里捡拾遗落的麦穗，我隐约知道了每一粒粮食的珍贵。我有意无意地就认识了父母所使用过的所有农具，并且知道它们的用途，并一一体验过。母亲说，“锄地时，手要握紧锄把”，我没有听话，结果一双还显稚嫩的小手磨出好几个大水泡，生疼。父亲说，“干活要悠悠的，有劲慢慢使！”我依然没有听话，结果拉完架子车后胳膊腿疼了三天仍没好。爷爷说，“干啥都不如好好读书”，我不信，直到后来我终于有点讨厌放夏、秋两次“忙假”，才真正体会到了农事农人的艰辛。奶奶说，“织布纺线要拿日子熬哩”，直到后来上了大学我才真正明白，日积月累有多么强大的力量。

天性顽皮的我跟着那些被大人们称为“土匪”“狼娃子”的小伙伴，学会了爬上树套知了掏鸟窝。村里有了红白喜事，总会放电影，我会和一伙毛头小子兴奋地在人群里，像鱼缸里的鱼一样总是不停地在人群中窜来撞去，却不知道在寻觅什么。坐在用糊满干泥巴的砖块摞起来的“凳子”上，仰头观看电影，时而激动地喊出声来、时而感动地流下泪来、时而愤怒地握紧拳头胳膊腿还不自主地踢蹬几下，自己却全然不知。我会和一群是父辈或者是祖辈的农人一起躺在一片连着一片被满天星光笼罩的打麦场上惬意地思想着，牛郎和织女到底见上还是没见上面，来舒展劳作了一天的疲乏身躯。我没有办法不为一片盛开的黄灿灿的油菜花所吸引而停步陶醉良久，我控制不了自己不去嗅一嗅如潮般汹涌的麦浪的味道，想象它们抽穗扬花泛黄成熟时的馨香。

我觉得在完成一天的劳动回到家后，一手拿着冷馒头一手拿着大葱蒜苗甚至青辣椒，这边一口那边一口地大咬大嚼是多么的喷香和满足。跟着父亲我知道了哪朵云会下雨、什么样的月光会吹风。在父亲疲乏休息喝水的当儿，我无师自通地学会了农民的把式活儿——扬场。母亲说，“活儿比日子多”，于是我被母亲领着“打棉花尖”打了大半个月还没有完成，母亲却催着说芝麻地里的“草都长荒了，咱得赶紧些”。

我上过学的所有学校的周围都是庄稼地，或者说一大片庄稼地里突然有一大片蓝瓦房舍葱郁树木的校园，连自己都觉得有点突兀。上学的路都是土路，一年四季只有两种状态：一种是风尘仆仆，一种是泥泞难行。我们的老师大多数是“半个农民”，上课讲的是自然科学的知识，下课说的是科学知识里的自然。老师把我们当成自家地里的庄稼那样精心务弄，期待一次又一次的大丰收。

大家都认为我是学生娃——将来的有知识懂科学能写文章能诵诗的“文化人”，但我始终觉得我就是个稍微有点“特别”的农民，因为除过上课写作业，我实在是想不明白这片土地上，为什么会有那么多没完没了的终年也干不完的活。我为了逃避下地劳动，宁愿把老师布置的作业翻倍来写；当作业没有按时完成时，又以父母让自己在家干很多的活为借口对老师讲理由。这些都看似奇怪矛盾的事情，归根结底都是因为，我不是一个纯粹的农民。

我喜欢各种鲜花开放整洁庄重的校园、宽敞明亮书声琅琅的教室，也喜欢辽阔广袤弥漫着草木庄稼的馨香的原野，也喜欢回荡着浓酽乡音的村巷。这里的阳光给我温暖，这里的月夜给我清凉，我高兴时就在长满庄稼的田野里疯跑，我郁闷时就在满天的星光下踯躅甚至喃喃自语。我多少次起念想离开她，又多少次体会她的壮阔美好而不舍得远离一步。

1997 年，当预示着丰收的金色麦浪，卧倒在农人银亮的镰刀之下，经过炎炎烈日下的晾晒碾打颗粒归仓后，我也像父母亲种植的一料庄稼一样，到了父母期盼已久的收获季，也正如这片深厚的黄土地一样，只要流淌了血汗，它自然不会亏待为它辛勤付出的主人。

那一张大红的大学录取通知书，便是这场收获最鲜明的标志。在村里人的眼里，我已经完全摆脱了土地摆脱了成为农民的命运，已经属于“外面”大世界的人了。我也一度为了人们传递过来的那一种羡慕的眼神而欣喜若狂过。但每当我从繁华喧闹的“大城市”回到寂静的自认为属于我的乡村，每当我离开有着灯火辉煌的教学楼、有着古树林立参天蔽日的校园，踏上黄土扑扑的乡村土路时，看到父母成年辛苦劳作而日渐佝偻的身躯时，我的那份荣耀感便在一瞬间荡然无存。我希望我成为农民，成为一个真正的农民，成为一个能和父母一起扛锨肩锄、朝背日头夜背星的农人，享受挥汗如雨的劳动后，带给身体的那一份近似空荡荡的坦然自在。

但，我又想成为更好的父母心目中的那种“外面”大世界的人，给父母的农民身份以及他们被岁月的刻刀反复刻画的布满纵横沟壑的脸上，涂上最能让人艳羡的荣光。于是，村里人便在父母面前说，“你的娃娃一回到家里咋就不像个大学生？没架子！戴个眼镜看起来文理文气，但下地做活却泼实能吃苦，倒是比农民还要农民，真是个懂事的好娃娃！”父母因此而心头幸福，我因此而心安。

我很享受每一次握着农具站在深厚扎实的土地上劳动，远比囿于纷繁拥挤的城市的一隅要心旷神怡得多。躲进象牙塔里高谈阔论天下事，指点江山激扬文字，远没有和淳朴憨厚的乡里邻居一起，站在被冬日金阳照耀得温暖如春的墙根下，一起谈论脚下的土地手边的村庄眼前的人事，更贴近生活更温暖心灵。时间在这里不是抽象的概念，而是季节里各种草木庄稼变换的绚丽无比的颜色。你不需要思想年代时代朝代的变化，你只需要感受五茶六饭在舌尖上变幻的味道就行。都市里，人们总是坐在灿烂辉煌的音乐厅里，听人工制造出的各种音效，在土地上，只要你有耳朵就能听到各种虫鸣鸟语合奏出来的自然和谐的天籁。

一读就是八年的大学生活终于结束了。我一步便踏入那个被誉为中国的政治中心的文明大都市，这几乎是令我们村里所有的人，都震惊和羡慕甚至达到了嫉妒程度的大事情，是父母连做梦都不敢想的事情，突然一下子变成了如铁的事实。我因此也就基本上完全远离了那片养育了我二十多年的土地，在村里人的眼里我已经完全跟农民没有什么关系了，再也跟土地没有了什么关系，只是偶尔回家探亲才会踏上这片黄土地，鞋底才会沾上一星半点的黄土。

十多年过去了，我曾无数次穿梭在流溢着霓虹灯陆离的光彩汇聚成的海洋里，我曾被淹没在各种机车电器之音编制出来的无形但又无法摆脱的大网里。我也不止一次地为我能通过自己的努力，摆脱了父母始终认为的，不让自己的子女再重复的繁重而低贱又没什么出息的农业劳动（父母是这样认为的），居身在这样繁华的大都市而兴奋而心潮澎湃。

但当时间悄无声息地流逝之后，我真切地发现，我是无法和那片曾经承载过我太多的童年的欢乐，也承载过我太多的青少年时期，为理想为父母的期待而付出的全部努力的土地，做哪怕是一丝半缕的分别。每天走在宽阔平坦的柏油马路上，看着街市上人群川流不息、摩肩接踵，汽车尾灯明暗闪烁，像潮水般漫涌涨落，喧闹、躁动、热闹无法比拟，但在我看来却是那么的死气沉沉，没有生气。我只觉得在蔚蓝色的天幕下，一个个农人在如碧波荡漾的麦田里挥汗如雨地劳动，一队队牛马骡羊在碧绿如毯的莽草间，悠闲自在地用嘴掐着草尖吃草，蜂蝶萦绕在它们的周围，它们的嘶鸣嘤嗡声和谐地鸣响在空阔的原野上，那才是真正的生机勃勃，给人以生命的真切感。

我有时候会莫名地为我是这样一个偌大的都市的一员，而感到惶恐、感到无所适从、感到无比陌生。于是，我便连做梦都想回到那个我无限熟悉的村庄里和土地上，那里的一切让我放松、让我觉得亲切，那里的一草一木亲切得如同我的每一位亲人。

大都市的许多我以前看似漂亮看似美丽的事物，如今却觉得丑陋无比，相反，那些破旧不堪的乡村那些看似丑陋的事物，在自己的内心里始终觉得它们是那么的自然、协调、美丽。我无权批判任何一个我不喜欢的人或物，但我有权喜欢我认为美好的任何人和物。

时间总是会带给我们许多尴尬。它每分每秒、每时每刻都在改变着世界上所有的一切，包括我们自己。但它无法改变我们情感深处，潜藏在我们灵魂中的，那一份对自己最初的精神世界进行深刻洗礼的那一方水土和那一种精神崇拜的人事。

因此，我只能成为一个不纯粹的农民。

两个母亲的女儿

（一）

在这个世界上，一个人突然发现自己拥有两个母亲，是好事还是坏事？这是命运做出的安排，时间会作答，时代变迁试图给出一个解释，但最终的答案却是人性最直白的铺陈。这是多年以后，当我的二姑再次踏进自己久别的门槛、面对自己的生身母亲（我的奶奶）时，需要她们共同来回答的既让人尴尬又颇让人感动的问题。

那是 1961 年夏收时节，红得发白的太阳像个大火盆在头顶不断向下泼火，大地被炙烤得焦渴难忍。我奶奶停下正在割麦的镰刀抹了一把脸上混杂着灰尘泥土的汗液，抬起与自己年龄并不相称的粗糙的手遮在额头上方，向着白花花的太阳瞭望了一眼，已经接近正午了，太阳愈发炽烈，鼻孔里出来的气好像立刻就会沸腾起来，该回家“领饭”了，地里劳作的大人和家里无人看管的孩子还没有吃饭呢。我奶奶就急匆匆地往家赶，脚上的黑色土布鞋带起了一路白色的土灰烟尘，深深的浮土里每个清晰的脚印都是滚烫的。

我奶奶还未走近那扇斑驳沉重的大门，就听到孩子那种因为饥饿，因为焦渴，因为父母不在身边，人性本能与恐惧混杂在一起而发出的，由大到小由强到弱最后几近撕裂的哭声。这哭声透着歇斯底里透着绝望无助甚至透着生命最后一丝渴求，但凡是人听到这种哭声都会动容都会揪心都会情绪焦躁，都会从内心深处发出“这是谁家的孩子？这孩子怎么了”的大大疑问。

听到孩子的这种哭声，那一刻，奶奶的身子比双脚移动得更快，以至于看起来有点像喝醉了酒或者太过疲劳精疲力竭而踉踉跄跄地抢进门去，撩起门帘的那一刻，眼前的情景让这个农村家庭妇女鼻酸眼热、悲怆到要失声痛哭，但她仍强忍住没有失声痛哭。虽然她强忍住了痛哭的声音，但眼泪却还是不听自己使唤，顺着布满灰土布满疲劳布满委屈布满辛酸布满些许沧桑的，因为消瘦而颧骨高耸眼睛深陷的脸颊肆意流淌。

进入奶奶瞳仁的情景是这样的：孩子，也就是我要写到的我的二姑，正在床上漫爬，脚、手、身上、床单、被子上面都是屎尿的痕迹，眼泪鼻涕在脸上像和泥一样，脸和衣服被涂抹得五麻六道，头发一缕一缕如同水泥污过的破毡片凌乱地贴在头上脸上，看上去真不像个可爱的小孩子，倒像是个令人讨厌的脏兮兮的小动物。我奶奶手忙脚乱地把孩子收拾干净，再接着用镰刀片子把床单被子上的脏物刮蹭干净，清洗干净，晾晒在太阳底下，晚上还需要铺和盖呢，因为穷困没有备用的铺盖。

我奶奶收拾利索后赶紧拿上“饭票”去生产队的大食堂领饭，家里人一会割麦回来得能吃到嘴里呢。我奶奶强持着心中的那个五味瓶不让它倾倒，那种滋味肯定让自己受不了，生活的艰辛和无奈就这样直戳戳地摆在面前，不能逾越又无法搬走只剩下承受，咽泪承受。

第二天一大早，露珠还在草尖上沉睡的时候，我奶奶就已经赶到娘家门口了。

眼前的村庄是多么的安详、静谧，笼罩在淡淡的晨光中，这是自己曾经度过了快乐的童年无限熟悉的家，许多欢乐的笑声似乎还萦绕在自己的耳边，让人留恋，让人倍感温暖，而此刻自己却怀着无比沉重无比痛苦的心情来到这里，在抬手打响门环的那一刻，委屈的泪水夺眶而出，淹没了自己连同那些美好的回忆。“达，你给娃寻个人家吧！我这日子没办法过了！我没本事！我养不活娃啦……”这些话语是断断续续的，是被浸泡在泪水中的，浸泡在心中说不清道不明的痛快中的，是带有割舍骨肉的撕心裂肺的疼痛的，但面对自己的生身父母，我奶奶终于可以不用再掩饰自己、不用再克制自己、不用再压抑自己，可以肆无忌惮地释放自己宣泄自己，把自己的委屈把自己的恓惶掏出来给父母看。而在同一时刻，那个可怜的孩子，出生在不恰当的时间里，还根本无法意识到自己以后将面临怎么样的生命历程，她还是个不谙世事的毛头孩子，世界在她的眼里和心里除过吃的就是新奇。我奶奶的父亲，没有说出一句话，只是很痛苦很沉重地叹息了一声“唉——”就扭身出了门。

三天之后，这个无知的孩子，这个无辜的孩子就被别人“抱”走了，再也见不到自己的亲生父母了，留给我奶奶是无尽的无言的痛苦。

我之所以用这样的语言描写我奶奶当时的情态，那是因为在很多年以后，我每每面对奶奶叙说当年把孩子送给别人家时，那种自己有意识克制但又克制不住的微微发抖的语言，潮润并微微发红的眼圈，眼睛里亮晶晶的明明有东西在滚动但又不掉下来的神情时，每每也惹得我鼻根发酸眼圈发热。就这样，我二姑就进了另一个家门，有了另一个母亲。

（二）

那个时候，粮食很匮乏，可吃的东西少得可怜，人们还要进行繁重的体力劳动，生计难以维持，活命不容易，我二姑出生的时候，我奶奶因为饥饿因为瘦削就根本没有多少奶水，我二姑几乎完全是靠“稀米汤灌大的”，后来国家困难了，每个家庭就更困难了，没有办法，只能将孩子送给口粮稍微宽裕的人家，讨个活命，我二姑就是在这样的情况下被送给别人家了。我二姑离开家时只有不到两岁，刚开始蹒跚走路，刚开始咿呀学语。

当我奶奶日夜思念我的二姑，为我二姑的温饱和生活处境担忧，为自己“没本事养不活娃”而不得不做出那个让自己一辈子都自我痛恨的选择时，我二姑正在她的养母家快乐地一天天长大。我二姑是幸运的、幸福的，她活了命，但有人是不幸的、痛苦的，因为她而一直受着良心的谴责。

清洌的井水让九龙塬以南的广阔土地呈现出一片生机勃勃的景象。这里便是我二姑生活的地方，虽不是她生命的血地，却真真实实地给了她生命，今生无论她生活得如何，她都应该虔诚地叩拜这片淳朴厚实的土地以及生活在这片土地上的她的善良的养父母。

八岁那年，我二姑背着书包高高兴兴地走在放学回家的路上，未到家门口，就听见不到一岁大的弟弟的哭声，养母亲放大了声音但不知道在骂谁。我二姑就很懂事又很胆怯地推开了屋院的木板门蹑手蹑脚地挤进去，养母黑煞着脸把我二姑叫住:“你别上学了，在家看娃吧！”语气严肃、沉重，带有绝不容许半点反抗违拗的意味。就是这一句在当时的农村经常听到并不过分也绝不会让人觉得惊诧的话语，却改变了我二姑一生的命运。

从那一刻开始我二姑只能老老实实地留在农村当一名老老实实的农民，而在不远的将来，她的姐姐和她的妹妹却相继考上了大学，未来的生活和人生将出现完全不同的轨迹，在贫困的年代里甚至呈现出天壤之别。

十多年后，当我二姑再次踏进自己已经阔别了快二十年的家，当她再次见到自己的生身父母，当她知道自己的姐姐已经大学毕业有了工作成为“公家人”端的是“铁饭碗”，自己的妹妹已经进入中学上学了在不远的几年后也会如愿以偿地考上大学的时候，我想我二姑的内心世界一定是翻江倒海暗流涌动，像打翻了无味瓶一样酸甜苦辣陈杂但又不能说出口，她除过羡慕自己的姐姐除过羡慕自己的妹妹，除过感恩自己的养父母让自己活了命，应该还有一丝丝怨恨，但这一份怨恨只能深深地藏在自己的内心深处永远也没有办法晒在阳光下。这是命运做出的安排，没有人能改变。

（三）

只要肚子饱了，孩子在任何环境里都有自己的快乐，我二姑也不例外。我二姑经常背上背着自己的弟弟妹妹，腾出一个手或者两个手玩自己喜欢的抓石子、叩柿子把儿、跳房子、打沙包的游戏，完全没有烦恼没有忧愁，笑容总是像阳光里的花朵一样开在她稚气的脸上。

欢乐的童年时光随着浸满阳光和月辉的笑声永远地流逝了。多年以后，我二姑的眼眸中仍然还存留着，对孩子们背着书包上学的美好情景的羡慕和对有文化有知识人们的格外尊崇。我二姑曾多次毫不掩饰地说，在很多个夜晚她都梦见自己背着母亲用碎布块对接的花书包走在野花烂漫麦田碧波荡漾的上学路上，头上的蝴蝶结轻盈得要飞起来，总有蜜蜂、蜻蜓围绕在她的身前身后，清脆悦耳的鸟鸣如同一曲曲美妙的乐曲，回响在辽阔如海湛蓝如玉的天空中，让她一次次神往心醉！

我二姑学会了纺线、织布，学会了廓鞋样儿、纳鞋底儿，学会锅灶上的家常便饭的操持，学会了操持门前屋后、家里家外的一应活计，学会了许多连她自己在日后的生活中都感到惊讶的本事，但是，那个时节她还是个正处在豆蔻年华的女孩，如花般娇嫩的年龄，如花般洋溢的青春，如花般明媚的心灵，却没有享受如花般的呵护，除过学会自己未来成为一个真正成为别人的女人该学会的一切之外，她还必须学会和男人一起在土地上吃苦劳作。我不是向世人夸赞我二姑有多么的秀外慧中，也不是夸赞她多么的吃苦耐劳，我只是在说，穷人家的孩子早当家，我二姑也为自己在不久的将来待嫁做了最基本的准备。

时间就像遍布四野里的机井里面的水，源源不断地流淌进田地里，渗下去了就看不见了，但庄稼却一天天地长高了，我二姑也在时间井水的浇灌下一天天长大了。

（四）

我二姑满十八岁那年，我大姑刚好大学毕业工作了。

我大姑安排好工作之后，她要完成长大自立之后的第一件大事，并且是一件急不可待的大事，这是全家人谁也不敢提及的痛，她要去找寻自己已经十多年没有见面的妹妹。她背着全家人拐弯抹角地打听到了妹妹的家，她欣喜如狂，她喜不自胜，她甚至激动得流出了眼泪，夜晚久久不能入睡。

一天早上天刚蒙蒙亮，我大姑起床后，洗完脸，虽然没有时新的衣服但还是精心地把自己收拾了一番，满脸挂着难以遮挡难以掩饰的青春的笑容出门了。

眼前，刚刚收过小麦，坦荡荡的土地一望无垠地铺展向远方，空气中弥漫着泥土、青草、成熟的麦子以及露水混合在一起的那种潮润的馨香，深深地吮吸一口就足以扫去全部的疲劳，暂时荡涤尽生活中压抑的气息。不多时，阳光就在头顶炽烈地炙烤起来，眼前似有海市蜃楼样的气体在涌动，大地似乎就要沸腾起来了，金黄耀眼的麦茬中间，玉米、芝麻、各种豆类都已经播种进土里，就渴望一场清洌酣畅的“白雨”的浇灌，一个金黄芳香的秋天就指日可待了。

姐妹两人四目相对，未语泪先流。当我大姑叫出“妹子！我是你姐，我来认你了”时，这看似简单的话语就像晴空响起了一声撕破天的霹雳，炸得我二姑头晕目眩，来不及反应，只觉得一股莫名的带着酸涩的暖流涌上心头，堵住自己的喉咙，想呐喊却发不出声音，泪水却挂满了她尚显稚嫩的脸庞上，随即，我二姑扭过头跑回家钻进自己的房间里“嘤嘤”地哭起来。我大姑看着自己妹子奔跑的背影，泪水像江河水一样夺眶而出。

第一次的见面在哭声中结束了。谁也没有仔细端详谁长什么模样。姐妹两个人心中都泛起了一抹尴尬的愁云，对于我大姑来说这是蒙蔽在她心头十多年来挥之不去的阴云，总想抹去浮云再见蓝天；对于我二姑来说，则是在自己平静如湖水的生活中突然爆炸了一颗深水雷，天翻地覆、波涛汹涌、旋涡暗流肆虐把自己的思想防线生活防线完全冲毁了，她不知道这是怎么回事，也不知道这是怎么发生的，怎么就突然降临到自己的头上了，她自己的天空布满了厚重的雨云，没有一丝光线照进来，她也不愿意让这种刺眼的光线照进来，世界似乎在她生活了十多年后又要重新翻开新的一页，她不知道该激动该高兴还是该沉默该痛苦？

（五）

同一年，我二姑踏进了她阔别了接近十八年的家，脑海里没有储存任何关于这个家的印象。她感到陌生，感到拘谨，还有一丝淡淡的愁苦，她不知道该说些什么话，该怎么称呼家里的每个人，但同时她又感到无比的亲切，无比的放松，无比的熟悉，在内心深处，她清楚地知道这个地方已经期待她太久太久了，只是一直还不知道以怎么样的方式，迎接她这位始终在内心里就从来没有离开过这个家的陌生而又熟悉的家人。她自己也是内心里澎湃激荡，上下嘴唇不停地嗫嚅着颤抖着，直到温热的泪水淹没视线淹没那隐藏在表情肌里复杂的感情但着重突出的那一丝丝笑意，仍是没有说出一句话来。她在家里前前后后地走了一遍又一遍，看了一遍又一遍，像是回忆自己曾经去过的某个地方，隐约的陌生隐约的熟悉，那扇黑漆已经褪尽的不知经历了多少岁月的沉重的独扇木门，长有巨大椿树、皂角树、泡桐树、洋槐树、桑树的门前屋后的庭院，那糊着平展展的黄裱纸的黑色窗棂，那顶上长着杂草的犬牙不齐的院墙，那长着绿色苔藓的前院后院的土地似乎还留有自己曾经蹒跚学步的脚印，那满屋院的空气里阳光里屋梁上好像还萦绕着自己咿呀学语的声响……她思量着陶醉着，不知今夕何夕，心绪复杂而单一。

尽管在我二姑踏进这个家门之前，我大姑已经跟家里所有的成员预先打过招呼了，但是，在我的祖父祖母看到一个如花般的大姑娘——自己的女儿，站在他们的面前时，还是感到一阵阵的眩晕，眼前脑海一片恍惚，如同梦境。彼此用目光上下打量着对方，沉默了好久，时间、空气、阳光都好像凝滞了，那几分钟好像有几年几个世纪那么长，彼此都恨不得用这巨量的时间稀释冲淡一切，说不出一句话来。

当祖母颤抖着嘴唇说出“妮，你——回——来——了——”时，泪水早已经在跟她年龄极不相称的写满沧桑的脸上纵横流淌，漫过一条又一条沟壑，蜿蜒曲折进嘴里，带着酸涩。这是一句很简单的话语，简单到只有几个字，但是这话语里面包含的感情、思绪、心理、感受则太过深刻太过复杂，话里面有悲伤，有疼痛，有爱怜，有自责，有悔恨还有一丝丝耻辱，杂糅在一起，完全不能用精准的语言来表达。那一刻我二姑清晰地看到自己的母亲慌忙更确切地说是慌乱地用一只手捂住了自己的嘴，但是那哽咽之声还是从指缝里流溢了出来，钻进了每个人的耳朵和心里，痒痛得难受，但又挠不着抓不着。

（六）

二姑出嫁的那天，心情很复杂。她希望自己的两个家的父母都能出现在自己的婚宴上，这一种希望甚至压过了自己知道自己身世后自己内心所有的痛苦以及自己作为少女马上就要出嫁成为新娘的那种难以掩饰的喜悦。但是自己的亲生父母并没有出现在自己的婚宴上，不是他们不知道自己的女儿要出嫁了，而是在一定程度上他们丧失了这种权利或者说他们没有脸面出现在这一喜庆、热闹、荣光的场面上。

命运会公平地对待每一个人及他们的行为。

当一匹头上结戴着大红绸花的高头大马拉着一辆装扮得鲜艳夺目的彩

车，在古老的巷道里腾起一团团金色的尘雾时，这个村子往日的寂静在一瞬间就被打破了。人们在热烈轩昂的锣鼓声中陆陆续续地站满了巷道，老老少少，男男女女，五颜六色，都迎着阳光眯缝着眼睛，看着一团滚动着的红色，好像是哪里着了火围观似的。彩马和彩车准确地停在了我家的门前，接下来的一幕，我在别的文章里面已经描述过了，不想再复述，因为每描述一次都像是揭开一次伤疤，虽然那疤痕不在自己身上，但那一种隐痛仍会在自己的血脉、神经里面游走撕扯一遍，那种疼不仅仅是疼，还有伤。

在这一幕发生之后，人们才清晰地知道在穷困的岁月里世间仍然有善良而有心的人，把我二姑出嫁的事情以这种富有浓烈仪式感的方式告知给她的父母，这是多么大的福德呀，因此，我爷爷奶奶对那几位“私自”报喜的人充满了无限的感激，当然我爷爷奶奶也确切地知道这样的事情肯定是经过了我二姑养父母的认可或者默许的，因此我爷爷奶奶也在内心里再次感激和敬佩这两位淳朴善良的异乡人。

（七）

二姑知道自己不识字没有文化，所以，她就认准了土地。她知道和自己一样纯朴厚实的土地，只要自己踏踏实实、勤勤恳恳地耕作它侍弄它，它一定不会亏待自己的，就像勤劳而会操持家业的自己，就是父母辛勤劳作而结出的果实一样。二姑家的土地都在灌区，起初靠汗水和双手全家人都能吃饱肚子，日子过得挺温饱，粮囤里还有余粮，这在自己的童年世界里简直是不敢想象的，但这样一年年地过去了，孩子就像幼苗一样，阳光一晒见风就长，这样手头有余粮的日子就不能满足培养孩子以及更加富足生活的需要了。二姑深深地知道“我没有文化两眼墨黑，只能在土里刨挖吃的”，只能一年四季从东到西地背着太阳熬日月，她不能再让自己的孩子也像自己一样，过无穷无尽的“面朝黄土背朝天”、过“背日头”的日子，况且自己内心还有一个无比美丽的指望——经过努力过上让别人艳羡的日子，这个美好的指望一直埋藏在她的内心深处，现在该是它生长发芽的时候了。

于是，二姑种植了二十亩苹果园，精心务弄着，期待它们能改变自己未来的生活。

每一个春天，二姑的笑容就像一朵会自己飞舞的苹果花，开放在苹果树的每一个枝头，灿若云霞。许多的苹果花需要人工授粉，才能结出又大又甜的果实来，二姑的那一双粗大但又无比灵巧的手，在每一个花蕊上停留过，如同勤劳的蜜蜂采撷了粉嘟嘟的花粉，蕴藏在内心深处，在如泉水般清澈的眼眸深处酿造成一泓甘甜的蜜汁。疏花、授粉、间枝，两个胳膊一举一天，到最后简直就像举着千斤的石头，酸痛得夜里入睡都困难。炎热的夏季，果树繁茂枝叶密不透风，太阳熏蒸得整个果园就像一个大蒸笼，闷热窒息，全身湿黏，矮化过的果树枝叶根本遮挡不住毒辣的太阳直射，赐给二姑的只有一日比一日黢黑黢黑的皮肤和红绛的脸膛，即便是这样，二姑照样不会减少田间的劳作时间。

每当大自然和生活把劳苦的重担施加在自己肩头时，二姑都用心中那真切的指望来宽慰自己，给自己鼓劲，命运和人生让自己承受的一切，都将在不远的时间后，以一个丰硕的收获季来报答自己，为了美好的生活为了孩子为了自己在心中早已刻画下的那个无限美好的指望，自己每一个当下所承受的苦累都是值得的。

秋天总是如期而至的，就像孩子会长大一样，就像庄稼一定会成熟一样，十几个寒来暑往，所有的一切都成长了，包括二姑心中的那个指望。

（八）

第一次踏进家门之后，二姑也就知道了自己的生身父母，也认了自己的生身父母。结婚成家后，回娘家时，二姑便有两个娘家可以回。虽然养父母给了二姑第二次生命，二姑也永远不会慢待或者忘记那个管教她养育她的父母，但在二姑的内心里更喜欢回我们家这个娘家，这话是我的母亲告诉我的，也许只能用血缘关系来解释了。但二姑在我们家总是话语很少，性格可能是一个原因，但我觉得应该还有别的原因，我不愿意细究，每个人都不愿意细究。

二姑和自己的母亲也就是我的奶奶之间的交流很少，跟自己的父亲也就是我的爷爷交流就更少了，往往都是几句掺杂着陌生、矜持，甚至隔阂，更甚至自卑语气的问候，随后就是坐在一隅自己晒太阳消闲、有意无意地拍打自己衣衫鞋袜上赶路时沾上的黄土，或者上锅灶帮我的母亲做饭菜，把自己从那种由于自己内心的原因而产生出的那种局促和不舒坦的境况中解救出来。

事实上，我二姑很想和自己的父母一起说许多许多的话语，但是，二姑对于这个家的家人的记忆实在是断档的，彼此都感到深深的尴尬，又无计可消除。二姑也曾经半带说笑地询问我奶奶她的母亲说："妈，你为啥要把我给人呢？为啥不把我姐我弟我妹给人呢？"也许这只是一种简单的宣泄的话语。人是需要适时地宣泄自己，释放自己，要不然内心的郁结、痛楚积压时间太长了会伤着自己也会伤着别人，所以需要找对的宣泄对象去宣泄。但我奶奶听了这话后，先是愕然后是片刻的沉默，继而用一种变了调而显僵硬的带着深深的悲痛的音调说："哎！你妈莫本事么！"仅此简单的几个字就形成了一句沉如铁石的话语，落在相距不远的两个人之间，使得地皮都有点为之震颤，又有点像是一面看似无形却又能起到隔阂作用的大墙，使得两人在一段时间内彼此无法感知对方的反应而又极其渴望感知对方的反应。这两句话在未来的很多日子里，我二姑和我奶奶都彼此说过几次，彼此的感觉、反应在别人看来是相同的，但她们彼此内心真切的感受永远无人知晓。但我知道，二姑的这句话里面只包含了不公平，而我奶奶的这句话里面却包含了诸如自责、怨恨（自己）、悔恨（当初）、耻辱还有对方无法感知到的赔罪。

我想我奶奶用了一句简单的话语，来表述自己复杂的内心，可能她自己承受的委屈并不亚于我的二姑，这是不得已而求其次的办法，还有别的办法能缓解母女之间的情感关切吗？这两句话中的情感分量也是需要彼此用几乎一生的时间，去掂量去消化去弥补的。

岁月是僵硬的，但人心是柔软的，我想在人生这条宽阔的河流里，没有什么不能消解和融化的。我想我二姑肯定已经感受到了作为两个母亲的女儿的幸福与安稳了。

一碗刺堇面

今年五月，我休年假回老家看父母，恰好赶上端午节。列车奔驰在辽阔的华北平原上，成片成行的绿化林带，目不暇接地扑面而来又被快速地抛向车后。田里的麦子早已灌满了“浆”，小满节气已过，就等着成熟呢。麦畦的形状各异，横竖相间线条明快地铺陈在平展展的原野上，黄绿色的麦浪自然和谐，给人一种成熟饱满的美感，心情格外爽朗。

早晨从北京出发，下午就可以吃到家乡饭了，真是感叹现代化交通工具的快捷，大大缩短了亲情之间的距离。

下午三点钟，双脚就站在了故乡的这片土地上了，依旧是熟悉的小路，依旧是熟悉的村庄，依旧是熟悉的门楼，父母早已站在门口那棵国槐树下等我了。至亲相见，没有客套话，直接进屋掸完尘洗完手擦完汗，饭菜已经上桌，四个素菜，都是父亲在自家院子里亲手种的，现吃现摘，菜叶在盘子里还支棱着，非常新鲜，并且这鲜嫩的菜蔬里面长满了阳光的味道和浓浓的亲情，吃到嘴里有说不出的香美可口。主食是蒸饺，这是老家遇逢节气招待亲朋好友的上乘饭食，费时费力，母亲一人为了迎接她远道回来的儿子早已制备停当了。盛在碗里的蒸饺热气腾腾，浇上母亲精心调制的辣椒蒜汁，咬一口馨香四溢，母亲催促说：“趁热赶紧吃，锅里还有，给你留着呢……”其实此刻温热的泪水已经盈满了眼眶，在我的眼睛里打转了，我只是低着头“嗯！”了一声，就一口接一口地吃碗里的蒸饺，我生怕一抬头看见父母跟观望奇珍异宝似的眼神直盯盯地看着我，饱含深情，我自己会管不住眼眶里的泪珠，让它们肆无忌惮地滑落出来。

吃罢第一顿母亲做的饭，心中温暖而踏实，刚放下碗筷，母亲就问我：“明天你想吃啥饭？”说句实话，胃口是母亲从小给养成的，所以，但凡是母亲做的饭菜，我都爱吃，母亲问这话其实包含了两层意思：第一是问明天想吃什么具体的饭菜；第二是包含了一种母亲对于孩子的深深的关切偏向之情。我太能读懂母亲话语中的情感含义了，也有点疼惜母亲，别让母亲因为我而增添了劳累，就稍加思索了一下说：“啥饭好做就吃啥饭，方便就行，我都爱吃！”母亲却坚定地说：“吃饭呢，还怕啥麻烦哩！？不麻烦！”接着又说：“明天擀刺堇面条，行不行？”我接过话说：“现在都什么时节了，哪有什么鲜嫩的刺堇呀，刺堇早长老了，开花了，没法吃了！”我妈略显神秘地说：“咱家有嫩刺堇哩，明儿你就知道了。”

第二天中午我妈神神秘秘地从冰箱里拿出了两个大圆疙瘩形状的什么物品，上面还覆着一层白白的霜花，透过晶莹的霜花能看出里面是满满的浓绿色。母亲笑眯眯地看着我说：“这不是有鲜嫩的刺堇？！还保持着春天的味道哩！”

自打我工作以来，从没有在春天里休假回家探亲过，自然也没有机会吃上家里传统的刺堇面条儿。

今年春节刚刚过完，打电话跟父母说，我打算今年五月中旬前后休假回家。就是因为我的一句轻描淡写的话语，更因为我休假的日子常常因为工作的原因一改再改一推再推，很难成行，然而父母却听在耳里记在心里，天天数着日子过，盼望着他的儿子回家。

待到清明时节，草长莺飞，麦苗返青拔节疯长，鲜绿的刺堇芽儿就莹莹地从麦畦田野里钻出地面来了。父亲母亲一起下地，边干活边留心采撷一些最鲜嫩的刺堇，在锅里焯过后控干水冻在冰箱里，等我回家时能吃一口多年没有再吃过的刺堇面。只因为儿子并不确定的一句话，两位老人便早早默默地开始精心做准备了，我翻阅了大脑里我能知道的所有词汇和语言，也无法形容这一份良苦用心和我此刻的情感喷发，只觉得自己鼻根发酸双眼温热湿润，嘴唇竟然痉挛地说不出话来。

母亲将刺堇团儿放进开水里化冰煮沸，嫩绿的叶子慢慢舒展开来，漂在水面上翻滚着打着旋儿，叶子的齿状边儿和细嫩的棘刺儿还清晰整齐地排列着呢，鲜嫩可以触摸得到，阳光的味道、泥土的味道合着青草的味道，悠悠地弥漫在空气里，让人回味。

鲜嫩的刺堇叶要被长时间地反复煮沸，这样叶脉叶肉才能变得柔软易碎，更容易和面粉均匀地揉和在一起，面条才可以展现出悦人的绿色来，口感自然也更筋道柔滑一些！

刺堇煮好后控水晾凉，还得用双手非常用力地握挤出最后的水分备用。和面的讲究也很大，不能水多了也不能水少了，这个火候完全是靠多年的厨房经验来掌控的。水多了，我们叫“伤水面”，面条会缺乏应有的筋道和滑爽感，口感就差；水少了，面粉不容易揉成形，擀面时面片儿容易碎断也不容易被擀开，下水煮时容易断节，口感也差！面和好后需要和焯好的刺堇叶再次揉和，最后，菜、面浑然一体难分彼此均匀分布，放在盆里用湿毛巾盖着，然后就是饧面，需要给予充分的时间不能操之过急，饧面直接关系着最后面条的口感。母亲每一个步骤都是耐心精心用心地做着！一碗香喷喷的刺堇面已经在我的大脑里面呈现出来、冒着热气……

大约两小时后，面饧好了，做饭的时间也刚好到，这是多年经验的累积，时间掌控得恰到好处，不耽误干其他家务活儿。母亲拿出那根擀面杖，打我记事起，母亲就用的是那根擀面杖，枣木做的，深红色，很悦目，经过多年的使用，粮食的精华以及油料已经深深地渗进木质里面去了，加上经过时光的打磨和母亲双手的反复摩挲，已经是异常光亮而透着年代感。

我站在厨房的门口，母亲的身后，看着母亲在案板上揉面，来回反复地揉，身体有节奏的前倾然后挺直上提然后又是前倾，全身似乎每一块肌肉都在用力，头上已银丝点点的短发前后摆动，透出些许岁月的沧桑。一团面在母亲已显沧桑粗糙的手下，渐次变得圆润而光滑，似父母为了儿女的幸福，用自己的双手将每一个日子揉擀打磨，儿女的日月光景渐次圆满光润而自己的双手却日渐粗糙沧桑一样。随后母亲拿起擀面杖开始把面团擀开，面团在母亲的手下，柔顺地铺展开又自然地卷起在擀面杖上，反反复复，在不长的时间里，一张几近圆形的面片就展现在面前了。母亲撩起面片进行了三次对折之后，左手按住面片，右手执刀快速地等距离地将圆形的面片切成韭菜叶宽窄的细面条，极均匀，我们形象地称作“韭叶面”，撒上面补，自然熟练而洒脱地抖落几下，面条就如同少女的秀发一般自然地舒展下垂，平铺在案板上，可以等待锅开下面了。这一系列的动作娴熟而自然，似乎无心，但极精心，我看得出神，思绪也开始飘飞到了以前在家的日子。

在我小的时候，家里比较穷，没有那么多的精面细粮，家乡的俗语说“一烙二擀三拌汤”，意思是说做饭食时，烙饼是最费面粉的，拌汤是最节省面粉的，而擀面条也是耗费面粉较多的，母亲为了让有限的粮食维持全家人吃更长的时间，所以烙饼是根本想都不能想的奢侈品；擀面条也比较耗费面粉也是基本没有机会吃上的，经常都是拌汤下点红薯菜叶什么的就当一顿饭了。

那个时候看见别人家吃着调有鲜红辣椒的面条，口水就不停地渗出来往肚子里流，我的眼睛就跟饿狗似的直勾勾地盯着人家的饭碗和嘴巴，看着人家一口一口地把整个一碗面条完全吃完，才意犹未尽地移开几近发愣的眼睛。再后来家里粮食慢慢富裕起来了，但每到春天，父母总是下地干活非常忙碌，为新的一年的好收成辛苦操劳着，根本没有时间去挖刺堇或者荠菜，所以能擀一顿白面条吃就不错了，加有绿菜的面条就显得比较难得了。母亲就会跟我说“想吃绿菜面，放学了自己去挖刺堇和荠菜吧”，所以一顿绿菜面常常要等很多日子才能吃上，真是让人渴望！

直到上大学之前，我也总共没有吃过几顿刺堇面，因为春天一年就一次，过来季节了就只能等待明年了。再后来上大学，每年春天清明节前后，刺堇长得最好的时节，学校是没有假期的，我不可能回到老家，自然也就没有机会吃上一碗刺堇面了。刺堇面也就成了一种内心的惦念！大学毕业后，随即就来到北京工作了，就更没有机会在春天回老家了，于是刺堇面就成了一种内心的怀念和伤痛了！今天终于有机会吃上一碗母亲亲手擀的刺堇面，内心的那一份感动无法言表，只是看着母亲已显苍老弯曲的身体，心中产生出五味杂陈的味道来，令我难分难解。

母亲切好面条，舒展地摊在案板上，转身准备给灶膛里面添加柴火的时候，看见我站在灶房门口眼神发愣，似乎看穿了我的心思，就顺口一句“这样看妈！没见过妈呀？！”嘴角挂着嗔怪的笑。我回避似的回答了一句“我从外头刚进来，不多一会儿”。锅盖周围的缝隙冒出了白白的蒸汽，和灶口冒出来的柴火燃烧散发的蓝烟混合在一起，袅娜上升到屋顶，受到屋顶的阻挡后，又折返下来就朦朦胧胧地笼罩了整个屋子，那一种场景熟悉、亲切、醉心。母亲说了一句“你去门口果园里叫你达回来吃饭”。母亲顺势去给灶膛里面添加柴火去了，我也随即转身拔腿出门，就在两个人彼此几乎是同时转身的那一瞬间，我真切地觉察到母亲的眼睛里面有亮亮的东西在闪动。

我们这一代人和父母之间的感情，往往是敏感到了彼此有意识地去隐藏它掩饰它，甚至有意识地回避它，生怕一不小心表露出来，引惹了对方而显得“尴尬”。

我和父亲相跟着一前一后进了家门，母亲已经把绿绿的刺堇面端上桌了，还冒着淡白色的热气呢。母亲说了一句催促的话“赶紧吃，锅里还有呢！”这一种简短的催促里，包含着不可言传的关切，我心领神会。父亲给我碗里挑上一筷子头葱花说“盐醋辣椒各自调啊！”放好调料后，我就抄起筷子搅和着，刺董面那种特有的香味就悠悠地升腾起来，弥漫缭绕在整个屋子里面，钻进我的鼻子里，也钻进我的心里，激活了我沉在心里多少年的美好记忆，还有感动。

我正准备狼吞虎咽似的吃起来的时候，母亲紧接着一句：“慢着！别烫着！锅里还有哩！”

“妈，我都多大了？！这还不知道啊！”我说。

“你多大了？！”母亲带着嗔怪地说。

“我都四十了！”我说。

“四十咋咧？你就是五十了，八十了，你也是我娃！”母亲满脸的疼惜和怜爱。

这一种催促着又让慢着点的话语，看似矛盾，其实内心的情感方向完全是一致的，充满了无限的关爱。

随后，饭桌上，父亲母亲还有奶奶就没有太多的语言了，其实也不需要语言，各自低头吃自己的面条，可是我分明感觉到一种融洽和亲近的空气围绕着我们，彼此都静心地体会着享受着，谁也不愿意打破这种美好的氛围。

感情的沟通和体味完全不需要太多华丽和赞美的言辞，仅仅需要感触一定环境下空气的合适的紧张度，就可以彼此情感沟通了，这就犹如两位彼此默契的弹奏者，仅仅通过轻轻弹拨一定紧张度的某根琴弦就可以将内心丰富的情感拨扬出去，就可以达到彼此灵魂的交流。

我想一碗刺董面的作用就在于此吧！

那一片绯红

20 世纪 90 年代，当改革开放的春风吹绿了大江南北黄河两岸的广阔土地的时候，也随即激荡起人们心中那种沉睡已久的对于美好生活的无限遐想。

我所出生的这个黄土高原的小村庄，还没有从根本上摆脱贫困，只是人们不再为吃饱饭发愁了，但人们都在苦苦地思考着如何能赚到几个活泛钱，这是我们这个村子在那个年代的现实情况。

1990 年，熬苦了将近四十年的“民办”教师工作之后，爷爷终于以“公办”教师的身份退休了，不能不说这是一件让我爷爷自己和我们这个家庭都值得高兴和庆贺的一件事情。爷爷退休了，待在家里还可以每月定时领到一定数量的工资，这是让我爷爷自己感觉到踏实又让村里人都很艳羡的事情。

退休的第二年春天，爷爷就在门前的“自留地”里种了一片桃树，期待桃树结了果子，卖掉之后，能给家里再多多少少补贴一点日常用度花销的活泛钱。用转眼间形容吧，三年的时间很短，很快就过去了，经过爷爷的精心抚育，棵棵桃树已经由原来的小小树苗，长成了枝杈繁密的大桃树了，并且，每一棵桃树，爷爷都是精心地按照书上说的那样塑造了丰收多产的“三叉”形状，树形漂亮，枝干壮实，产量一定不会差的。爷爷总是出神地望着一棵棵桃树，就像望着他自己当年精心教育的每一个学生一样，脸上泛出满意的笑容。

第四年的春天，当三月温暖的阳光再次铺照大地的时候，村口我家的“自留地”里便开出了一片绯红，非常惹眼，老远望去，灿若云霞，如烟如雾，蜜蜂便在花间嘤嘤嗡嗡地忙碌着采蜜，大大小小的蝴蝶翩飞期间，时隐时现，上上下下，追逐秀舞，给这个古老的村庄平添了不少春色。

全村人的眼光都被吸引过去了，这是我们偌大的一个村庄里唯一的一片桃园。于是，三三两两的姑娘媳妇、妇女小孩，换上鲜亮的衣服，梳光了头发，特意地照了镜子，有些甚至还在头上特意地别上一支塑料头花，相跟着来赏桃花、聊天，莺声燕语，打打闹闹，一时多少欢乐，像蝴蝶像蜜蜂一样，萦绕在桃园的花海里，打破了整个冬天的沉闷与不悦。绯红的桃花和娇艳的脸庞相互辉映，美好的心情便在瞳仁和心中旋转荡漾。我爷爷因此有了一种特别的成就感和说不出的开心。

这样美好的日子，会熙熙攘攘地持续半个月。远远近近的乡亲村民几乎都来欣赏一遍桃花。一片落英缤纷之后，大小如蚕豆的幼桃就闪闪烁烁地点缀在浓绿的树叶间了，嫩绿嫩绿的、毛茸茸的，让人想起跑起来像小绒球滚动的小猫小狗，真是可爱。

幼桃缀满枝头的时候，赏花的人就退潮了。爷爷便开始忙活起来了，疏果、剪枝、施肥、浇水、除虫，这一溜串的劳作是一遍做完了紧跟着又做一遍，循环不断，直到桃子完全成熟卖完为止。劳动是比较繁忙，爷爷每天都是“泡”在果园里的。

当五月温热的阳光洒遍麦浪如潮的原野的时候，桃子就长到鸭蛋那么大了，通体深绿里面透出了一些晶莹的亮光，疏密有致地点缀在碧绿旺势的叶子间，桃子尖上就抹上一点像被宣纸浸染过的胭脂红，桃子那种诱人的甜蜜的味道也就跟着这一点胭脂红透出来了，收获的喜悦就漫上爷爷满是褶皱的脸。

那个年代生活在农村的孩子们，是没有什么零食可吃的，至于水果，那就更不用说了，几乎是想也不敢想的。所以，当村子里孩子们的眼睛一发现那么诱人的红色桃子的时候，唾液会止不住地分泌直往肚子里面流，谁也抵抗不住这种近乎充满幻觉的甜蜜诱惑。

但是，家长教育我们的“不能‘糟蹋’别人家的庄稼，不能偷别人家的东西吃”的训诫在耳边时时刻刻地回响，爷爷更是严密地守护，生怕桃子在还没有成熟的时候就遭到“糟蹋”。可怜的孩子们几乎不可能有任何的机会靠近那些灿若云霞的桃子，只能成天无数次地在距离桃子不远的地畔边上徘徊，眼巴巴地期待着甚至心里生出许多奇怪的幻想来。出于爷爷自己在幼小的年龄里和青年时期因为食物而受过很多的苦难，同时也出于教师职业一种职业本能，爷爷完全能读懂孩子们那种渴望的眼神。所以，爷爷看着孩子们眼巴巴的表情，内心也便生出了许多爱怜之情来。爷爷会隔三岔五地把孩子们叫到身边，摘几个早熟的桃子，塞进每个孩子故作矜持而紧攥的小手里面，然后慈爱地抚摸一下孩子们的头，说一声“耍去吧”，孩子们便欢蹦乱跳地鸟雀般散了。那一刻，爷爷心中的“给家里再多多少少补贴一点日常用度花销的活泛钱”的想法早已飘散得无影无踪了，只有一丝丝甜蜜的意味漫涌上嘴角。

孩子们在内心里非常爱戴这位慈祥的爷爷，村里人会感谢这位和蔼可亲的老人。爷爷也因此落得了“好人”的美名!

说句心里话，爷爷务弄的桃子还真没有卖到多少钱，就这样以悲天悯人的方式送给了可爱的孩子们、左邻右舍和亲朋好友们了。

每一年的春天，爷爷和村里人都在渴望村头最先开出的那一片绯红的桃花，如霞似火，把春天的气息带给人们的同时，也给了人们一种甜蜜的希望。

七八年的时间在一片绯红的桃花开谢中不知不觉地过去了。由于政府的号召和村里人致富的迫切心情，村里大力发展苹果树的种植，于是，爷爷的那片桃树在一个新的成熟季后被砍倒了，那块土地被种上了苹果树，从此那一片绯红似火的桃花就只能开在我的记忆里了。

若干年过去了，苹果树也被砍倒了，种上了梨树；后来，梨树也被大面积地砍倒，恢复了最原始的种麦子了；只有我家的那片曾经开放过绯红桃花的土地上种植的梨树依然被可敬的父亲精心地务弄着，舍不得砍倒。父亲不止一次地对我说“这些梨树是你爷爷当年精心选苗后种植的”，每年春天都会开出一片如雪的梨花。而我自己却每每有点凄然：爷爷已经离开了我们，归于那片曾经绽放过绯红的桃花粉红的苹果花雪白的梨花的土地了。

现今，农村的景象发生了巨大的变化，大多数人家已经富裕起来了，也再不依靠桃子、苹果、梨或者麦子致富了。我也远离了家乡到遥远的外地工作了，休假回家时，总会有村里人对我说现在每年春天只有村头我家的地里能开出一片如雪的梨花，让人无限爱怜。

我是多么渴望有一位老人能在一个金阳普照的春天，站在那个古老而年轻的村口心无所虑地欣赏那一片洁白无瑕的梨花啊！村里人也会偶尔在聊天拉话的时候，向我提说起爷爷曾经种植的那片桃树，春天开出一片绯红的桃花。而我是多么渴望那一片绯红能一直绚烂我的梦乡。

恩 仇

（一）

在我生长的这片黄土地上，有千百种草木庄稼，有万千的塬坡塄坎。所有这一切似乎都是互不相干的各自存在着，但是它们又彼此紧密联系着，正如这片土地上空的太阳、月亮和星星的关系，看似遥远而互不干涉，但实际上它们通过某种确定的力量彼此吸引、彼此排斥、交互复杂地存在着。我要讲的故事就发生在这片黄土地上的一个并不太起眼的小村子里的一个小家族里，这个家族里的人们如同这日月星辰，彼此复杂地存在着，演绎着他们的故事。

听我父亲说，我们这个家族在我爷爷的父亲、我爷爷的爷爷手里，都是方圆出了名的“大财通”（大户人家，也可以理解为地主）。整个家族的基业很厚实，拥有不止100顷土地，常年四季家里雇佣四个“伙计”（长工）劳作耕种，又开设传统的手工艺大作坊（花炮作坊），雇佣小工的数目因时不等，家庭生活过得很殷实富足，成为周围村民向往和攀靠的对象。

当西方列强的坚船利炮轰开腐败无能的清政府的大门后，这个古老而壮美的东方古国便沦为任人践踏蹂躏的地方了，各地的城头不断地变换着大王旗，这片古老而神奇的土地就再也没有安宁过。

我的家乡所在的关中平原，就像一个雄浑健壮的黄皮肤巨人，静静地躺卧在那里，脚蹬秦岭，头枕黄河，右手钳制着散关，左手紧扼着潼关，自然天堑使这块土地在很长一段时间内保持着相对的安宁。我家的九龙塬也因此而暂时地太平安宁。

我爷爷出生在一个大地解冻后松软如毯的春日的早晨。当这个古老的村庄里传出雄鸡高亢的叫声时，村庄东边坦荡如砥的原野尽头，一轮红日如同一个大火球一样慢慢升起，天空便着了火，红彤彤的，燎起一片霞光，万道光芒，耀眼夺目，如同金色的利箭，刺破朦朦胧胧的玫瑰色的晨雾，斜斜地射下来，给整个村子周围的大地、山川、树木、屋舍涂上了一层艳丽的金色。勤劳的人们早已起床，清扫完门前屋后庭院厅堂，门里门外地收拾一阵，为一天的劳作准备。在这金色的朝阳里，牛羊骡马，你呼我应地叫成一片。于是，位于村子中间位置的那口古井边，等待挑水的人们排起了长队，井沿石已被经年累月的不知多少双大脚小脚摩擦得柔润如玉起明放光，井沿石的边沿已经看不出当年的锐利棱角，被柔软如蛇的褐色老麻井绳勒出了深深浅浅的渠渠道道，目光顺着长满绿色苔藓的井壁一直向下，清亮如镜的古井水能映出头顶上的天光云影，水桶、井沿石、扁担穗子互相磕碰着，发出哐里哐啷的尖锐嘈杂声。不多时，村道里远远近近就传来吧嗒吧嗒的妇女们拽动风箱的烧火声，各家各户房顶的烟囱里就冒出淡青色的炊烟，袅袅地缭绕在整个村庄上空。生活显得安详而静谧。

就在大家就要端起饭碗吃饭的当口，我爷爷的一声清脆的哭声，从那个不大的长方形天井里穿出来，划破了这个村庄“饭时”暂时的宁静。家人忙前忙后地为接生婆端热水，为刚出生的小孩清洗身体上的血污，给“月婆娘”（产妇）准备铺垫、汤羹，突然从那黑漆漆的方格状的窗棂里传出一声尖利而惊恐的叫声：“出血啦！出血啦！”这是接生婆的声音。顷刻间，整个屋子里面慌乱成一片，脚步声、吵嚷声、器物的碰撞声，还有哭声混杂一团，一种不祥的高压气氛就充斥了这个家庭的角角落落，压抑得让人喘不上气来。不知道多少盆鲜红的血水被倾倒进屋子后院的那棵足有一搂粗的大椿树树坑里，产妇越来越苍白的面容和这鲜亮的血水形成强烈的反差。

一个鲜活的生命出生了，伴着一个鲜活的生命死去了。出生的是我爷爷，死去的是他的母亲。在我爷爷没有睁开眼睛之前他的母亲就死去了，因此，我爷爷从来没有见过一眼她的生身母亲。这为我爷爷以后的人生埋下了不可言传又非常明了的根结。

（二）

我爷爷作为一个既吉祥又凶险的信号降临到这个原本比较安闲舒适的大家族里。伴随着他母亲的去世，家里人也开始议论如何处置他的话题。一派人主张将我爷爷送与他人，理由是，“这娃命太硬”，“是个克星，将来还不知道会克到谁呢？”大家有点讨厌他又有点害怕他，所以采取了远离他或者说让他远离大家的做法；一派人认为，虽然他“命硬”，但毕竟是个男丁，“命硬的人能成大事”，也许将来会有大出息呢，再说，咱们这么大的家族把一个好端端的男孩送给别人家，传出去简直是有失家族体面，再退一步说，孩子没妈了可以再为孩子“找寻个妈”；另一派人表示中立，无论如何处置都与自己无关，天塌下来自己不是个儿最高的，砸不着自己。这件事情纠纠缠缠地讨论了一段时间，最后拿定主意的是我爷爷的四伯，决定留下这个命硬的小子。那个时代，在一个大家庭主事的人，要么是长兄，要么是父辈指定的可以担当此任的人，我爷爷的四伯就是那个被指定来掌管这个家庭的人。我爷爷一出生，原来这个平静如水的大家族就掀起了一场轩然大波。随后许多的故事就此展开。

我爷爷的母亲因难产而死，结果是他的父亲重新“续弦”，我爷爷也就有了“后妈”。在那个距离我们比较遥远的年代里，“后妈”不是个什么好词、好事，它似乎含有某种有关邪恶、厄运、苦痛，让人憋闷窒息的命运劫数。后来在我爷爷的身上证实了这一点。

况且，我爷爷出生在1925年，时间再过四年，也就是1929年，坦荡荡的八百里关中平原——曾经若干个帝王因为富庶而建都于此的地方，就陷入了近代以来最大的、最著名的也是让人听了就不寒而栗甚至不敢想象的饥荒之中——“民国十八年年馑”。三年六料庄稼颗粒无收，日月星辰干巴巴地瞪圆着眼睛，像是这块土地的千百年前的仇敌，今日终于当道而遇，分外眼红，不是你死就是我活，相互怒目而视，仇恨不共戴天，雨雪雾露也像西山盗寇一样，因为嫌弃这片土地的赤贫而不肯光顾。赤地千里，树皮草根已被饥饿的人们抠拔殆尽以果腹，饿殍遍野；衣衫褴褛，低头耷脑的人们，深陷的眼窝里面游离着最后一丝生命的流光，如同严寒的冬夜里闪烁在荒郊野外的一点豆大的磷火，随时都可能熄灭。三年的时间，如同三个世纪一样漫长。

在这样一个大的时代背景下，我爷爷——一个四岁孩子的死活根本就不可能在那个死亡之湖里产生任何一点微小的波动，甚至可以说，我爷爷的死也许会给一个家庭减轻一点命悬一线的负担，替某些人“拔除了眼中钉肉中刺”，是件大快人心的事情。但是我爷爷的命硬啊，硬是在饥饿的哭喊声中顽强地活了下来，至于是靠吃什么活下来的，天知道。

后来，我爷爷的“后妈”生养了两子两女，组成了亲亲热热的一家六口，我爷爷是被排除在外的。我爷爷是吃着“百家奶”“百家饭”长大的，我爷爷因此也就有了好几个干妈。干妈加后妈永远也赶不上一个亲妈，但我爷爷的亲妈却去了一个我爷爷够不到的地方。我爷爷的亲妈前脚被埋进了我们村庄南边的九龙塬上，他的后妈后脚跟着踏进了这个大家族的大门。这似乎是情理之中的事情。但这一合乎情理的家庭变故完全改变了爷爷在这个家庭中的身份、地位，成了有“娘”不给缝补吃穿，有爹不给钱粮，四邻不挨四邻不管的人。我爷爷的特殊身份和在家里的特殊地位，也就决定了他自己的子女也就是我的父辈们将来在这个家庭里的特殊地位——被欺负被排挤甚至被侮辱的对象。

（三）

按道理来说，我爷爷有了“后妈”之后，也算是有爹有妈也就有了一个健全的家，生活在一个大家族里面，应该生活不会太差。

但实际并非如此，“后妈”有了自己的子女后，就开始排挤欺辱这个年幼的孩子，以至于我爷爷最后没有办法只能生活在自己的四伯家里，由自己的四伯和四婶照料生活。我爷爷的四伯和四婶也就成了他现实生活的“父亲”和“母亲”。

在寒冷中人们可以彼此拥抱互相取暖等待春天的到来，在穷困中亲人的一个冰冷的眼神足以让人绝望到死。我爷爷失去了自己父亲和母亲的亲情温暖之后，四伯四婶犹如严寒冬天里的一道温煦的三月春阳，给了我爷爷无限的温暖和光亮。尽管如此，这种现实的被人抛弃寄人篱下的生存状态，让我爷爷在他还很幼小的心灵里面扎下了人情冷暖眉高眼低的根子，也让我爷爷的性格从小就变得胆小、怯懦甚至自卑，也为他成家立业后自己的妻儿的生存状态埋下了伏根。

民国时期，国民党统治，兵役、苛捐杂税名目繁多，人民生活不堪重负。我爷爷还在上初级中学，尚未成年的时候，就被“抓壮丁”当了国民党兵，他的父亲没有做出任何阻止的言行，当然这不能全怨恨这位父亲和这个家庭，那个“后妈”的不闻不问甚至如是希望的态度，肯定是促进这件事情发展下去的重要推力。后来听我奶奶说，那个时候我们家大业大，其实还是可以用钱来顶替“抓壮丁”的，但是我爷爷的父亲和“母亲”并没有这么做，所以我爷爷必然逃脱不了这样一种命运的劫数。时至今日，当我奶奶提起这事时，依然咬牙切齿地恨他们。

当我爷爷极不情愿地穿上那身黄狗皮一样的军装时，他并不知道他即将要在七个月后成为一个新生命的父亲了，那一刻，他自己连身置何处也不知道。

当我爷爷再次站在那扇曾经无数次给他温暖，也无数次给他冷眼的大家族的沉重的木门前的时候，已经是七年之后的事情了。

想象一下，我爷爷，再不济也算是这个家族里面根正苗壮的子嗣，尚且受到了那样的虐待和排挤，那么，当我爷爷在离去后不知死活的七年里，我奶奶是如何带着一个孩子熬苦度日的呢？我奶奶每每回忆到这段旧事时，眼泪禁不住汪满她的因苍老而更显深陷的眼窝，很快两条泪水汇成小溪，沿着她那爬满脸庞的纵纵横横深深浅浅的岁月的沟壑漫流下来，一直流到她那像皱核桃一样的下巴颏上，而这些她几乎是全然不知的，那种表情似乎又将她拽入当时那种无限苦痛的生活场景里面去了。我奶奶颤抖着因年老而脱落了牙齿而向内凹陷的嘴唇，说："在家里，不敢说话么，没你说话的地方么！白天做活，晚上流泪！眼泪都流干了！"我们生活在今天的人们无法想象生活在那个家庭中的一个年轻媳妇的身份、地位及处境。

这七年中的一个夏日的黄昏，麦子已经收罢，场已经打完，秋庄稼已经在闪亮的麦茬里面透出了莹莹的绿意，太阳失去了正午的骄烈，像一枚橙色的蛋黄在西边的山顶上慢慢滑落，大地、山川、村庄正笼罩在一片金色的余晖里，田野里面一片开阔，浸染了一点略带着凉意的潮润的风轻拂庭院里面的树梢，发出沙沙的低语。

我奶奶正在自己的房间里，借着窗口的那一小块光亮做女红。突然，后屋厨房里传来了自己公公沉闷并含着恼怒的谩骂声，一声接着一声，难以入耳，持续不休。我奶奶实在听不下去了，同时心生疑惑，便放下手中的针线，站在门口柔声问道："达，你骂谁哩？""我骂鬼哩！我骂不要脸的哩！"我奶奶的公公怒声道。我奶奶心里一想：这回家里也再没有旁人了，那就是骂我哩。我奶奶这样想着，就说：“达，你这是骂我哩？！你骂我嫌我咋哩？”我奶奶的公公这时有点恼羞成怒地扑到我奶奶面前，揪住我奶奶的领口，左右耳光地扇打我奶奶的脸。我奶奶被这莫名其妙的场景震惊得愣怔住了，不知道该说什么，更不敢还手，“人家是多（tuo）人（方言：长辈的意思），你敢动手，唵？”我奶奶就往前门口跑，村道里正站着我的一个二爷爷，我奶奶对着她的公公跟我的二爷爷哭着说：“达，你叫我二达听听，你为啥要打我，我哪里做得不对，是没下地干活？还是没给你做饭吃？还是拉野汉子了？”其实，我奶奶在黄昏到来之前，已经给她的有着傍晚“喝汤”（吃晚饭）习惯的公公炒过菜热过馍喝过汤了。

在我二爷爷的劝说下，我奶奶抹着眼泪委屈地回到家里，钻进自己的房间里独自伤心流泪去了。后来，我奶奶憎恨地对我说：“人家就是看你不顺眼，就是不想叫你活啦！就是硬逼着你……”我奶奶继续说：“我没办法，还有娃娃哩，咱是小人（晚辈），人家是多人，人家打咱咱就只能挨着！哎……”“这就我受的罪，你爷爷那个时候人家都说死在外头了！咱是个媳妇、是个屋里人（内眷），你说这日子咋过呀……”我奶奶没法把话继续说完。我一阵心酸，不知如何劝说我奶奶。

（四）

日子在我奶奶房间那扇镶嵌着黑色窗棂糊着淡黄色麻纸的狭小窗户的明暗交替的光线里，日复一日地过去了。其中的辛酸和顶心只能幽闭在这光线晦暗的房间里，无声的泪水只能在脚边那块巴掌大的地方上生根发芽，结出仇恨的苦果。

中华人民共和国成立后，我爷爷回到家中，因为我爷爷曾经参加的是“国民抗日先遣队”，是正义的队伍，而不被追究政治罪责，又因为具有初中毕业文化在部队当过文员，也就在邻村的小学当了小学教师。每到周末我爷爷回家后，先到自己那个不称职的父亲那里报平安，其实主要是交账，这是“家规”。

其时，这个大家族的“掌柜的”已经名存实亡了，我爷爷的父辈弟兄四个，虽然还共同居住在同一个屋檐下，但实际上，早已另起炉灶，分门立户，各自独立地过生活了。

我爷爷的同父异母的两个兄弟——老大结婚生子了，老小正在读书。我爷爷家的“掌柜的”自然是他的不称职的父亲，其实真正的“掌柜的”是我爷爷的“后妈”。因此，我爷爷身上的那点学校补助的干粮呀粮票呀肯定要被他们，以各种借口名义巧取豪夺地搜刮一空，人家亲亲热热的一大家子有吃有喝，而我奶奶和她的孩子们只能是吃点稀汤寡水的饭食，甚至有时候还得饿肚子。这也就罢了，在那个生存条件还相当困难的年代，能凑合着活下来，那就很幸运了，再不敢有太多的奢望了。

时间推移到20世纪50年代末60年代初的“三年困难时期”，国家号召各个“生产队”建立起了“人民公社大食堂”，全村人一起排队吃起了“食堂饭”。

一天早晨饭时，生产队“打铃收工”了。我奶奶回到家，发现我二姑因为大人要下地干活无人看管而屙在了炕上，炕单和被子都“被屎给浆了”，我奶奶拖着疲惫的身体赶紧收拾，把炕单被子都洗了，晾晒好，——因为没有多余的被褥，不及时清洗晾晒当天晚上就没得铺盖了。待我奶奶收拾完了，食堂饭开饭时间过了，孩子因为饥饿不停地大声哭号，我奶奶没有办法，只能对我爷爷的一个妹妹说：“××，把你的稀饭，给娃喝两口！娃饿得哭哩！”我奶奶指着她怀里的我二姑说。结果这个××“哇”的一声开始大哭，我奶奶的公公对着我奶奶就是一通难以入耳的谩骂，我奶奶只能脸上挂着泪水，离开凳子，钻进自己的房间里陪着孩子忍着饥饿一块哭泣。

大人可以暂时地忍耐饥饿，但是不懂事的孩子不能忍耐呀。“娃哭得我心慌，哎！没办法，我抱起娃去找队长要口吃的。”我奶奶吊着眼泪对我诉说当时的境况，真是叫天天不应叫地地不灵，只能去求生产队。不知道是什么样的仇恨竟然驱使我奶奶的公公追到“大食堂”的门口，又是厉声谩骂我奶奶，又是左右耳光地扇打我奶奶。最后，生产队队长实在看不下去了，就说：“××，你这样子地打儿媳妇，为的是啥事，唵？”我奶奶的公公无言以对，便扭曲着脖子扭曲着脸上的每一丝肌肉边走边骂地离开了。我奶奶至今也不知道为什么她的公公要那样不知死活地打她。

在这种情况下，大人要下地干活挣“工分”，娃娃没有人看管，两头都作难。我奶奶没有办法，狠了一下心，第二天一大早天还没亮，我奶奶就一个人步行十多里路来到那个曾经给过她欢乐童年的村庄，而此刻她却像一头受了伤的母羊一样颤抖地扑进了它的怀抱，我奶奶略加思索后颤颤巍巍地打响了娘家大门上的熟悉的门环。我奶奶一见到她的父亲，就失声痛哭，两手抹着眼泪颤抖着嘴唇说：“达！我的日子没办法过啦，你给娃（我二姑）找个人家吧，把娃给人去，要不都得饿死！”话音未落，泪水便像狂怒的江河一样，在我奶奶因为消瘦而深陷的眼窝里突出的颧骨上决堤，肆意地狂奔。那一刻，我无法想象作为一个母亲作为一个父亲他们的内心是怎么承受那种狂涛巨澜的冲击、拍打、涡旋的！以至于，在今天如此幸福的日子里我奶奶诉说起这件事情时，两眼依然会不自主地潮红、湿润，沉重地对我说一句：“娃呀，那些日子，家里的那些‘贼’（奶奶对欺辱自己和孩子的人的恨称）都想让你死！合起伙儿来欺负你，真是难怅得不如死了去！”只是如今无法弥补对我二姑的那一份歉疚，一直让我奶奶无法言说。真希望时间能冲淡稀释这一切。

（五）

有时候亲人之间的倾轧远远超过了仇敌之间的厮杀。仇敌之间是一场鲜血淋漓的生命决斗，而亲情之间的倾轧却是一种深入骨髓、扼杀灵魂，用眼睛用脸色甚至用一种让人近乎窒息的气压，把本来是血缘相融的人逼向悲苦逼向死亡。

“三年食堂饭”期间，我大姑已经上中学了。大概是 1962 年，也就是“食堂饭”的最后一年，我大姑就要参加高考了，这也许是我大姑当时改变自己命运的唯一机会。但是，因为家人因为倾轧因为抢食而实在是没有足够多的“黑豆面馍”甚至喂牲口的“豆饼”“油渣”“糠麸”作为干粮，维持我大姑住校最基本的生计，我大姑经常被饿得耷拉着脑袋头晕目眩地坐在教室里上课，这些都是拜我大姑那些看似人模狗样儿的“长辈”和那些看似出于同一条葫芦一条蔓上的“情同手足”的“兄弟姐妹”所赐。

在后来的生活中，我大姑无数次回忆起那一段悲苦的人生经历时，就会愤恨地说“××心眼坏得很，就不是个人，就想把你们（父亲的兄弟姐妹）都饿死！”“还会经常狠劲儿地打你爸的脑袋，恨不得把你们都打成傻子！心眼坏得都不如个旁人！就不是人生父母养的！”

尽管家庭环境极其困难，尽管饥饿一直折磨着她青春勃发但又瘦弱不堪的身体，尽管家族异己之间的倾轧让她窒息，但是，我大姑内心渴望强大渴望争一口气的信念，始终如一团烈火，在她内心无限宽阔的莽原上熊熊燃烧，迸射出生命及意志的万丈光芒。

不管命运如何苛刻地对待她，我大姑还是以优异的成绩考上了那个在其祖辈乃至父辈心中依然属于遥远的神话的大学。这不单是一个人的成功，这不单是一个家族的胜利，这不单是一场族系命运的扬眉吐气，这更是一场生命的信念与意志的顽强复活，这也是一种生命力量的努力喷发，生生不息，不可遏止。

在不久的后来，我的小姑也如愿地踏进了她一直醉心的大学的校门。这在我们村子乃至方圆几十里的地域里都是绝无仅有的。这让这个家族的所有成员尤其是那两位含辛茹苦的父母脸上，长满了欢悦的笑容、涂了一层亮晶晶的荣光。这个家族彻底地扬眉吐气了，彻底驱散了笼罩在这个家庭上空的浓重阴云，彻底洗脱了淤积在内心的沉重屈辱。

许多看似纷繁复杂无法厘清的人事纠葛、恩恩怨怨、头头绪绪，时间总是会给出一个合理到近乎荒诞的回答，正如我们这个家族经历了三代人到第四代人的手里，这些恩怨以及种种倾轧，最终以近乎可笑的结局画上了句号。

我们家族从我的父辈开始往下除过我的父亲，因为“文革”家庭成分的原因没有完成学业之外，其余子嗣全部都踏进了大学的校门，有了比较稳定的工作和让整个村庄的人们都异常艳羡的未来，而与我们似乎有着不共戴天的仇恨的那一脉人却没有考出一个大学生，基本上都待在了农村，沿袭着祖祖辈辈的务农活计，当然这不是说我们要歧视或者贬低农业从事者，这只是一个传统观念的比较而已，这只是一种在苦难中依然生生不息地奋斗的一种自我认可，而已。

（六）

“三年食堂饭，大人、娃娃都掉了一层皮，人家把咱们欺负得就剩下死了！”这是我奶奶在从那段悲苦的生活中勉强活过来多年后，我们都长大了，懂事了，才一遍一遍地含泪向我们诉说的，并语重心长地指教我们说：“娃呀！把书好好念，争一口气，不要让那些瞎熊（坏人）看热闹！”

“三年食堂饭”期间，家族里面因为“劳力”“工分”“口粮”的问题，父子兄弟妯娌之间的矛盾不断升级，几乎到了你死我活、水火不容的地步。

矛盾无法调和的结果就是，要么爆发更大的矛盾，要么分解矛盾体的双方。于是，这个靠着血缘靠着亲情维系了上百年的大家族，最后又在血缘、亲情的考验下分崩离析了。

我爷爷携带着自己的妻儿离开了这个自己出生成长的大家庭，另立门户生活了。这个大家族就此结束了它上百年的薪火相传的历史。我们家也就是我爷爷我奶奶以把一个女儿送给别人家、父子兄弟反目成仇、家族破解、自己的小家被无情地分割出去为代价而结束了这三年本已悲苦至极的年月。

本以为分门立户地居住了、另起锅灶地生活了、谁家的碗和别家的碟都不会再相互磕碰了、谁家的被褥也不会纠缠上谁家的抹布了，但是事实并非如此。那种莫名的不知从何而来的不共戴天的嫉恨，就像一张无形的大网，始终停滞笼罩在这个家族的命运的天空上！

1966 年农历三月，太阳还像往常一样，从无边辽阔的麦田的尽头升腾而起，玫瑰色的天空让这个已是五个孩子的母亲的女人心头为之暖烘烘的。又一个春天来了，人们脱去厚重臃肿的冬衣，换上了轻薄的春装。

温暖的三月春阳给这个古老的村庄披上一层金色的轻纱，村庄里大大小小的树木都抽出了鲜嫩油亮的叶片，在这如金的阳光里绿得发亮，生机勃勃。平川和塬坡的田野里绿油油的麦浪一波追着一波向远处涌去，形成一片绿色的海洋，无数的蝴蝶翻飞在它的上空，鸟儿愉快悦耳的叫声从早鸣响到晚，一切都给人以极大的希望。我奶奶正带着孩子在地里为麦子除草，期待分家后的又一个丰收年，期待着“生产队”能多分点“口粮”，以安慰孩子们和自己一直因饥饿而咕噜呻唤的肚皮。就在我奶奶舒心地望着地头欢蹦乱跳、相互嬉戏的孩子和那无边无际的点缀着各色野花的麦田的时候，发生了“文化大革命”。

有人向“组织”揭发我爷爷曾经“当过国民党兵”。我爷爷因被人举报而被关进了牛棚，他的子女因此被牵连。

有一年，秋收后，失去了炽烈的秋日阳光均匀地泼洒在因收获过而显得无比坦荡辽阔的田野上，也笼罩着这个依然贫穷破旧的村庄。收获过的苞谷成堆成堆地摆放在田间地头、道路两旁、沟壕塄坎上，既显出了收获该有的景象又隐约显露出某种残败不堪来。我家因为口粮实在紧张，大人娃娃时刻都被饥饿围困着噬咬着，没有办法，父亲就在田野里那些收获过的苞谷杆上寻找那些因为没有成熟甚至并没有长出玉米粒而被扔弃的小玉米棒子，拿回家捣碎了，下锅煮煮当稀饭喝。虽然这种“稀饭”吃起来有点粗糙有点艰涩不好下咽，但父亲心里还挺高兴的，毕竟可以哄骗着自己的肚子不咕噜咕噜地乱叫。起初几天挺好，还能找到一些这样的“粮食”。但好景没有持续几天，就有人“揭发”说我父亲“偷了生产队的玉米棒子，偷了社会主义的玉米棒子”，而被队长叫去问话，还被关了牛棚。我父亲及家人都很纳闷，别人不要的东西，我们都不能动不能拿，这是为什么呢?后来，我们家人从好心的旁人嘴里得知，这是“你们自己人告的状”。至此，我们家人就更知道了，我们家人被别人“盯”上了，这些人就是不想让我们家人好过。而这些坏人就是曾经住在同一屋檐下的“亲人”。

这十年，对于我们这个家庭来说，是没有黑夜和白日之分的，都一样的黯淡无光，甚至白日比晚上因为多了一些丑陋狰狞的面目而更显得可怕。

这十年犹如一场噩梦。所幸的是，我的父辈们都渐渐地长大了。

此刻，我想起了哲学上的一句话：矛盾的双方总是相互伴随而存在的。我爷爷和他的兄弟姐妹们，就像同一面墙根下长出的几根牵牛花藤蔓一样，本可以各自凭借自己的触角攀爬上墙头获得阳光，互不干涉，各自艳丽，但实际上他们却由于枝杈分蘖和枝叶相触而巧合或者故意地相互纠缠在了一起。其间，它们一同经历过狂风骤雨，也一同相互支撑扶持过，但更多的时候是在平常的日子里为了争夺脚下那仅有的一点雨水、为了早点能争夺到头顶上那仅有的一缕阳光，你撕我扯地努着全身的力气向上生长。现实生活中的生命就是这样的奇怪，从来不会思考：难道捂住别人的眼睛光明就全属于自己了吗？难道牵拽着别人的衣襟自己就一定能跑到最前去吗？

（七）

祖辈父辈的纠纠葛葛根本用一部小说也是难以叙说分解完毕的。待到后来日子都好一些，互相之间的直接冲突减少了很多，没有了明争但暗斗却并未停止。相互之间不光是“仇”，也有“恩”。

“改革开放”犹如一缕温暖的春风，吹开了大江南北的所有山川河流，也吹去了笼罩在人们心头上不知道多少年多少辈的陈腐观念。人们开始以新的精神面貌迎接新时代的每一次日出日落，家族邻里的关系也发生了前所未有的深刻变化。以经济为中心，鸡毛蒜皮已不是人们生活中的重要内容了。

我们这个曾经的大家族在时代浪潮的冲击下，也开始分门立户有了更多分子，各自奔着各自的前程，矛盾随之也越来越少。过去的所有纠纠葛葛就暂时地搁浅在时代的浅滩上。

一年，深秋金色的阳光依然照耀着这块亘古不变的黄土地，收获过的田野坦坦荡荡地铺展在人们的眼前，冬小麦已经从浸润着收获的清香而湿润的土地上莹莹地探出头来，徐徐的秋风吹来，纤细柔软但又透着生命韧劲的嫩绿色麦苗，便袅娜地抖动着自己的身姿，像是一种美妙的舞蹈。巷道里充满了各种收获的粮食及果实的馨香，混杂着各种秸秆沤变的特殊味道直透心底。

由于瓜果的丰收，这一年村里不少孩子因过食瓜果而闹痢疾。我们家的“死对头”的唯一的才刚过三岁生日的大孙子也患上了痢疾，孩子上吐下泻，没几日就精神萎靡，“软瘫成一堆面条”了，多方求医未效，眼看着一个活蹦乱跳的孩子就要“夭折”在自己的亲人面前，多么让人心疼又让人心焦的事情呀。那个曾经飞扬跋扈、毒心如蝎的“死对头”，在万般无奈的情况下还是低下了高傲的头颅求到了我爷爷的面前，让我爷爷给我大姑写封信说说情，祈求我大姑（此时我大姑已经在省人民医院工作了）能在“大医院”给孩子找个专家给孩子看看病。

命运总是要愚弄那些值得可笑的人。想当初，我爷爷在外当兵不知死活，我奶奶带着我大姑相依为命的时候，这个“死对头”带给我奶奶和我大姑多少非难，恨不得让我奶奶去死，恨不得让我大姑去死，恨不得让这一支脉系的所有人都去死。此刻又万般无奈、觍脸厚颜着来拜求这家人，想来真是可笑至极。我爷爷连同我奶奶本可以怀着看热闹的心态，或者说以正常的敌对心理，甚至完全可以以“以牙还牙”的方式予以拒绝，都算是情理之中的事情。但善良的他们没有这么做。他们认为“大人是大人，娃娃是娃娃，大人的事情不能记在娃娃的身上”。这是他们内心秉持的近乎朴素的处世原则。

“大医院”的专家见到孩子后，只说了一句话“咋来得这么晚呢？”所有的答案已经明了。怀抱孩子的母亲当时就“软瘫在地上了”。面对这个来到世间尚不知人世冷暖的孩子，我大姑到死都不会忘记的那些年这一家人施加在自己身上的那些几近残忍的倾轧，在那一刻却被远远地抛在了人性和善良之后。我大姑给孩子的父母说，孩子的疾病耽搁的时间太久了，没有太好的办法了，我这里有个“方子”（中医汤药处方），给娃吃一吃，“兴许能救娃一命”，如果孩子饮食渐佳，那就继续吃药，如果饮食情况不见好转，那就没有什么希望了。结果，孩子服了我大姑开的“方子”后，饮食果然一天天地增加起来，经过了大概三四个月的调养，终于痊愈了，今天这个孩子已经有了自己的孩子了。这家人从这件事后便开始对自己在我们家人身上曾经犯下的“罪孽”有了一些负疚感。两家人的敌意随着时间推移，随着时代的变迁也就慢慢减小了。

（八）

从那个家人不愿意提起又时常提起的话题开始，时间已经过去了近百年，人事巨变，我爷爷已经在他过完九十岁的生日后不久，在子孙的一片凄哀的哭声中离开了他无限眷恋的古老族群和至亲家人，永归于那片养育他的生命承载他的悲喜的黄土地了。

至于他自己的父亲和那个一提起就让人咬牙切齿的“后妈”，恐怕早已在世事的长河里化作了一抔黄土了，也许连一抔黄土都不是，只是一星半点随风飘散的尘埃。如今我的父辈也已经开始青丝变白发步履蹒跚垂垂老矣，我们也都行将迈入不惑之年。真是感叹时间！时间会改变一切自己曾经坚持的固守的态度、观点、心态，时间会化解一切自己曾经难以排解的情理困惑和情感纠结，时间也会稀释一切自己曾经认为浓稠得化不开的积怨、嫉恨，时间最终可以让人遗忘一切，并且那都是该遗忘的该消逝的，正如古人说的那样“终为土灰”。

人生百年，匆匆而过，高兴的、不高兴的、悲苦的、甜美的、侥幸的、不幸的，都将成为世事的晨风，在每一个朝阳初升的早晨，都只是在人们的眼前耳边轻轻掠过，不会留下任何痕迹。

这一趟旅程上，内心淤太多的悲愤与苦痛，便不会感觉到朝阳晨露的悦目与清甜，肩头背负太多沉重的积怨和忧郁，便不会有轻松豁达的心胸去面对每一次日出日落。流星即便是再辉煌夺目，也会在一瞬间的耀眼光亮之后，消逝在遥远的天际或者坠入不知名的深渊，而天空依然纯净依然群星璀璨。

我们每个人何尝不是一颗头部顶着光亮而尾部仍旧拖着烟雾的流星

呢？因此，既然我们注定是流星的命运，那么我们就不要彼此紧盯着对方屁股后面的那团浑浊的烟雾，而要善于发现别人头部最耀眼的即便是一瞬间的闪光点，这样，即便是在坠落之后也会在人们心中留下一抹曾经照耀天空的亮光。

过 年

小时候，喝过“腊八粥”，空气中那一丝丝一缕缕复苏了的温热的东西，就在一瞬间幻化成千千万万只探头探脑的蚂蚁，爬满自己的四肢，慢慢悠悠地向心脏的方向爬行，数不清的蚁脚搔挠着自己那块似近但又够不着的地方，痒痒得难受却又无比幸福。

于是，自己的手脚就比往常任何时候都更加不安宁，发动自己的五感六觉，渴望在任何一处看似不可能的地方发现能触摸到自己内心最痒处的那个触角。一个随意散落在地上的可能是花炮作坊试验花炮的响声时掉落的红皮鞭炮，足以让自己和小伙伴们兴奋地跳跃起来。

吃完了“腊八粥”，就是赶“腊八集”。大人们早早就收拾停当了。把一年里不曾穿过几次的自认为时新的衣服从箱柜的底部拿出来穿上，女性是要特意前前后后照一下镜子的，抻一抻拉一拉，尽量使得每一处都按照自己的内心想的那样妥帖。头发是要抿得溜光服帖的，虽然那一张张被岁月的风霜覆盖的紫红色脸膛一年年也进不了镜子几次，但那一刻镜子里是映满喜庆的，如同冰雪里的一枝红梅花。于是，十里八乡的那些像缠缠绕绕的井绳一样的田间土路上，就人影幢幢，欢声笑语了。老远望去，一溜带串的黑色的或者青色的衣服们，有牵羊的、有拉牛的、有拽骡子的、有竹笼里窝着老母鸡的、有挑扁担卖菜的、有提壶打油的，如同潮水般拥拥挤挤地向那个心目中的“大地方”漫去。卖了自己想卖的，才能买自己想买的，给家里添置点家具，置办点必需的年货。大人们一年到头，风里雨里，坑里洼里，为家里操劳，也该犒劳一下辛劳的自己，但手头紧，琢磨再三，还是忍了；但是，孩子毕竟是自己的“倩蛋蛋”（心肝宝贝），不能亏待，再作难也得为孩子“扯”一身像样的衣服，不能让旁人看了孩子的衣裳穿着而骂（笑话）大人自己。

我们孩子虽然有哭的、有闹的、也有在地上打滚的，都想跟着父母赶集去，但是父母大多数会想尽各种办法躲避开我们的纠缠和追赶，因为集市上人太多太拥挤，用我们的方言形容就是“挤死婆娘踏死娃”，带上孩子实在是太不方便。爷爷奶奶哄好我们的法宝就是一句“你妈一时回来给你买好吃的哩！”我们大多数会识相地停止哭闹，同时内心里会生出一点点美好的期盼来。结果往往会超出我们的意料，家长确实会给我们买一些平时舍不得吃的“零嘴”，之前的不快立刻就忘得一干二净了。

“灶火爷生日打糖瓜，娃娃来了都趴下”这句谚语，奶奶在腊月二十三——祭灶日这天一定会对我们说起。这一天似乎是奶奶独有的日子，家里除过我们只有奶奶一个人在做一些神神秘秘的“事情”，其他人几乎都没有权利参与。奶奶会拿出早已为“灶火爷”（灶神）预备好的“食品”，最早的时候是奶奶亲手烙的白面饼（因为穷，没有钱买其他食品），后来日子好了就改成从集市买来的几个“坨坨馍”，或者一盘柿饼，或者几个橘子，再后来就是各色的点心。奶奶会在爷爷为她用大红纸折成的用毛笔工笔正楷地写着“本君 灶君 之神位”的象征神龛的符贴前，小心翼翼地点起烛火，豆大如金的烛火在我们眼里便有了某种神秘的色彩，闪烁着、跳跃着，随后奶奶会仔细地分好五炷香，燃起，当五炷香在盛满灶灰的香炉里升起袅袅娜娜的青烟的时候，奶奶会拉着我们一起虔诚地趴在地上磕三个响头，奶奶的嘴里还会自言自语嘟嘟哝哝地说一些我们听不清也不懂的“神”的语言。这样虔诚的仪式要早晚各进行一次。其实，我们磕头的目的跟“神”没什么关系，我们的眼睛一直盯着烛火下面那盘让我们犯馋的

“神”食。

送走灶神，年就会加紧步子向我们走来。远远近近的巷道里会时不时地传来几声零散的鞭炮声，撩拨蛊惑着我们像鸟雀般的心，一整天空气中都会飘荡着游丝若系的鞭炮燃响后特有的硝烟的香味。接下来，家家户户每天都要做有关过年的“事情”。

“扫舍”，大人会抽出一整天的时间把家院的角角落落彻彻底底地打扫一遍，扫掉缦布在厨房屋梁天顶上的灰挂，扫掉椽缝墙角的蛛网，扫掉每面墙上的扬土浮尘，即便是再破旧的屋舍，在那一刻也会焕发出与往日不同的亮堂和精神来。家里的床单被褥、盆盆罐罐、碗碟筷子，都要彻底地清洗一遍，以备过年之用，也体现出一切都要从头开始，一切都是“新”的，包括不服输的心气。大人们会带着笑容地忙活一天。

“蒸馍”，这不是普通意义上的蒸馍，这是要蒸能管自己家人、来访亲戚客人以及走亲访友需要带的全部馍馍。母亲就会在蒸馍的前一天晚上“发”上两大瓷盆面，大瓷盆要放置在用麦秸柴火烧的温暖无比的炕头上，再给发面盆盖上厚厚的棉被，保证第二天面能如期“发”起来。

第二天天不亮，母亲就起床了，窸窸窣窣地就开始为一整天的“蒸馍”做准备了，此刻我还沉浸在香甜的梦里。从早到晚，满屋子都笼罩在白色的蒸汽里，朦朦胧胧的，屋子被馍香、肉香、菜香还有欢声笑语充盈着，像一个童话中祥和的世界。一锅一锅的馍蒸出来了，有普通的蒸馍、有花卷馍、有自家的红豆自家的红枣由母亲亲手研磨的豆沙馅包子、有各种不同馅的菜包子、有油面包子，还有各种各样的精心制作的带着不同颜色不同形状随后要送给不同亲友并有不同寓意的花馍，高高地堆放在大概有两搂粗的笸箩里，像一座香喷喷的可以随时趴上去咬一口的小山。

待到收拾停当过年所用的菜品、衣物、器物，时间就到“三十儿”这一天了；或者说，不到“三十儿”这一天，人们还是会不停地为过年做着各种准备，生怕哪里准备得不够妥帖。

到了“年三十儿”，这一天一大早，当许多人还在睡梦中的时候，就有或远或近的一阵一阵急似雨点敲击玻璃，或者零散如爆豆的鞭炮声，伴着一闪一亮的电光从刚刚麻麻亮的天井里传下来，钻进我的耳朵里，“年”就这样来到我的枕边，我似乎能触摸到它，这让我兴奋让我激动也让我感到一丝丝的手足无措。于是，如同鲤鱼打挺一样翻身起床，结果是先穿上了裤子，上半身还赤裸裸地晾着，忘记了那一刻还是冬天。起床后，偷偷地从衣柜里拿出自己的新年衣服鞋帽，翻过来翻过去看了又看，摸了又摸，母亲看见了说:“明早（初一）再穿！”

“三十儿”吃过午饭，就开始贴春联。大红对联墨黑的字，喜气洋洋地贴在大门的两侧。家家户户都一样，即便是再怎么破烂的门口，两侧也一定会贴着一副如火燃烧般醒目的大红对联。这是一种对来年的美好生活的最直接最真诚的表达和期盼。“敬神”的器物已经被父亲擦拭干净摆放停当，“先人轴子”（族谱）就端端正正地挂在厅堂的中央。这是过年最可神圣最令人敬畏的事情，也是人们最看重最要精心准备的事情，关系着家族的兴旺，关系着子孙的发达，所以“三十儿”的当天，乡里邻居见面会和颜悦色又不失庄重地说:“把先人敬好咧吗？！”算是问候又是回答地打招呼。

香烛燃起，磕过头作过揖，接下来就是我最喜欢的放鞭炮了，长长的一挂红皮鞭炮高高地挑在一根长杆子的一头，我握着另一头。父亲过去点燃火药捻子时，我就拧过头去半眯着眼睛既害怕又迫切地盯着父亲手中的火柴和鞭炮串的动静，捻子像彗星一样划过漆黑的夜空一样，金星飞溅的火头拖着一团灰色烟雾的尾巴，飞快地向前穿梭，耀眼的闪光让已经昏暗的天空映出一片银光，“噼里啪啦”的响声震耳欲聋，以至于鞭炮响完一段时间后，耳朵里还好像钻进千万只蜜蜂一样，嗡嗡地鸣响不停。

除夕夜，也就是真正意义上的“三十儿”，父母和老家的人们都是怀着一种特别郑重又不失祥和、美好又不失严肃、欢愉又不失持重的口气说出这两个字的，好像这两个字饱含了特别丰富的内容和某种特别深刻的含义。

在我出生后的大概十年里，我们那里很少有哪家有年夜饭，当然我家也没有年夜饭，也没有电视可看。全家人只是团团圆圆地坐在一起，一般都是围坐在烧得很热甚至有点发烫的火炕上，一起嗑点瓜子，吃点“洋糖”，还有自家做的油炸“麻叶”，打扑克，说笑话，说过去的像牛马一样的贫苦生活，说现在天天都能吃上白面馒头的幸福生活，说一年的辛劳，说来年的打算，说亲亲邻邻的亲疏远近，说近在眼前的明天有谁谁会上门拜年，说遥远的在另一个世界的一些人和事，说来说去，最后还是要回到现实的热腾腾的火炕，红彤彤的笑脸，平平安安的亲人，团团圆圆的“三十儿”，全家人亲亲热热地一起守岁，睡觉好像是在不知不觉中进行的。我们大多数是在大人的说笑聊天声中，怀着对过年的某种神秘感和神圣感昏昏睡去的，有了这些对于祖辈对于父辈来说似乎就足够了！

初一的早上，我总是被远远近近、此起彼伏、振聋发聩的烟花爆竹声震醒的。母亲急急地催促着，说：“赶紧起来，穿上新衣服，门前娃娃一片，红红绿绿的，热闹得很！”于是，我就怀着无比激动无比兴奋的心情穿上已经期盼很久的过年衣服，一身上下全是崭新的，站在地上都不会走路了，好不容易跨了两步自己都觉得别别扭扭的。

空气中弥漫着鞭炮的硝烟味，推门出去一看，天才刚刚麻麻亮，整个村庄还笼罩在依稀的夜色中，只有每家每户的天井上射出一片长方形的橙黄色灯光。鞭炮鸣响时那如闪电般爆裂的银光击碎周围的黑暗，巷道里确实站了很多的人，但还看不清楚彼此的模样，缩手缩脚地站着，用哈气搓索温暖着双手，不知道在等待什么。一遍紧似一遍，一遍密似一遍的鞭炮响过之后，天就亮了，红彤彤的一轮大太阳就从雾气朦胧的麦田尽头升起来了，玫瑰色的光芒把巷道、树木、屋舍乃至炊烟还有嘴和鼻子里面喷吐出来的雾气，都染成了漂亮的金黄色，巷道里一片人声欢腾，熙熙攘攘。冬日黄扑扑的土路上铺盖了一层花花绿绿的鞭炮碎屑，人们就像走红地毯一样地踩在上面，从头到脚都沾满了喜气。我们小孩子围成一团互相攀比着谁的衣服最好看、谁的“吃货”最多样数最多、谁挣到了压岁钱、谁都给大人磕头了磕了几个头、谁吃了往年没吃过的好吃的，一张张本来就红扑扑的脸蛋被这瑰丽的阳光一照更显得鲜红美丽，洋溢着节日的欢快和生命的蓬勃气息。

老家的风俗习惯是拜年一定要早。所以，初一早上饭要吃得尽量早，否则会和早登门拜年的人撞上，这会让别人觉得这家人不够勤快，他们会在心里暗自认为，“饭都吃不到人前头，还有啥事能做到人前头？”这种不好意思开口的想法，其实大家心底里都很清楚，所以需要彼此努力避免尴尬。

初一的早上，母亲肯定准备的是“钱串子”，就是用水饺象征金元宝和长寿面条一块下锅，油盐酱醋和臊子菜一起在锅里煮熟，盛到碗里喷喷香，好吃，暖和，又有非常好的寓意。尽快了吃，刚放下碗筷，就有人登门拜年了。

拜年了，挨家挨户地走，大人娃娃，婆婆媳妇，你出我进，满村子满巷道满屋院，熙熙攘攘，摩肩接踵，看到的脸无不是挂满笑容的，说出的话语无不是充满祝福的，听到的声音无不是喜气洋洋的，在这一过程中，人们似乎忘记了其他日子里的劳苦和艰难，也忘却了那些积聚在内心的隐痛和愁苦。吸烟、喝茶、烤火、拉家常，把一年里抽不出闲暇时间叙说的话语，像春节吃的核桃枣一样统统都倒出来，妥落落地摆在父老乡亲的面前，彼此评说，彼此取舍。

孩子们花红柳绿地穿着崭新的年衣服，渗透着骄傲和幸福的笑容洋溢在稚气的红脸蛋上。衣兜里鼓鼓囊囊地装满了拜年获得的礼物——糖果和瓜子。连门口的井台上、碌碡上、牛槽上、羊圈里、麦瓮上凡是与生活密切相关的地方也都贴上了醒目的大红福贴，一切都充满欢庆和祝福。

兴奋、幸福的一天在一片如火的夕阳里暂时拉上了帷幕。

工作十多年了，只有2015年回家陪父母爷爷奶奶过了一个年。那年的夏末秋初爷爷就永远地离开了我们，家里常年四季就剩下父亲、母亲和奶奶了。那个春节母亲说：

“那些年家里穷，艰难，少吃的缺穿的，过年就像过关；大人不吃啥能行，娃娃不吃啥能行？大人旧衣服洗净穿上就能过去，没有人把咱拦挡在年这边，娃娃不穿能行吗？不行！叫一村一院的人笑话：‘把日子都过成啥样子咧，给娃娃连一身衣服都扯不起？’叫全村的人都笑话了！”

“你们都念书的时候，家里经济比较紧张些，你达跟我‘脱了裤子当袄’，没黑没明地干，再苦再累不说啥，为的是你们都把书念成，争一口气；经济虽然紧张，但你们在外念书，不能让旁人笑话，不能把人丢到外面了，家里再艰难，不能让你艰难！你们都有寒暑假能回家过年，你在家过年我就高兴、就欢喜！日子总是一天一天往好的过哩！”

“这些年，你们都工作了，都远，回家没有那么方便；吃着谁家的饭就要给人家好好干，家里的事是小事，国家的事是大事，不难为你们；现在家里不缺吃不缺穿有钱使，日子一天比一天好，你们都好好干工作甭操心家里，干好工作就是给我跟你达争气！”

“现在你们都在外工作，家里就剩下我跟你达还有你奶奶，有时间了就回来转一转看一看，妈给你们做你们爱吃的饭吃；你奶奶现在是活天天哩，说不定哪一时就不在了；我们现在年龄也大了，天天进进出出也没啥意思……”

母亲和父亲给我说了很多话，母亲的眼睛湿润了多次，我的眼睛也湿润了多次。一起回忆了过去的好多事情，一吃过的苦受过的累，都历历在目，心中的幸福也如同甘甜的泉水，涌上心头，心中的酸楚和期待隐藏在满脸褶皱的笑容里，潜藏在因年老而更显深邃的眼眸里。

是的，没钱的时候"年"在，有钱的时候"年"却不在了。如果人生还能够再自由选择一次的话，我宁愿选择我的"年"！

篝 火

说起篝火这件事，我认为首先让人觉得温暖，其次有种想靠近的感觉。

大约是在我小学毕业以前的那些冬天，风很大，天很冷，我很小，总是觉得那些带着旋儿的寒风一直追着我，我怕被追上被旋进去就拼命地疯跑。听小朋友说，这种小旋风可以吸走人的魂灵，小旋风也拼命地疯跑，我跑不过它就灵机一动突然来一个急拐弯躲进一个墙角，小旋风没来得及急拐弯，撞在那面斑斑驳驳的老土墙的棱角上，碎了，伴着一些麦秸柴草枯枝败叶还有鸡毛蒜皮之类的东西一块散乱地跌落在墙根底下。我脸上挂了一丝轻蔑，微微地一咧嘴带着点骄傲带着点庆幸，笑一下，继续沿着上学的那条土路向前走去。

篝火可以在家里，也可以在庭院里；可以在巷道里，也可以在田野里，或者说可以在任意合适的需要的地方，如同唱歌。

那些冬天，除过被窝是暖和的之外，包括房间在内的其他所在都是冰窖。早上上学，衣服挨身的那一瞬间，就像一块冰贴在身上，让人咬牙切齿鸡皮满身激灵清醒，背起书包，走在漆黑的巷道里，打响一个一个冰冷的门环，叫上小伙伴，每人抱一搂柴火，走一截子路就篝起一堆火，身体转着圈地烤，笑声便回荡在繁星满天的夜空中，红红的火光映红一张张如花绽放的脸，前前后后都烤热了，再快速地走一截子路，再篝一堆火，再转着圈前前后后地烤热了，如此反复，一直到接近学校大门的地方。一路上留下一堆一堆的明暗闪烁的余烬，也留下一路的欢快的脚步声。

这算是求学路上的苦与乐吧!

冬日午后的太阳如同一枚燃尽了的煤球，红彤彤地挂在村子最西边那家房屋的屋顶上，拖着最后一道艳似云霞的光亮倏忽间溜到西山墙后边去了，暗蓝的暮色吞噬了笼罩在屋瓦树梢上的最后一抹玫瑰红。家家户户房顶的烟囱里都悠悠地飘出青色的炕烟，很快黑夜就混杂着这青色的炕烟笼罩了这片古老的村庄。巷道里静悄悄的，偶然传来一声两声的悠长沉闷的牛哞，算是给了这个夜晚一个近似荒谬的问候。

此刻，相当一部分人家还没有关门闭户，只是兀自站在自家的门口、站在这由暗蓝变成乌黑的夜色里，用自己比夜色还要黑的眼睛东张西望地向深邃的巷道两头张望。这是一种期待，一种特别的期待，期待那一团如太阳般浓烈的赤焰，能将这寂静得有点可怕的无边的黑暗，连同自己内心的那点不能形容的黑暗一块再次点亮，能让这种光亮哪怕多持续一分钟也是无限美好的。

果然，在某个渴望的一瞬间，在某个不特定的方向上就亮起了一簇，如同蝴蝶般大小的也如同蝴蝶般翩飞的金色火苗。无限寂寥的内心一下子也如同那蝴蝶般跳跃的火苗一样翩飞舞动起来。巷道里随即一片人语声，沸沸扬扬，向着那瞬间就烈焰熊熊的火光围拢过去。

猎猎的火光在人们满脸的笑容上跳跃、闪烁，忽明忽暗，这鎏金般的火光也给那一张张本来就赭红的脸膛，又多蒙了一层光影交错明暗变幻既立体又抽象的富有神秘感的色彩。人们像是围着一团流动的赤金在谈笑，跳跃抖动的火焰如同金黄的绸缎在绚烂的朝霞里面流泻。人们隔着金黄色的瀑布叙说着如同珍珠般飞溅跌落的话语，说遥远的过去的那些不确定的神话，说眼前的实实在在的看得见摸得着的艰难困顿，说父辈说子女，说媳妇说婆公，说亲戚说邻居，说枪炮说鲜血，说人的兽性说兽的人性，说生说死，说春天生机勃勃的原野，说冬日死气沉沉的村庄，相互夸赞相互挖苦……跃起的火光在每个人身后拖出长而巨大影子，映在地上映在墙上也映在树木上，有的伸展着有的曲折着，变了形失了样，丑陋无比也优美无比，如同抽象画派笔下的幽灵在暗夜里歌唱狂舞。最后，火尽人散，所有的一切依然埋藏进那漆黑沉静的夜里，期待如火的朝阳再一次从辽远的地平线上升起。

在那样一个时代里，人们其实都愿意笼起一堆红红的火，照亮彼此也吸引彼此。在我幼小的时候，在家人还不允许我动火的时候，我就想做一次"笼火"的伟大尝试。

一日，在暮色还没有吞没那最后一抹留恋在墙头上的淡黄色的夕晖之时，我和几个小朋友约定好，在我家门前笼一堆火，我便从家里偷出来了"洋火"（火柴）。大家分头去捡拾柴火，有收获过的散落在路边坑壕里的麦秸秆苞谷秆，有树木败落的黄褐相间的枝叶，有路边已于深秋衰亡枯败的杂草，还有被当成垃圾倾倒后又被过道风吹起散落在各处的浸满污渍的破旧报纸，堆放在一起，用火柴点燃后，一缕如小旗帜般随风抖动的火苗伴着青色的烟雾跳跃着燃起来，我们就一片狂呼。

金色的火苗快乐地跳动起来还没有等到完全达到奔放的状态，就被黄、绿、青混杂在一起的浓烟吞没了，我们趴在地上，嘴巴凑近了，对着有着暗红的明灭火星的地方，一口气接着一口气地吹，黑色的灰色的灰烬随着嘴里吹出的气流而四散飞舞，落在身上沾在脸上，浓烟越来越多，吸进嘴里吸进鼻子里再呛出眼泪呛出鼻涕。我们还是固执地趴在地上继续吹气，轮番上阵，用手背抹着眼泪抹着鼻涕也抹着烟灰，最后我们面部的颜色连我们自己也觉得好笑，五麻六道的大花脸，像自己看到过的秦腔戏台上的某个角色。正在我们有点焦灼有点懊恼的时候，暮色苍茫里走来了穿着黑粗布棉褂褂腰里缠着粗草绳的，其实我当时根本不知道姓氏的一位本村的大爷。大爷环视了一下我们，说："火不是这样笼的！人心、火心都不能太重！太重了，火压死了人也就压死了。人心实火心虚，火心虚透气着得旺，人心虚了到处诳，人心实了能睡踏实觉！”边说着边摸索梳理出一小把稍长蓬松的柴草，就着适才还没有灭尽的火种轻轻一吹，金色的火苗子就“腾”一下跳跃在黑暗里了，随后再慢慢添加柴火，如同在如火如荼的朝阳里舒展流淌的溪流般的篝火伴着呼呼啦啦的声响就燃起来了，我们的欢笑声在暗黑的夜色不知飘荡了多远。后来我才知道，这是一种生活经验也是一种人生哲学。

在火的世界里，红与黑是相统一的，丑与美是相统一的，盛与衰是相统一的，高大的和渺小的是相统一的，甚至黑与白也是相统一的，烈焰过后化作灰化作土化作一缕带香的养料，沉积在原本生养自己的泥土里，去滋养生长下一次烈焰的柴薪。

当时光流逝后，唯愿那一缕火红的暖意依然能像蝴蝶一样翩飞在我的每一个梦里。

信 仰

（一）

这是 2015 年深秋的一个中午，天是灰蒙蒙的阴沉，如一张大幕把整个城市笼得严严实实，没有一丝太阳的光线透进来，但瑟瑟的风可以穿透衣服，有一种冬天即将来临的阴冷。

不多时，天空就飘起了凄迷的雨，雨丝细如丝线，斜斜地密密地交织着，让视线模糊，如在心头蒙了一层灰灰的纱，任你如何使劲地撕扯亦不能使眼前清朗。我举着伞拐过曲曲弯弯的小区甬道，来到一座楼的单元房门口，在摁响门铃之前的那一瞬间，我的心头不由自主地沉重了一下。

进得门去，房间在楼的一层，屋内没有开灯，显得阴暗，突然进去，眼睛还来不及适应几乎不能看清任何东西。我轻声叫了一声“大姑，我来了！”片刻安静之后，一个声音好像拐了几个弯似的从屋子的深处传来，“是××吗？你来了？”声音有点虚弱有点颤抖，是问候又是自答。对，今天我来看望的是我的大姑，刚才为我开门的是我的大姑夫——满头银丝，耳朵很“背”，以至于我摁了好大一会门铃，才终于叫开了门，但看上去腰板挺直身体还很硬朗，精神矍铄，脸上始终堆着和善的笑。

在淡淡的光线里环顾房间，桌子、椅子、墙根儿、窗台上散乱地放置着各种各样的东西，并且好多东西用报纸盖着，一看就知道，是些经常不用或者是舍不得扔的又不愿意经常搭理的东西。客厅的窗帘没有拉开，光线只是淡淡地从布纹的缝隙挤进来，照出一点点幽幽的亮光，房子里面除过我们偶尔说几句话外，就是一种略显可怕的安静，让人压抑甚至窒息。跟姑父聊了几句，问了一些身体近况以及吃什么药的话后，我就走进大姑的房间，一个大大的窗户，挂着橙黄色的帘子，没有拉开，这让本来就显阴暗的一楼房间更显得光线昏暗了。窗户下面一张单人床，被褥都是素色的，在这种淡淡的光线里更显得缺乏生气。

大姑已经七十一岁了，她已经躺在这张床上六年多了，因为疾病的原因，自己几乎不能独自翻身，需要别人的帮助。我搬了凳子轻轻地坐在她床头的边上，尽力保持着与她的眼睛更近的距离，以至于能感觉到彼此呼吸的声音和温度，以便能够使彼此的呼吸声和温度能够让对方的心境平静一些。一缕淡淡的光线从窗帘的缝隙透进来，显得绵软无力，端端地洒在那张虚浮的脸上，花白的短发别在耳后，越发显得那张脸的病态与苍老，一双略显疲倦的眼睛里，透着一种含有期待、哀怨、无助、自责、不屈，一时很难用准确的言语描述的光亮，似在诉说又似在发问。

虽然大姑由于长期的卧病在床，体力严重下降，但她还是坚持着对我叙说了不少话，内容全是一些过去的事情，七七八八、家长里短，甚至有些事情曾经已叙说过多次了，但大姑还是想尽力地描述得更加准确更加具体一点。我知道，五六年了，几乎不能离开自己的屋子去晒晒太阳，更别说接近外面花红柳绿的世界了，只剩下脑海里那无穷无尽的往日回忆了。所以，我会耐心地听她回忆下去，甚至帮助她回忆下去，尽量让这种沟通保持着舒适的温度，我想这是对她来说最好的安慰了。

起身离开时，已经是黄昏掌灯时分了。雨还在下着，好像比来时大了一点，淅淅沥沥地，路上积满了一坨一坨的小水坑，路灯灯光照上去，泛着橘黄和陆离混杂的光影。我的影子伴着自己的窸窸窣窣的脚步声，时而被拉得老长，时而被压缩成一个圆点，时而跟在自己后面，时而走在自己前面，时而又或左或右地挽着自己，更显出自己是一个人在夜行。路面上到处零散着落叶，抬眼远眺，雨雾蒙蒙，看不通透。

（二）

提笔之前，思考了很久，所得甚少，并且阻力很大。因为，大姑和我完全是两代人，各自代表着中国历史发展的不同时代，年龄上也比我长出许多，她年轻时候的生活我无从知道。我记事后，她已经在远离我们的大城市（那时候的我们是这样认为的）上班，工作很忙，回家机会和时间并不多，生活的细节也是无从知晓。于是，我求助于我的小姑（她们姐妹两人曾经在一起读书生活过），彼此之间很多事情比较清楚。可是，小姑严厉地责备了我，说，那些痛苦的过去，不要再提了，我们谁也不想回忆，你也不要用笔尖挑拨我们的伤疤。

我说，那都是过去的事情，如今我们已经长大了；我们也有了自己的孩子，让他们了解自己的长辈、祖辈乃至整个家族的命运史，对于他们来说，未尝不是一件好事。经历过了是你们自己的人生财富，同时也是他们的人生财富。

“什么财富？损害了健康，伤害了感情，摧残了精神的经历那就不叫财富，而是一层层的伤疤叠摞在一起，每一次回忆都是一次撕裂！那是一种掺杂着复杂感情的内心伤痛，还是不要回忆为好！”电话那头小姑突然声泪俱下地说。我陷入了深深的沉默和思考。

不管怎么说，就是这个女人——我的大姑，如今她因疾病缠身，躺卧床上数年之久，似乎觉得生命已经是风烛残年了。当初，她却是我们家全部的骄傲，也是我们家族的脊梁，她撑起的天空似乎比全家人加起来都要多。此刻，我该以什么样的笔触去走近她，走进她的生命，探寻她生命中那一种坚强的质地呢？

（三）

1945 年，人们仍深陷在一种苦难、哀痛和悲愤交织的沉郁愤怒的情绪中。关中这片土地虽然没有被日本帝国主义的铁蹄践踏和蹂躏，但很多家庭也为此付出了惨痛的代价——许多青壮年人上了战场，去了就再也没有回来。

传统的春节已过，爆竹的烟气已经散尽，大地开始回暖，一缕温热的春日金阳穿透浓云斜斜地铺照这片土地，时令已经过了“惊蛰”，但东风依然带着一丝丝寒冷的气息，冰冻已久的土地刚刚开化，一条条的土路泛着可人的湿润，踩上去软绵绵的。但是，一早一晚，去冬草木枯败的叶子上依然沾满了白色的霜粒，冬小麦还没有返青，叶子软塌散乱地铺满整个田野，但远处的九龙塬塬坡上的迎春花已经在这微寒的东风中开出一片惹眼的金黄，大地上已经散乱着勤快的农人耕耘的身影，大地蕴藏着巨大的生机，只待春雷一声炸响。贫穷而破败的村道里偶尔传来几声空虚无聊的狗叫声，惊飞了树枝上一群因寒冷而缩头缩脑地寻找食物的麻雀。这一切都告诉大家：真正暖和的春天来临还需要一点时日。

随着一声生命本能的尖锐哭声，我大姑降生在这个依然保守传统习俗的古老村庄里，这一天是农历乙酉年的二月初三。这个孩子的母亲不知道是该高兴还是该痛苦，至少她那张因消瘦而更显得颧骨高耸的脸上泛起了一丝丝往日难得出现的笑容。

当我的大姑呱呱坠地的时候，他的父亲已经因为“抓壮丁”而上了前线，那一刻根本不知道在什么地方，生死未卜，只有她孤单的母亲陪着她孤单的幼小生命，命运将在她面前展开什么样的前景，没有谁能说得清楚。

无论在怎样恶劣的环境下，生命总会表现出它该有的顽强。

当我爷爷再次踏进这个家门时，我大姑已经快七岁了。这七年的两千多个日日夜夜，都是这个幼小的生命用自己微弱的体温温暖她母亲冰冷的被窝和心窝。她天真的笑容给那个空寂的屋顶涂上了不少爱的光彩，她的每一声稚气的呼喊让这个穷困的院落萦绕上不少爱的气息，同样，她的每一次啼哭都让她的母亲心如刀绞，也更鼓起这位母亲坚定地坚强地活下去的决心和勇气。

我虽是出生在农村，参与过农村的所有劳作，深知农村生活的艰辛，可我仍是无法想象，一个女人带着一个幼小的孩子是如何在一个封建思想还相当浓厚的家庭里面生存下去的，而且是七年之久。这期间的所有心酸与悲苦恐怕不是能用泪水诉说得清楚的！其实我大姑和她的母亲的真正悲苦还不是因为父亲丈夫不在身边所带来的孤独和无助，而是，家族里面的那种无声的排挤和倾轧，一言难尽，暂且不说。

不管在什么样的环境里，孩子总是有孩子的快乐。尽管这七年的时间里，大多数时间里，人们都囿陷在战争威胁的悲苦里，但在关中地区农村的广阔的生活空间里，有着鲜明的四季，春天有春天的颜色，夏天有夏天的声音，秋天有秋天的味道，冬天有冬天的乐趣。大姑说："除过肚子饿之外，一切都是快乐的！"这就是大姑的童年，没有父亲的童年，但有母亲和快乐陪伴着她（其实她还小，根本不懂得痛苦，她母亲的痛苦她是根本不知道的），她没有孤独过。

当突然一天，一个陌生的男人站在她面前，脸上带着幸福的笑容说："××，叫达——叫达呀——"孩子一脸的愕然与恐惧，躲在她母亲的身后，偷偷地看着这个从天而降的父亲。那一刻，我不知道这个父亲和这个母亲是怎样一种无法言状的痛苦和羞愧。在以后的日子里，大姑也偶尔半开玩笑地说："我没有达！"话语中似乎泛起一种淡淡的隐痛。

（四）

在过去的时代里，人们的命运也会随着风浪大起大落。有的成了“时代的弄潮儿”，有的成了时代风浪的牺牲者，还有的随波逐流，完全没有自己的方向，但总有极少的一部分人，始终坚持着自己的方向，虽然在狂涛巨澜中遍体鳞伤，但从不后悔自己的选择和坚持。我大姑就属于这个“极少的一部分人”中的一分子。

在民众们群情激昂热血沸腾地投入那一场波澜壮阔的全民运动之中的时候，我大姑却因为饥饿耷拉着脑袋坐在简陋的教室里，学习村里的人们和她自己的父亲认为的对女孩子没有什么用的“知识”。我想我大姑绝对是因为心中坚定的信仰而竖起倔强的脊梁，因为生命不息的火苗依然在她单薄瘦弱几近病态的身体里面熊熊燃烧，因为胸中坚定的志向而依然执拗地向着那看似缥缈但又无比确定的目标走去，心中充满了笃定而美好的理想。

在苦难的岁月过去很多年之后，当我奶奶再提到整个家族的那些屈辱的日子的时候，才老泪纵横地对我说：“那时候，你大姑饿得坐在教室里连头都抬不起来，因为严重的营养不良而头晕、耳鸣、神经衰弱整夜整夜睡不着觉”，边对我诉说边用衣襟擦拭挂在满脸核桃皮般的褶皱上的泪水，“你爷不让你大姑念书了，说女娃念书也没有太大用处，将来出门（出嫁）了就是人家的人了。”但是我大姑想继续读书，她只是不敢当面顶撞传统家庭里的威严的父亲，但我奶奶能看出我大姑的心思，于是“我第二天天不明就回到娘家”，把事情给娘家人诉求了一遍。“你大姑她舅当即拿出十元钱交给我说给娃交学费，叫娃继续念书”。在以后的日子里，我奶奶曾多次声带哽咽地对我诉说这件事。

那年高考完毕，我大姑以优异的成绩考取了全国著名的省立医科大学。从那一刻开始，我大姑的命运就发生了彻底的改变，整个家族的命运也随之渐渐发生变化。这个家庭的责任甚至说是整个家族的命运或者说荣辱也便沉重地压在了她尚且柔弱的肩膀上了。家人沉浸在一种欢欣中渗透着悲戚的气氛中，等待时间能在我大姑身上结出一颗甜蜜的果子。

正当我大姑怀揣着梦想与美好的向往坐在美丽的象牙塔里做着五彩斑斓的梦时，就在我大姑还没有来得及回过神来思考是怎么回事到底发生了什么的时刻，自己父亲曾经的“国民党排长”身份、家庭“地主”“富农”的成分，被人揭发了，立刻交织成了一张黑色的大网罩住了我大姑尚不谙世事的心灵。命运和前途一片黑暗，“组织上”派人对她本人对家庭每个成员做了多次“调查”，好在我们家人向来心地善良、谨小慎微又行善积德，并没有“调查”到什么可疑的“情况”，那个我们村里蓄意揭发想“整治”我们家的人的恶毒诡计破产了。我大姑的大学生身份才得以保全。我大姑又经历了一次有惊无险的命运风波。

（五）

我大姑毕业了，响应国家的“上山下乡”的时代号召，回到了自己家乡的京姚乡镇卫生院做了一名普通的医生。在地处渭北黄土高原的这个偏僻落后的镇子里，大姑绝对算得上是“高材生”了。

我大姑也运用自己学习到的医学知识为这里的穷苦老百姓解除了不少病痛，因此在人们的心目中，那个小小的卫生院有着一位既年轻又漂亮、既心地善良又医术精湛的女医生。美好的名誉在乡亲们之间口口相传。在“文革”那个残酷的时代里，在我们家人那种被定为“地主”“黑五类”的屈辱门楣下，我大姑作为一个大学毕业的医生无疑让这个家族的成员感到一丝丝的荣光和稍稍的扬眉吐气，并因此而得到一丁点的安全保护或者说叫豁免。

直到现在，有一年我探亲回家，在给一个乡亲的儿子诊疗疾病的时候，这位乡亲满脸堆满了和善的笑语气中充满了感激地说:“我的这条老命，就是你姑当年给救下的，我又多活了几十年，今儿我儿子的疾病又求到你家门下了，你家对我们家有太大的恩情了，不能用语言来叙说，也不知道该怎么感谢。”我相信这位淳朴的乡亲和他淳朴的话语。尽量善良尽量帮别人这是我家的一种没有文字，只靠自己的行为一代一代相传的家训，大姑和我自己家族里面所有的人，都不敢因为贫穷或者富裕而去改变这种祖辈流传下来的立身“信条”，站在今天的角度，我确定地认为这种不管在任何环境里都能坚定地保藏内心与生俱来的善良，是一种集体信仰、族群信仰。

与其说我大姑的大学生和医生身份给这个饱受屈辱的家庭带来更多的荣光和扬眉吐气，倒不如说我大姑的人生命运的改变给这个穷困的家庭带来了更多的实惠和受益。我大姑在上大学期间，除过不问家里要学费生活费（那时候，大学生的食宿学费都是国家全包的，就连工作也是分配的）之外，我大姑还会把国家补助给她自己的生活费再从自己的牙缝里面挤出来一点为家里添置一点必要的家具和油盐酱醋。

穷人的孩子早当家，我大姑深切地体会过农村生活的艰辛和父母兄弟的不易，所以尽量在经济方面给予哪怕是微乎其微的一点帮助。事实上，我大姑的那一点“微乎其微”的帮助在很多时候几乎成了整个家族的救命稻草。这让在家务农的父母感到自己当初供养女孩子上学的选择不是错误的，而是给自己带来了实实在在的福气，在未来的日月里这种福气就更明显了。

后来，我大姑离开了这个乡村卫生院，回到省城工作了，我们家人我大姑是多么地相互不舍，但这是组织的决定，不能违抗。此后，我大姑就几乎是每年春节回一次老家了。回老家时，我大姑总是会大包小包带许许多多的东西，每个人都有“见面礼”，还有日常生活用品、油盐酱醋，甚至逢年过节走亲戚要送的礼品，都提前置办好。我想我大姑之所以这么做，是她小时候在农村受了太多的恓惶煎熬，不愿意再让自己的父母兄弟姐妹再一直恓惶煎熬下去，所以就尽自己的能力缩小这种经济上和心理上的差距，这一种努力也成了她整个人生的另一个信条。

我大姑在省人民医院兢兢业业地工作了一辈子，在此期间，有过不知道多少村里人因为疾病求到了我们家门上，爷爷也总会郑重地写上一封信，让上门的人带在身上，见到我大姑后出示给她，以示重视，我大姑也总是会热情接待，村里人自然记着我大姑的好处以及家人的好处，逢年过节也会来我家门上问个好，以示记恩和感激。

（六）

我大姑的一生是平凡的一生。不是她辉煌不了，只是她不愿意辉煌，让旁人羡慕嫉妒甚至恨，她说："平常是福，平常了好！"说她没有辉煌过，她却一直辉煌着，就像母亲说的那样："你大姑自小念书以来，从来不用考试，都是学校推荐（保送）哩，连第二名都没得过，从来都是第一名！"大姑是母亲用来教育我们刻苦读书的活典范。

我大姑上学的时候一直辉煌着，就像暗夜里面的启明星始终闪闪发光。又说到我大姑上中学时，因家里实在穷困，我爷爷就不让我大姑上学了，回家参加劳动挣"工分"。我大姑当时的班主任，多次跑到我家劝说我家人让我大姑继续读书，说："这娃，脑子聪明，不读书就糟蹋了！"我大姑继续上学了，这个班主任老师每顿吃饭会从自己的口边省出来一点饭食给我大姑作为补充。我家因为贫困给我大姑带的干粮如果放开吃饱的话肯定不到星期三就吃完了，剩下的三天就只能喝开水了。在我大姑上了大学之后，我们家人曾多次上门感谢这位善良的班主任老师。这位心地善良的老师却说："这样优秀的学生，不帮助，人的良心就下不去么！"说着眼圈就潮红了。这是我大姑人生中经历的苦痛也是我大姑人生中的辉煌。她一直默默地辉煌着，因为善良，所以遇到了善良。

我大姑一共生养了三个儿子，都上了大学，毕业后，都有工作，不能说都是大富大贵声名显赫，但都各得其所各就其位，生活美满幸福，这在我大姑的眼里是最好不过的事情。

我大姑一生相信：平常、平安！按老话说“多子多福”，这都是后话。我大姑在抚养三个儿子成长的过程中承受的艰难和恓惶，我大姑从来都不愿意向任何人提说。孩子们成长的过程正好处于改革开放前后，整个国家还比较封闭，经济还相当不发达，物资供应还相当贫乏，工资待遇也相当低下，人们的生活依然艰苦。凭靠她和我姑父的工资供养三个孩子是比较困难的，加之“端公家的饭碗”就得按时上下班，我大姑一生恪守“吃谁家饭跟谁转”的古训，根本没有那么多时间务弄（方言，照顾、看管）娃娃，这样，三个孩子就被送到老家由老人抚养长大到学龄才回城。突然想起了一首词：“郁孤台下清江水，中间多少行人泪。西北望长安，可怜无数山。”那个时候我大姑和孩子就是两地相望，骨肉相望，无可奈何，唯有思念的泪水悄悄地打湿每个寂静的夜晚。

人都说“好人有好报”，但是这句话亏待了我大姑。在别人眼里，我大姑正是享清福享天伦之乐的年纪，三个儿子事业都小有成就，年富力强，家庭和睦幸福，并且她自己一生坚强，善良，不跟世人争强斗胜，为什么命运却偏偏非难我大姑——得了“帕金森”这个病，卧床不起，生活不能完全自己料理，成天对着窗户，白天挨不到黑夜。阴郁的气氛便笼罩在这个本可以很幸福的家庭和其每个成员的心头。曾经在一本书上看到：尽管善良不一定能得到好的回报，但是我们还是应该善良。我觉得这句话是大姑的信仰。

她没有怨恨命运对她如此的不公，只是默默地承受她自己给家人带来的牵累所导致的巨大心理亏欠。她曾不止一次地对我说起：“我真是不争气么！自己动不了，还要害得别人也哪儿都去不了”。曾经那么刚强的一个人，从来没有被苦难饥饿困难击倒的人，如今却要如此地背负内心这么沉重的愧疚甚至是负罪感。我想不出用哪一种语言能形容她纷繁复杂矛盾重重的内心。只期待命运再不要为难这个内心几乎快要崩塌的女人了。

（七）

时间总是悄悄地把我们的生命、我们的生活在自己的一个又一个不经意的瞬间推向前进。

我大姑当年因为饥饿而耷拉着脑袋坐在教室里学习的时候，她绝对不可能确定地知道今天的生活会发生这样翻天覆地的变化，也许这是所有当时的人们都不敢想象的事情。当时代给了一个国度巨大的命运转折的时候，一个人的命运也随之发生自己从不敢相信的戏剧性转折。我们的家族命运因为开明的政治而变得明朗爽心。我大姑所有经历的苦痛就像做了一场梦似的醒过来了，以一种前所未有的明丽心态在这个世界上畅快地活一回。不求名利，不求显赫，只坚守自己心中那些从祖辈那里继承来的近乎愚顽的信条。

我大姑在完成了近三十年的省医院工作之后，光荣地退休了。但她的行医生涯并没有因此而终止。我大姑受聘于一家自营医院，继续发挥自己的专长。也许是因为劳累，也许是命运就该如此，我大姑患了严重的“脊柱侧弯”和“帕金森综合征”两种疾病。从此，我大姑也就告别了自己曾经无限热爱并因此而无限自豪的医生职业，自己成了一名疾病缠身的患者而四处求医。

我们都不愿意面对和承接这一种残酷的现实，但又不能不面对和接受。按照我大姑在我们家族里面所拥有的分量来说，按照她生命的那条崎岖蜿蜒的曲线长度来说，这一点文字实在是不足以把她的人生描述上千百分之一。但是，无奈只能就此搁笔了。因为家里每个人都不愿意再揭开那些残破和带有血泪的记忆疤痕，每个人也都不愿意再去无意或者有意地去伤害那个曾经深陷苦难现在依然挣扎在苦难的泥淖中的灵魂。

今天是2017年冬季一个普通的日子，但是，外面的天空湛蓝如洗，太阳的光芒如万丈金色的绸缎，柔软、温润，风吹过来没有那么寒冷，万物静静地等候又一个春天的到来。因为国家对自然生态环境的积极治理，今年冬季目前还没有那令人窒息、阴郁心情的雾霾出现，但愿环境一直会这么美好下去，但愿我大姑自己、我们整个家族不会再有“雾霾”笼罩。

记忆中的大塬

（一）

关于记忆，儿时的记忆往往很依稀。但是到一定年龄后，却发现儿时的记忆成了最清楚最真切的“依稀”。

对于生活和长辈的记忆，还是从世代居住的那片黄土高原开始的，因为那里毕竟留下了我太多的儿时的“依稀”往事。这里的土地踩踏上了我太多儿时的小脚印。

我的家乡，位于渭北黄土高原，世代称为“九龙塬”。关于塬名的由来：据传说，唐明皇游历我的家乡时，浩浩荡荡的车马队列行进至塬下时，突然云蒸霞蔚，唐明皇抬头眺望塬顶发现云中似有九条龙在驾云腾飞，以为是神龙降临迎驾，甚是祥兆，于是给这座土塬赐名“九龙塬”，沿用至今。

但是，这个美丽而吉祥的传说似乎并没有改变这里的干旱和贫瘠。这里的地理环境、气候条件比较恶劣，年降雨量很少，土地干旱贫瘠，庄稼收成微薄，世代都过着基本靠天吃饭的日子，待到我出生后，这样的日子和习惯依然没有太大改变。

我家就住在大塬的北坡底下的古老村庄，是这里方圆十多里最大的村落。出了村子向南走两畛地远就是九龙塬塬坡了。塬坡是多层级的，每级上面都是平坦的，可以耕种，土质为黄绵土，土层很厚，所以钻井取水的难度也大。庄稼得不到灌溉只能靠上天降下那点雨水滋养，对于这片干涸的土地来讲简直就是杯水车薪。

紧挨着第一级塬坡的底部，是我们村里的村办小学学校，据大人们说是由一座小庙宇改造过来的，我们家三代人都是在这里度过小学阶段的，当然我儿时的小伙伴都无一例外地是在这里读书的。这个学校几乎能把所有的故事联系起来，今天暂且先一笔带过吧。

我上学的那个时候，学校里面的正式公办教师很少，几乎都是民办教师，平时给学生上课是教师，农忙时完全就是农民了，理所当然地参加田间耕作，学校课程也比较少，好多家庭对孩子的教育管理也是比较松散。所以，学生总有逃学在外玩耍的，往往都是在塬坡上玩耍，待到学校放学则跟随其他同学一起回家，大人们不能察觉，一旦被家长发现，肯定免不了一顿暴打的。我好的一点是：从来没有逃过学。下午散学比较早，就跟着小伙伴们一起在塬坡上玩耍，捉迷藏、挖野菜、攻跑城、抓日本鬼子、斗地主……游戏一个接一个，直到太阳坠入西边的坡沟里才极不情愿地散场，回家。

生活在这片土地上的人们，农事的操持劳作是非常忙碌和艰辛的。所以，在我们小的时候，大人们下地干活，我们无人看管便被一起带到田地里去，大人们在地里干活，我们就在田间地头玩耍打闹，落得自由自在，无人呵斥打骂。小朋友的快乐是不分地域不分家族不分贫富的，只要有人一起玩，什么都不在乎了，甚至吃喝都可以忘记。

我们村庄以北约三十华里的地方，是比我们“九龙塬”更高的土塬，那里的气候条件更为恶劣，终年干旱少雨，没有任何的水利设施，人们的生活饮水都是从稍远的地方骡马驮回，缸瓮盛放储存的，真是“吃水比吃油还艰难”！听大人们说，那里的人们似乎还过着“半原始化”的生活，依着塬根挖窑洞，简陋窄小晦暗，耕耘农具也是简单的人力工具，土地贫瘠收获微薄，吃喝用度难以自给自足。所以，那里的男人们都愿意以“上门女婿”的方式招赘至我们这里开辟新的生活天地；女人们则更愿意远嫁到我们这里期盼美好生活的开始。为什么说“远嫁”呢？因为在那个年代交通还不便利，人们几乎是步行，村里偶有为数不多的几户有自行车的人家，爱如至宝，绝不外借，所以那个时候的娶媳嫁女都是邻村甚至同村通婚，是为了“知根知底”，更是为了“走动来往方便”。所以要是嫁娶超过十里地那就用遥远的“外乡的”来形容。

南北高塬之间的地带平坦肥沃，也有部分水利设施灌溉相对方便，适合耕种，亩产也比较丰厚。但是由于居住人口较多，村庄宅基地及道路市镇要占去很多耕地，这样一来，人均耕地就没多少了，所以就造成了主要耕地都是不能灌溉、耕种不方便的塬坡地，世代生活营生因此而比较艰辛。

（二）

当过年的鞭炮声还在耳边回响，当小孩的年灯的蜡烛还没有燃尽的时候。暖洋洋的春日阳光就已经泼洒在了这片古老的土地上，大地开始焕发出盎然的生机。

黄灿灿的迎春花是最早出来迎客的，笑容灿烂，在微寒的春风里仍有点羞怯。随后各种知名的不知名的草花陆续登场，演一场关于春天的舞台剧。紫花地丁和地堇草给整个塬坡塄坎按着台阶层次都铺陈上紫绿色和谐相间的地毯，密密匝匝，装扮好整个舞场。茸绿的茵陈蒿草从旧年的枯枝残梗里探出头脸，盎盎然伸个懒腰。白茅根的尖芽顶破地壳向四周张望一下，便排列整齐地等待命令了。蒲公英黄色的花朵始终向着太阳微笑……随后各种鸟儿鸣叫鼓噪着上下翻飞此起彼伏边舞蹈边唱歌，这一场精美的春天舞台剧，是大自然送给这里的人们无比美妙的春天的礼物。

到了清明节前后，满坡满塬都是春天了。站在塬顶上，那一望无垠的麦田，绿油油的、平展展地铺过去，直到眼睛看不见的远方，分不出层次。微风吹过，麦浪就流动起来了，麦苗叶子互相拍打发出“沙沙沙”的声响，富有节奏，柔和而美妙。当时的我却全然不懂得欣赏，只是觉得终于可以自由自在地玩了，虽然经常觉得肚子很饿。塬下的平川地里，一块一块的油菜花，跟黄绸缎似的铺展着，点缀在没有边际的麦浪里，甚是美丽，语言无法描述，只能用心去体会。

这个时候，大人们都在麦田里锄地拔草追肥，我们就完全被散放玩耍了。这么广阔的天地，绝对是我们快乐的天堂，三五成群甚至更多伙伴一起，捕蝴蝶、逗蚂蚁或者遍地追逐打闹嬉戏。玩累了，就一骨碌躺在麦田里，身下是软绵绵的麦苗毯子，四周是麦苗做的围墙，此刻天空是那样的湛蓝、广阔、辽远，闭上眼睛，屏气凝神，甚至可以听到麦苗拔节疯长的声音，真是感叹生命的奇妙和美好。

直待太阳快要落山了，大人们收工时才拖着长长的声音喊我们回家，我们才会意犹未尽极不情愿地准备离开。太阳像一个红红的大火球，就挂在西边的坡塄上，把彩锦似的光亮抛洒在整个塬坡合着麦田稍微暗淡下去的绿波，组成另一幅别样的图卷，让人思绪飘然。抬眼向塬坡下望去，村庄里古树参天，葱茏成堆，蓝瓦的屋顶在柔和的夕阳里鳞次栉比。收工稍早的人家，房顶上已经飘出了袅袅的青色炊烟，给这古老的村庄笼罩上一层神秘的面纱，合着几声遥远的狗叫或者牛哞，生活的安详气息和恬静的乡村风情就全部齐备了。

大人们扛着农具，边走边说着闲话，家长里短的，我们自然是没有兴趣听的，偶有那么一两个庄稼人唱几句不太成调的秦腔，舒缓一天劳作的疲惫。我们则穿梭在大人们中间，或者摘采路边的野草野花继续玩耍嬉戏，直到各自的家门口才不得不分开，偶尔也会招来大人们几声不耐烦的呵斥声，这在我们那个年代司空见惯习以为常，根本不用在乎，扭头就忘或者根本就没有进耳朵。

季节越发深了，古老国槐赭黑色的枝丫上悄悄地笼上了一层蓬松朦胧的绿意，金子般的阳光扑扑洒洒地倾泻在叶子上，莹莹闪闪，像是鹤发童颜的老者，在分明昭示：生命依然健旺。而近旁的桃李杏花以及枝干挺拔俊俏的海棠，那满眼的似锦繁华，在转眼间就成了落英缤纷，不禁感叹生命的易逝，就让那漫天的柳绵杨花在记忆的天空飞扬吧……路边各色的草树叶子，已由最初几近透明的黄绿渐次演变成深沉的墨绿了，这应是生命成长成熟的必然过程吧。

懵懵懂懂中，童年的日子过得总是很快，就像歌声里唱的“等待着下课，等待着放学，等待着游戏的童年……”在玩耍中，地里的麦苗在拔节、抽穗、扬花、成熟……

（三）

在玩耍中，塬坡塄坎上的酸枣棵子，在叶柄的根部开出小米大小黄色的花，很快就结出小米粒大小的青青的果实，眼巴巴地等待满棵子的果子长到黄豆大点时，我们就迫不及待地摘几颗放在嘴里嗦吧了，其实除过有点苦涩的味道之外，其他什么味也没有，但这并不妨碍我们采摘它们，因为在我们的心里，酸枣是又酸又甜非常爽口的，一想起来舌底就自然而然地渗出许多酸水来。

阳历五月的时节，天气已经稍显炎热了，人们都一袭薄衣薄裤，看起来轻省多了。这个时候杏子和桑葚虽然还没有完全熟透，但已经可以吃了，完全熟透要等到收割小麦之前，我们可是没有那个耐心的。

那个时候，我们那里还没有单独的杏园和桑园。只是为数不多的农家户门前或者后院里有几棵零散生长的树，等果实有点味的时候，就成为我们经常光顾的地方了。偷摘行动往往在傍晚或者清晨大人们不注意的时候进行的。白天上学经过树下时，青青的杏子在太阳的照耀下，散发着诱人的光彩，惹得我们眼馋嘴酸，于是，几个小伙伴一起约定好了时间去偷摘。蹑手蹑脚地爬上树，摘一颗，也顾不上洗也顾不上擦，就直接放进嘴里了，咬一口，那强烈的带有刺激性的酸味，渗得牙都倒了，眼睛也是禁不住闭上半天，树下的小伙伴们抬头眼巴巴地看着，舌底渗出好多的酸水咂巴着嘴往肚子里咽，用迫不及待带有乞求的口气又不敢大声地嚷嚷，向两边一看没人才说一句："快给我扔下来一颗！快！"那种感觉现在回想起来，真是一种又刺激又幸福又激动人心的心理历程，值得久久回味。日子就在酸酸爽爽的舌尖上，飞快地划过。

六月的关中九龙塬，气候非常酷热，热浪滚滚，知了在树上挣命地嘶鸣着，空气似乎比平时稀薄了很多，猪羊骡马猫狗都张着嘴，伸长着舌头，大口喘气，好像活不到下一分钟的样子。所有植物到了正午都是耷拉着脑袋奄奄一息，人更是焦躁难耐，而老人们却说："天爷不这么燥热，庄稼咋成熟啊？"这话的意味深长，长大后才慢慢懂得，成功和成熟是要经过一番非比寻常地煎熬才能实现的。中午的巷道里面，门前屋后没有一个人，人们都在这火辣的烈日中失去了精神，沉沉地睡去，等待午后清凉的风刮来时，才能再次唤醒村庄的生气。

只有我们这些小孩子，不知道疲乏，不怕炎热，被太阳晒得跟黑泥鳅似的。我们不愿意午睡，不停地聒噪嬉戏影响大人们打盹眯瞌睡，所以常常被家人赶出家门，到村外的田野里去玩，其实我们是很乐意的，没有大人们的看管呵斥更加随心所欲为所欲为了。

油菜、大麦在收割小麦之前差不多半月余前就收割了，由于种植面积比较小，所以根本就是在我们不知不觉中完成的。

（四）

当火红的阳光铺洒在黄灿灿的麦浪之上发出耀眼的光芒的时候，成熟的麦香味儿便笼罩整个村庄，农人们的眼睛便开始发亮，脸上就泛起了收获的喜悦，之前为缺粮而忧愁的皱纹就自然舒展开了。将所有的农具都拿出来，拾掇地顺手好用。家里最熟悉农事的那个人，把所有的镰刀在磨石上磨了又磨，明光锃亮，保证“镰到麦倒”，一年的收获季就这么嚯嚯地拉开帷幕了。

人啊，是不是应该时不时地为一种感动所流泪，感动是可以滋养心灵的，能保持人最初的善良。这片土地上所有的景象都在无时无刻地感动着我。

夏忙时节的太阳，早上一出来就是火光四射的，让人觉得炙烤无比到有点胆怯，忙碌的一天就在这样的阳光里开始了。农人们看着金灿灿的麦浪喜笑颜开。最好的搭镰收割时间就是大清早太阳还没有冒花至正午的这段时间，经过一整夜露水的湿润，麦秆就些微有点韧劲，这样收割起来麦穗才不易折断而掉落，麦粒也不至于太干燥而洒落，提高收获的效率。

在我的印象里，割麦时节，除过病痛沉重不能起床或者生活不能自理的人，其余都得下地干活参加这一场“龙口夺食”的战斗，正如我奶奶说的“谷黄麦黄绣女下床”，一点都不夸张。

割麦子需要一定的技巧，身体要保持一定的姿势，才能省时省力，腰板胳膊腿还不至于太酸累；双手配合足够默契，麦子棵才能收割得干净整齐便于捆抱拉运；镰刀保持一定的高度，留取足够低的麦茬儿，才能保证秋庄稼的顺利播种，所以割麦子基本都是大人们的活儿。我们只能等到大人们往架子车上装载完麦子捆垛以后，捡拾地里散落的麦穗，尽量保证颗粒入仓。

田地里的收割拉运的活计，如果没有阴雨天的耽搁必须在一周内完成，这个过程除过早上太阳未出来那一会儿工夫，其余都是要在烈日下完成，人们的汗水可以在脸上背上汇聚成小溪，滑过一个美丽的弧线又滴落在收割完后的庄稼地里。麦子入场后，会堆成一座座的小山，或大或小，或低或矮。这里立刻就成了我们的乐园，伙伴们捉迷藏、钻山洞、修迷城，完全忘乎所以地疯玩。

宽宽敞敞平平整整的打麦场，是一家一块一家挨着一家的，放眼望去，场上堆着有数不清的金灿灿的小山，让人产生一种幸福生活的无限遐想。

大人们则是忙碌着晾晒打碾，生怕错过哪怕是一分钟的好日头。当然，我们也得干力所能及的活。我们中间的大多数伙伴以后都是要沿袭这种耕作操持技能，过着跟祖辈并没有太大差别的日复一日年复一年的日子。为此，我们即便是干不了的活计，也得站在旁边眼看心悟着。

看着我们被烈日烤得红彤彤的皮肤，满脸淌着合着泥土尘灰的几近发黑的汗水，大人们也会心疼地哀叹一声说："看你是好好念书呀？还是以后就这样晒太阳呀？"这也许是最现实最有说服力的教育课堂了。我们的回答一般就是："我好好念书呀！"这是我们幼小的心灵对父辈命运的最直接也是最明了的思考结果，当然更多的是对那种毒日头的内心畏惧和逃避。

黄土高原上，不管白天的日头有多么的炙热多么的焦躁，只要太阳一沉下西边的坡头，很短时间内整个大地就恢复了清凉，甚至能感到空气中弥漫着潮湿的露水雾气，要是村庄周边的小树林再送来一缕凉风，那简直就预示着一个舒爽的夜晚的开始。

太阳沉进西边的坡沟里了，夜幕渐渐地笼罩下来，不知谁家的炊烟已经升起，整个村庄被淡淡的夜色合着缥缈的炊烟晕染成了一幅静谧而美妙的剪影图画。农人们结束了一天繁重的劳作，吃喝完毕，坐在场里的麦垛边，相互闲谈诉说今年的收成、以后的光景还有生活的艰辛和甜美。我们则是满场疯跑追逐嬉戏打闹做游戏直到夜深。躺在场里为了看护粮食而临时支起的床板上，满天的繁星，闪闪烁烁，莹莹眨眨，耳边听着大人们流传了不知道多少辈讲了不知道多少遍的神话故事，心里不停地想象着天宫该有多么富丽堂皇、七仙女该有多么漂亮、牛郎和织女最终见面了没有的不解之谜，朦朦胧胧中就进入了梦乡。

待到流金的阳光再一次洒遍这片淳朴的黄土地时，我相信，父辈们的汗水终究能浇灌出属于他们的和我们的幸福生活。

（五）

秋庄稼是在小麦收割完毕的当儿完成播种的。渭北高原夏至后的雨水似乎要比春天的雨水多一些，正如老辈们说的“春旱秋涝”。秋庄稼主要是玉米、芝麻、棉花、红苕以及各种豆类。当人们还在场里打碾晾晒麦子的时候，秋庄稼的嫩苗就已经在亮得耀眼的麦茬畦里绿莹莹地露出头来，要是能赶上一场及时雨，满坡就会在瞬间再次披上绿色的盛装，金黄的麦茬相间着绿色的苗木构成一副节奏明快的写生画面。

桑葚、桃、杏这个时节是最盛熟的时候。这个古老的村庄确有数棵古老高大的桑葚树，桃杏树当然是寥寥无几了，而且都在农户的院子里的，我们一群小家伙大多数时候只能“望梅止渴”，眼馋一会就罢了。只要得空，几个小朋友使个眼色就一起溜到大桑树那里，满树紫红的桑葚惹得大家口水直流，爬上桑树不管他三七二十一，不怕虫子也不怕土灰，直接就塞进嘴里，有的酸有的甜一齐在嘴里大吃大嚼起来，直吃到肚子鼓鼓胀胀的，才依依不舍地溜下树来，衣服、双手、唇舌、面颊都被染得红红紫紫，只要衣服没破，大人们很少管教呵斥我们，还可以省一顿饭菜呢！万一上衣的前襟或裤子被树皮树枝刮出洞来，惹得妈妈是又骂又打，但自己心里却觉得不亏。

到了伏天，更加炽烈的日头炙烤着这片土地，让人喘不过气来。如果稍有时日不下雨，乡间的土路上就会泛起一层尘土，脚踩踏上去“噗噗”地扬起“白烟”。

东边坡塬上的天空刚刚泛出淡红色的晨光时，我们就背起书包上学去了，手里掂个大馒头边走边吃，好像小时候连做梦都是因为饥饿而四处寻找食物。大人们多数是赶在早上日头还没有冒出金花的时候下地侍弄田禾，等到日头一下房檐，地里就跟大火炉似的，烘烤无比，别说“汗滴禾下土”，那根本就是头晕目眩无法劳作了。

知了似乎是一种特殊的动物，天气越热，它就越嘶叫得欢实，从早到晚叫个不停，此起彼伏，此叫彼歇，悠悠扬扬，聒聒噪噪，笼罩整个村庄。那个时候村前村后小树林比较多，各种树木密密匝匝地生长着，那里便是我们的乐园。

高大的皂角树有两人合抱那么粗，现在想来也不知道当时是怎么爬上去的。马尾做的套知了环，绝对是精巧绝伦百发百中，只要是能够够到的知了没有能逃脱被套住的厄运，也不知道是哪位聪明的先辈发明的，套到足够多的知了，就点燃一堆火，把知了扔进去，待闻到悠悠的肉香味飘起来，便用泥土捂灭火苗，捡拾烤熟的知了，分摊着吃起来，可能是因为那个时候家里粮食比较短缺总是吃不饱肚子的缘故吧，一个个小伙伴那副贪婪的吃相，现在想起来，还觉得知了肉是世界上最为鲜美的食物呢！

火辣辣的日头一落进西边的坡沟里，整个村庄白日的焦躁酷闷很快就被清爽的夜风刮远了。一抹微红的晚霞挂在西边的天空中不肯离去，成群的鸟雀归巢，树林成了它们的家园，叽叽喳喳，纷纷扰扰，你追我逐，真似一个活泼和谐的大家庭。夜幕很快就黑压压地笼罩下来，鸟雀们恢复安静在树枝上栖息了，偶尔发出几声清脆的啁啾，像是梦中的呓语。

我们还有一项重要的行动才刚刚要开始，用手电筒或者火把子照着亮光，用弹弓夹子打麻雀，不管击中还是没击中，只要惊扰起它们，总会有几只麻雀会寻着亮光扑棱到我们的跟前，手到擒来，这大概是由于“雀目”的缘故吧？

捕到的麻雀用泥巴包裹起来，扔到燃起的篝火里面烧烤，也不用管，等到火灭了，用树枝拨开火灰，泥巴已经干透并且像石头一样结结实实，拿起来，狠劲往地上一摔，泥巴沾着烧焦的羽毛一块掉得干干净净，就剩下鲜鲜嫩嫩的麻雀肉了，又是一顿饕餮大餐，大家吃得津津有味。现在想起来，因为饥饿，可以让一切能吃到嘴里的东西都变成无法比拟的美食！

清晰地记得，那时村里有一个据说生下来就眼盲的人，男的，四十多岁，没有姑娘愿意嫁给他。他眼睛看不见，但对音乐却有着特别有天赋，吹的一手好笛子。静谧的夏夜，他是指定要吹奏的，笛声非常悠扬悦耳，似能穿透人的大脑钻进人的心里触碰到天上的银河星宿，伴着我朦朦胧胧地进入梦乡，我无法想象出他的内心是多么的美好或是凄苦。但偶尔会感叹上苍对于一个人的命运安排，当命运给一个人关上一扇门的时候，一定会给他留一扇打开的窗。

日子就在这样的星空下，就在这样的笛声中，就在这样的虫声鸟鸣里，就在这样梦幻般的想象里静静地飘向那个秋天……

（六）

秋天就像一位妈妈，面带慈祥，迎着秋阳款款走来，怀里总会揣着一些我们意想不到的美味。

遇到雨水丰涝的年份，几场大暴雨过后，玉米棵子就可以窜到一人多高了，叶子是浓厚的墨绿色，齐齐整整地透出了天花，跟个个手持画戟森然林立的武士一样，威武而庄严。乡间的小路淹没其中，抬头仰望，天空似乎被裁成了窄窄的一绺蓝色的丝带，耀眼而美丽。

没有种秋庄稼的田地，各色野草如马鞭草、狗尾巴草、响铃草、打碗碗花……得了雨水便疯长蔓延，可以长到淹没我们。这个时候，我们散学后最讨厌也最喜欢的事就是放羊割草。三五成群的伙伴兼同学一起在野草丰茂的田地里放羊，羊儿吃着鲜嫩的草食，嘴里不时发出“咩咩，咩咩”的欢快叫声。我们则以最快的速度割满一草笼青草，然后就可以尽情玩耍了。最有意思的两项游戏是“打仗”和“藏猫猫”，因为浓密厚实的野草是最好的掩藏伪装体，玩耍总是进行得很兴奋，每个人都是汗流浃背、满身泥土、满身草渍，直到太阳西沉，晚风吹来夹杂着青草和泥土香味的空气，裤腿上似乎已经沾了露水，有点潮湿，凉凉的，便可以牵着羊儿哼着不怎么成调的儿歌回家了。一天的美好也就在此刻得到了充分的舒展。

秋日的阳光失去了之前的暴烈，变得些微温柔了一点，给整个村庄、田野、野草、庄稼抹上一层暖暖的金色；晶莹透亮的露珠清凌凌地挂在叶尖上，反映出秋天无比绚烂的色彩；微凉的晨风掠过树梢，让人头脑清晰全身舒坦放松；村巷里的鸡鸣狗叫合着人言鸟语完全构成了一首和谐自然的乡村协奏曲，令人心旷神怡，陶醉其中。美好的一天就这样漫不经心地开始了。

一年四季更替不辍，大人们总有耕作不完的农事，也有诉说不完的艰难与辛酸，更有久远悠长的希望在心头萦绕；而孩子们永远有自己的快乐和笑声，也有自己对于田野村庄的无限想象，更有自己对于那些从老人们嘴里说出的古老传说的不确定理解的美好心理。

等到九月金色的阳光再次洒满这片塬坡和村庄的时候。红玛瑙似的酸枣缀满整株整株的酸枣棵子，让人垂涎欲滴，没有人不愿意摘几颗放进嘴里吸吮那酸甜沁脾的滋味。塬坡塄坎上遍布酸枣棵子，红绿相间，鲜鲜活活地招引着我们。喊上伙伴，一起爬上塄坎，为了那美味的酸枣，经常是双手胳膊腿都被酸枣树上的尖刺划出许多纵横交错的血痕。更可气一点的是酸枣特别大特别红特别多的酸枣棵子，往往长在塬坡比较高远险要的地方，甚至旁边还会把守一个大大的黄蜂窝，上面爬满了带毒刺的黄蜂，令我们心生畏惧。总有敢于冒险的勇士，用大土块砸掉蜂巢，惹得群蜂恼怒如群魔乱舞，上下乱窜肆意寻找目标攻击，偶有伙伴被毒刺刺中，很快就肿起一个大大的鼓包，痒痛难忍，又掩饰不住被家人发现，招来一顿嚷骂。但是回味嘴里红红的酸枣那饶舌三日不绝的酸香滋味，觉得还是挺值得的。

小时候总是为了满足那张小嘴对于美食的渴望，正如大人们为了填饱家人的肚子一样，不断寻找各种可能的机会去得到各种能吃的食物。

秋庄稼成熟的时节，满眼望去，塬坡和川地一片丰收在望的景象。玉米棵子变成金黄或者紫红，怀揣着大棒子等待收获，豆类棉花作物一垄一畦高低参差地点缀其中，红黄绿紫线条粗细有致衬托着各色服饰的农人，活脱像大地雕琢的一幅生动的版画。

真正到收获秋庄稼的时候，我们因为是农村人员的一部分或者就是未来的农民，也因为学校要求学生勤工俭学参加生活锻炼，所以必须是要放两个星期的“忙假”，来参加农忙帮助家人干点力所能及的活来体验生活。

清晨，东方的天空微微透出亮光，我就随着父母上了塬坡，露水还没有下去，路边的杂草和庄稼的叶子湿漉漉的透着微寒的凉意。穿梭在玉米棵子的畦垄间掰苞谷棒子，玉米叶子边棱上的毛刺会把裸露在外的皮肤割刮出很多如发丝一样的血口子，汗水和着尘土浸渍在伤口上沙疼，并奇痒难耐。

下地干活，饿了吃点从家里带来的冷馒头，渴了就喝点带来的凉开水，尽量不间歇地干活。待到黄澄澄的玉米粒铺满场院的时候，所有耕作的辛劳在父母的脸上，绽放成了淳朴而恬淡的笑容，由衷的喜悦只能压在心底独自体会了。

西风一阵紧似一阵，秋天如期而至。地里的秋庄稼已经收获完毕，枯黄转褐的玉米棵子、摘完豆角的豆类藤蔓以及耕作时清理出来的杂草，散乱地堆积在房前屋后渠沿路边，在雨水的浸淫沤焐下，散发出一种特有的味道，飘飞弥漫在嗅觉的屋宇里萦绕一生。

关中地区，四季分明，冷暖适度，祖辈们都说是个“风水宝地”，可惜那个时候的我并不理解这话的内在含义。忙罢农活后，秋已深，时光就更富梦幻色彩了！清晨金黄的太阳惺忪着眼睛从东边的塬坡上爬上来，大地一片光亮，阳光照在身上，已经没有了燥热，是近乎暖意的温热了。露珠晶莹地挂满每一根草叶，让人觉得生命即便是在深秋也可以散发出青春的熠熠光彩。鸟雀们在枝头上上下下来回翩飞嬉闹，或落停在地上觅食，敏捷地啄几下散落地上的粮食或者草籽便迅疾地抬头向四周张望一下，见人走来就一哄飞到树枝上去，上上下下，反反复复，掩饰不住内心对于人类的防备和畏惧。

勤劳是乡村人的基本美德和习惯，一年四季都是天刚麻麻亮就起床了。女人们有捡拾柴火的有打扫屋院门前场院的，男人们有的去村头绞水挑水，有的拉驴牵牛垫圈，为新的一天的开始做准备。

不多时屋顶就笼上了袅袅的青烟由浓变淡然后依稀扩散，衬着从树叶中间穿过来的斑驳阳光，天然织就一副光线明暗有致的图景，随后饭香味就悠悠地弥漫在整个村巷里了，经过一夜饥饿煎熬的肚皮，更加咕咕噜噜吵嚷着不停，似乎整个童年都是在对美食的幻想、寻求以及偶尔得到些微的满足中度过！

来年的小麦必须在秋霜来临之前播种出苗并长到一定的高度，否则经不住霜冻会直接影响来年的产量。农人们对于时节的把握是非常严苛而准确的，千百年来一辈传一辈，从不敢有半分懈怠。遍地的农人拽着牲畜，犁地的犁地、耙地的耙地、施肥的施肥、播种的播种，间或传来几声悠远缥缈的秦腔曲调，热火朝天又安静祥和的耕织画面就跃然眼前了。

播种完毕的土地湿润松软犁沟分明地铺展在阳光下，香气四溢。播种完毕一周时间后麦苗就羞羞答答地露出头来，几天过去大地就呈现出明快的嫩绿。秋阳如碎金一般洒在麦叶上莹莹发光，像是给大地铺上一层茸绿茸绿的地毯，不管是从塬坡上向下看还是从村头向塬坡上看，都是一副山川壮美生机勃勃希望满满生活气息浓郁的村居图卷。

深秋的田野，农事已经很少了，偶有零零散散的几个农人在田地里侍弄点小活儿，偶尔传来几声牲畜或者狗的叫声，凸显出这个古老村庄的宁静。一抹血红的黄昏残阳，斜斜地从西边的坡头上射下来，村庄树木都将拉出长长的影子，弯弯的月牙挂在幽深苍茫的天空上，空气很快冷却下来在草尖上结出晶莹的露珠，让人想起“可怜九月初三夜，露似真珠月似弓”的千古佳句来。

房前屋后巷道边田野里的各种树木花草，都会呈现出秋天独有的金黄或者火红，相互映衬，秋天的美景会在一瞬间尽收眼底，只是那个时候的我还没有学会欣赏。

（七）

当然，所有这些我说的都是雨水丰涝的年份才有的景象。真是遇到雨水亏欠的年月，别说庄稼粮食要大大歉收，就连特别耐旱的酸枣棵子也结不出什么好果实来。古老村庄的人们就该为填饱肚子发愁了。

燕归南，雀巢闲。乡村的冬季，旷野无边，西风枯树残阳，塬坡川地除过越冬的麦苗呈现出沧桑的灰绿之外，一切都失去了往日的生气，一片寒禽衰草，让人觉得有点凄凉。

昏黄惨淡的阳光照耀着寂寥的大地。但，宽厚的大地深处始终会孕育着无穷无尽的生命力量，给人们以无限的期待。村巷里少有人走动，空气里弥漫着农人们用麦秸玉米秆等柴火煨炕散发出的特殊烟香味。这种香味一旦弥漫进脑海，今生便不会再忘记并令人反复回味，思恋缠绵。

关中地区，真正的冬天要从阳历的十一月以后开始，之前还是比较暖和的，“小阳春”似的。但是田野里已经罢了农事，只有准备过冬的麦苗满眼绿绿地铺过去，不见边际，在微寒的西风里抖抖簌簌地站立着。

早饭后，太阳已经下了房檐，村院房屋的南墙根底下，犹如春天般温暖，人们三五成群地围在一起，或站或蹲或坐，抽烟的、喝茶的、下棋的，相互谝（方言，聊天、闲谈的意思）着这一年的劳作中的付出与收获、经验与教训，相互取长补短，烟气袅袅，茶香飘飘，语声融融，我们一群孩子穿梭期间，有时候凝神静听，有时候懵懂发问……农人们就是这样在茶余饭后完成生活技能谋生本领的交流和传承的。那些古老的谚语既好听又好记又便于理解掌握，大概就是在茶余饭后谈笑风生里总结出来的吧，是经验交流传承的最好方式和明证，也是劳动人民智慧的伟大宝库。

冬天早上上学是让人苦恼的事。房间冷如冰窖，被窝温暖如春，真是让人难舍难分，只可惜五点半左右就要起床了，出了门，东方天际一丝光亮也没有，一片漆黑。我小的时候，冬天好像分外地冷，风刮在脸上有点像刀割似的疼。挨家打门闩叫上同村的小伙伴一起去上学，每人必须抱上一搂麦秸柴火，飞快地奔跑一段路，燃起一堆火，转着圈地烤得全身都热乎了，抱起柴火又飞快地跑一段路，又燃起一堆火，转着圈地烤得全身都热乎了，抱起柴火又飞快地跑一段路……如此反复直到快到学校大门口了，抖落拍打掉身上的柴草碎屑和尘土，进校门进教室。

教室里的门窗玻璃，有的不知何年何月去向哪里了，上面糊着塑料纸，甚至有些干脆就那样空洞洞着；有的是半截不全的，漏风漏雨；有的不知道被什么东西打破了豁豁牙牙的；有的干脆就直接用砖石筑严实了，不透风也不透光，窗下黑乎乎的。教室里冷如冰窖，手脚拘束着，身体蜷缩着，一节课上到半截，手脚已经冻得麻木握不住笔了，这个时候老师会下口令"搓手跺脚"，于是教室里响起跟放鞭炮似的"噼噼啪啪"的跺脚声，尘土白烟即刻腾起，弥漫整个教室，乌烟瘴气人影绰绰，我们也会趁机做点小动作说两句话，然后恢复肃静继续上课。下课后尽量在有太阳的明亮的操场上追逐打闹一番，保持身体暖和，为下一节课做准备。

下午散学后，因为寒冷，伙伴们很快就消失在村头巷尾，各回各家了。我似乎天生不怎么怕冷，总喜欢在寂无行人的路上磨蹭溜达一会，凝神看着风刮起墙角路边的落叶，悬空飞舞一会又寂寥地落下；想象失去了叶子的树干，光秃秃地向天空伸展着，颇像掉进水里垂死挣扎的人，在临死时竭力想要地抓住一根救命稻草的手掌。

这个时节即便是在家里房间，地上也是冻手冻脚的，所以家里的女人们除过烧水做饭做点家务杂活的时候，其余时间都是偎在炕上，暖暖和和，说闲话做女红，消磨时间；男人们则三五相邀聚在一起抽烟、喝茶、拉家常、谋划下一年的打算。

到了黄昏，病恹恹的太阳就无精打采地挂在西边的塬坡头上，一不留神就掉进沟里了，夜色沉沉地压下来，罩住这古来的塬坡、这古老的村庄，还有这古老村庄里的人们和我。几颗惨白的星星在天空眨巴眨巴眼睛，也躲进云后面睡觉去了，周围一片死一般的沉静，于是心头一颤，撒腿跑回家了。

（八）

离开那个古老的塬坡有十多年了，离开那个古老的村庄也十多年了。在那里，人们的物质生活水平提高了很多，但是人们却再也找不回当初那种由衷的快乐和满足感。城市里面的孩子要比那时的我们吃的穿的用的玩的要好得多得多，可城市的孩子在沥青铺就的马路上，在钢筋水泥浇筑的楼宇里面，在所谓宽敞明亮的教室里面，在那些人工栽培的花木草地上，还能找到那些真正应该属于他们的那种本真的自然的快乐吗？

太阳依然在塬坡上东升西落，日复一日年复一年，但山河巨变，沧海桑田。而今古老的塬坡上再没有纯粹的平展展的绿野，也没有了一望无垠的金灿灿的麦浪。塬坡上多了些机器的嘈杂聒噪的轰鸣、臭气熏天的污水，私自违建的各色简易房，如同“癞皮病”人的皮肤，让人不舒服，一大块一大块野草芜杂丛生废弃不能耕作的土地，土路变成了水泥路沥青路，却再也看不见那些黄土扑扑的田间小路上坚实清晰的脚印了……

真是万分庆幸，在那个饥饿还普遍存在的年代，幸好有快乐陪伴着我和我们。

愿我生命里的那片塬坡、那片黄土地，当每一次春风吹过的时候，依然能泛出绿莹莹的麦浪……

回　家

“到不了的都叫远方，回不去的名字叫家乡……”这首歌活像一枚沉重的钟摆，一刻也不停息地敲打在每一个回不了家的人的胸腔深处，让人悸颤让人心疼。

从感情的某种程度上说，离开家乡已经有快二十年时间了。二十年啊，算起来是一个漫长的时间，如今却好像就发生在回头的一刹那间。上大学时在距离老家三百公里以外的一座城市学习医学，说起来也不算远，可对于我这个在上大学之前连本县县城都没有去过几次的农村孩子来说，算是远离家乡了。学医完全符合父辈的意愿，虽不能发家致富，但既可以救死扶伤悬壶济世积德行善，又可以“旱涝保收，饿不着也累不着”，多么理想而令人艳羡的职业啊。

离开家乡踏进大学的校门，内心的喜悦鼓动出一种莫可言喻的自豪，涤荡去藏在内底说不出的自卑感，十多年的寒窗苦读终于没有白费，父辈的期望终于没有被辜负，父母的血汗钱没有白花。大学校园里，高大粗壮的法国桐，黄绿而俊秀的树冠、浓密婆娑的叶子洒下斑驳浪漫的影子；幽静的校园林荫道上间断闪动着三三两两的青春背影；灰白色的教学大楼，白天也是灯光明亮，在夜晚更加灯火璀璨；操场上跳跃着多少青春跃动的健美身材……一切都是那么的新鲜、美好，那么的荣光，按捺不住的兴奋每天都洋溢在我依然显得稚嫩的脸上。

努力学习自不必说。不知道从哪一天开始想家了，想父母了，想那一对四季轮回寒来暑往，在田间弓背弯腰老老实实辛苦劳作供读儿女的父母了。于是，我开始盼望着回家。

大学期间，每年大致可以回家四次，“五一”劳动节一次、“十一”国庆节一次、寒暑假各一次，算起来每年回家次数也不算少，可是每每假期来临，都按捺不住内心的那一份急切的期盼和令人兴奋的冲动。

五月，天气已经稍显暑热了。不用想就知道桃李杏花早已落尽，树枝上已经缀满青色的桃李了，早熟的杏子开始泛黄，可以上市了。“五一”节全校放假，师生都可以回家。一大早太阳还没有露头我就急急地赶往车站，准备坐车回家。

汽车缓缓地使出那座美丽的城市，那里有我的依恋、有我的梦想、有我的追求、有我梦寐以求的象牙塔、有我意气风发的同学、有墨香如兰的图书馆、有窗明几净的教室、有霓虹闪烁的街市商场……可是，那一刻我将不假思索地回去——回到那个四野春风的、嘉禾万顷的、生我养我的古老村庄去。

汽车奔驰在深厚辽远的渭北高塬的腹地，道路高低起伏，沟坡塄坎层次分明，满眼浓绿发黑的麦浪扑面而来，又很快被甩在后面。一会跌落沟底，一会爬上坡顶，反反复复，层层叠叠，向着那个无比期盼的“远方”行进。目光似乎要穿越千年的大塬，穿越千年的积淀，心始终在前方引领着那份渴望，却怎么也无法穿越古老村庄的大槐树浓厚的阴凉里面隐藏的细密心事。

车窗外，这片土地上同一时节的风景可以重复千年，迎面吹来的风，撩动我的头发，眼睛竭力想看见那个“远方”，可视线却总是变得模糊，鼻根酸酸涩涩的，似有莫可名状的东西哽住了喉头，让人难以喘息。沿途经过两条河，一条很浑浊是渭河，一条很清澈是泾河，“泾渭分明”的说法已流传千百年，她们哺育了这片土地上的人们，这片土地上的人们也始终秉受和传承着他们的“泾渭分明”。

太阳从塬坡后面爬出来，照进车窗，一片炫目的亮堂，火红里面透着金黄，有点刺眼，不敢直视，像父亲的目光，只能躲避，不容反抗。

经过约四个多小时的颠簸，汽车稳稳地停在了通往我家村子的路口。一脚踏上这片坚实的土地，那种内心里不可名状的踏实感从脚底直升腾至胸腔深处甚至发梢。走在印着很多车辙痕迹的乡间土路上，微风轻轻送来泥土和即将成熟的麦子的香气，直渗进五脏六腑里去，那一刻真想躺进麦地深处静静睡去。

透过密密匝匝的树梢，可以看见村子里若隐若现高高低低的屋脊瓦楞，心呀，有一种说不出的悸颤。我坚定地知道父母早已站在大门口，单手扶着那两棵比我年龄还要大的国槐树，眼睛张望着等待着我从村头的路口出现了，这已是父母坚持了多年的习惯，任风雨也无法改变。

从两边都是绿绿的麦浪的小路拐进村口的一瞬间，就能看见父母已在门口，单手扶着那两棵比我年龄还要大的国槐树向我这边张望着，老远就能感觉到我们的目光相触了，热热的、湿湿的，彼此都用目光问候着对方，却听不见声音，脑子有点眩蒙。走到家门口，走到父母跟前，一句简单的“回来啦，进屋里吃饭”，就算是全部最深的感情的表达了。我深深地知道自己的父母不可能也不会像电影小说文学书籍里面那样，用优美的词句去泪雨霖铃般地表达自己的内心感情，因为他们只是普普通通的农民，不可能有那么华丽的辞藻来表达自己，正像这淳朴厚重的黄土地养育了世世代代的黄土地上的人们，却从来不会用大红大绿的繁华来表达自己的伟大一样。

一家人围在一张桌子上吃饭，饭菜的香美可口就不用说了，一家人有一家人的胃口，母亲做的饭菜永远可口，每一个离开家的人都知道。饭间没有太多的话语或者新奇的发问，有的只是只言片语地问一些诸如：“学校大灶上伙食吃得惯不？”“每月家里寄的钱够不够用？”“季节的衣服够不够穿？”“要勤加减衣服，别嫌麻烦”“想吃家里的饭了，就回来，别太俭省了”的日常生活琐事。

待在家里的日子，就好像“日头在碗里转”似的，一天天就飞快地过去了。要离开家的时候，父母也是只送到门口就不再送了，边走边有一句没一句地叮嘱几句“出门在外别跟旁人治气”“想吃家里饭了就回来”“钱不够用了就挂个电话，家里有办法”……这一句句简单的话语，却每一句都像撞在自己的心上，让人战栗，让人双眼温热鼻根发酸咽喉发哽，这个时候我从来不敢抬头看父母的双眼，只是低头走路，我怕我会忍不住更怕他们也会忍不住掉下眼泪。离开家的时候，我更是不敢回头向父母招手表示再见，我知道他们一定会站在大门口，单手扶着比我年龄还大的国槐一直目送着我消失在村路的拐弯处，我害怕我们的目光相碰，我害怕我承受不了那种眼神所传递来的期待和叮咛，我更害怕会看见那两双深藏着不可言明的感情的双眼里，会突然间闪闪发亮似要滴落什么东西！

回到学校内心会平静一阵时间。在学校便是日复一日地学习，争取获得奖学金，吃喝用度也尽量俭省一点，虽然父母说“不要太俭省”，但我知道他们为供我和妹妹上学已经非常辛劳了，尽量为他们减少点负担。

夏日，炎炎的烈日炙烤着大地，一切庄稼作物都会有气无力地顶着大太阳希望它快快地落入西边的坡沟里，人们也会尽量减少田间劳作。必须完成的活计，一般放在早上天刚刚蒙蒙亮，一切草木还带着晶莹的露水，和太阳落山后大地开始恢复清凉的时候，下地操持。有谚语说“夏走十里不黑”，意思是说夏天太阳落山后到完全天黑还有一段时间可以步行十里路，这段时间是一天里下地干活的最佳时间段。

暑假在家，自家田地里的活儿我基本全包了，比如：给秋庄稼除草松土，给果树浇水打药，挑水担粪，等等，尽量减少父母的劳作，让父母因为儿子的存在而感到些微的轻松，辛辛苦苦养儿这么大，这点回报是最不奢侈的，也是我特别情愿做的，算是做儿子的最基本的感恩之意吧。父母似乎看透了我的心思，便会心疼地说："干活要悠悠的，别使蛮力，活儿慢慢做，别急！"父母与子女的对话往往都是至简的，但都能彼此心领神会，这也许只能用血缘亲情关系来解释吧。

说到"国庆节"假期回家可能更加美好一些。金色的秋天总是给人以硕果累累的丰收气象。汽车飞奔在秋天的原野上，就如同穿梭在果实的海洋里。放眼望去，塬坡沟坎上成片成片的黄如金子的梨子、红如朝霞的苹果挂满枝头与日趋衰老绿中泛黄的叶子相互辉映层次分明美不胜收。道路两旁一人多高的玉米棵子怀里揣着粗壮丰硕的棒子等待收获。豆类有着不同荚角：豇豆是嫩黄偏绿的长荚角、绿豆是黑色带有密密茸毛的荚角、黄豆是金黄色短而饱满的荚角、扁豆是像皂夹形状特别短小密实的荚角，有些是擎天支棱着，有些是竖直垂吊着，颇有特点，但都给人以成熟饱满并且深沉安静的感觉，正如天下的父母高矮胖瘦美丑文拙各有不同，可养育儿女的心却完全是相同的。各色野花虽已是秋天却依然竞相开放着，一点不逊于春花烂漫，饶有趣味地组合在一起，活像一幅色泽丰富线条明丽的木刻版画，让人心情畅快。到家帮父母收获秋庄稼，播种冬小麦，虽是汗流浃背肢酸体乏，但觉得能帮到父母减轻一点辛劳也落得个心里踏实安稳。

读大学的八年时间里，多少次回家，多少次离家，所有的风景早已刻画在脑海里了，只有那份对父母的惦念和感恩却随着时间愈来愈浓烈了。

其实在内心深处我清楚地知道，每一次带着期待带着渴望带着感动回家，没有什么比这更让人幸福让人五脏六腑滋润的了。要离开家的时候却最让人尴尬不舒服，我知道此刻父母是最难的时候，要给我准备生活费，我经常会在这个时候有意识地回避跟父母说话提到哪怕是一丁点关于钱的话题。对于一个没有任何固定收入的农民家庭，供读两个学生是很辛苦的，这一点我比任何人都清楚，所以有时候我会看到父母脸上带有作难的神情，虽然尽量掩饰着不让我发现，但毕竟我是一个敏感的人，我会用一句“前两个月的钱还有节余……”的话来缓和这种尴尬或者叫难堪，然后一定会是母亲说一句：“叫你达过几天给你到邮电局里打过去”，彼此都稍微舒缓一点那种内心的煎熬。带着一种特有的心理体验或者说内心凄楚离开家返回学校。这种感觉将伴随我一生，让我幸福也让我心疼。

大学毕业后，就直接到北京的工作单位报到了。临行前一天晚上，父亲交给我一沓钞票说：“这是四千块钱你拿着，刚去工作出门在外，以备急用。你也毕业了，有工作了，我和你妈慢慢年龄也大咧，钱也不好挣咧，供你读书只能到这里，以后的日子就靠你自己咧……”听着这一番话，我的心里翻江倒海五味杂陈，以前从书本上看到的学来的那么多贴心优美的话语在脑子里一遍一遍地浮现演示，而那一刻竟一句也说不出来，低着头，我的眼睛湿润了，但最终没有掉下眼泪，我不愿意让父母看到我这样，也许他们心里会更难受，那一夜我辗转反侧终未成眠……几年之后，我才无意中知道当初那四千块钱是父亲从信用社贷款给我的，那一刻我任眼泪肆意地在脸颊上奔流……

在北京工作已经十二三年了，由于职业性质的原因，回家的次数是少之又少，在家陪父母的时间更是少之又少。内心总有一个未曾向任何人表达过的宏愿，那就是等有一天工作轻松点了，时间充裕点了，回家多待些时日，把以前亏欠父母的都翻倍还给他们，不应该用“还”这个字，可是我找不出一个准确的词语表达这种感情。时间日复一日年复一年地过去，我距离这个宏愿却愈来愈遥远了，我知道我最终是要辜负这两位老人了，不由得心生自责、自怨了。

只要能抽出时间，我绝不以任何理由滞留他乡，回家，回家，立刻回家，我知道有两双无形的眼睛时刻在凝望着我期盼着我。每一次列车开动的时候，我的心脏都在莫名地颤动；每一次眺望北方辽阔无垠的原野的时候，眼睛总是湿润的视线总是模糊的。我知道穿越这莽莽苍苍的原野，穿越这迷迷茫茫的时空，在那绿树掩映的深处，在那麦浪如潮的塬坡底下，在那野花肆意开放的小路尽头，就是我的故乡了，已上了年纪的父母正单手扶着门前那棵比我年龄还大的国槐上张望着村头的路口，期待那个熟悉的身影忽地一闪就出现在他们的眼眸里。一路上，所有的景物都被列车猛烈地甩向后去，只有灵魂始终向前，去叩拜那安放在心房深处的神祇。

当我提起笔的时候，这篇文章，这份情感，已经在脑海里在胸腔里涌动激荡搅扰了我很久。这种情感越积越浓，浓得用笔墨难以化解。今天我才有勇气触碰她并把她描摹下来。这种感情真切强烈得有点纷乱，不知道从何说起，散乱记之吧。打过完春节，就计划着回一趟老家，从四月推到五月初，又从五月初推到五月中下旬，时至今日依然未能成行。此刻提笔记录下来，于这份情感，多少有点释怀了。

人总是在对回归的无限渴望中一次又一次决然地选择离开。

最后以一首小诗表达我对这份情感的无限眷恋：

妈妈对我说：昨夜，你鼾声如雷，
我说：我到家了！
妈妈对我说：你吃饭慢着点，
我说：我到家了！
妈妈对我说：旧房老屋的，跟没见过似的，
我说：我到家了！我想看看！
妈妈对我说：你坐下歇一歇，我去提水烧锅，
我说：妈，我到家了！我不渴，我就想跟你一搭坐着，静静地……

求学路

2005 年 6 月 11 日，这时节，绵延在渭河边的这座曾经的“渭城”，已经褪去“客舍青青柳色新”的春天的稚嫩，迈入了浓重的绿色覆盖、骄阳笼罩的夏日，各种乔木灌木繁花早已褪尽，枝头缀满了令人眼花缭乱的青青果实。空气已经非常温热了，但还没有达到燥热的程度，这样的气温会更好地促使万物蓬勃地生长、果实更好地膨大、成熟。

这一天，我穿上了自己有生以来最为正式最为昂贵的衣服：洁白的带有暗条纹的衬衫，崭新得如同刚刚浆洗晾晒过的丝绸，没有一丝皱褶，衬衫的下摆一丝不苟地扎进蓝色的熨线流畅下垂的西裤里，笔挺的衬衫领子上系着红蓝丝线编织成非常协调的网格状的领带——这是我有生第一次系领带，看上去大气而不死板，脖子被箍得紧紧的，有点憋闷窒息感，特别地不适应。皮鞋虽然不是新买的，但是经过精心的刷油打磨除过那两条折痕之外可以说是油光可鉴的。我站在一片镁光灯里，完成了我的研究生论文答辩，也随即宣告我将近 20 年的校园生活在那一刻结束了。

我的人生从那一刻开始，每迈出一步都是崭新而陌生的天地，这让我心悸若狂又让我有点畏怯胆战。

这是我在工作了十多年后，第一次回头审视自己的求学路时，脑子里映显出的第一个清新的画面。

小学之路

通往我的小学的那条路，先曲折地穿行过一片村庄，再坑坑洼洼地在一片庄稼地中间爬行一段后，在接近学校围墙的当儿，来一个九十度的拐弯就到学校门口了。

村子里面的这一段路，两边都是人家的房舍，黄土夯成的墙，经历了风雨岁月的洗礼，大多数都已经没有了青春的线条和棱角。墙头上那些稀疏消瘦、东倒西歪的茅草，即便是生机盎然的春天也萌发不出太多的生气，如同耄耋之年的老人头上那些几近萧疏的斑斑白发。墙的两面长满了斑驳的苔藓，雨水淋过颜色变成从深褐里面透出来的绿色，稍微显出一点有着生命意义的丰厚；干旱缺水的时节，成了死灰色，紧贴在墙皮上，毫无生气，如同布满了老年斑的老人的脸。再看那一座座披着黄土的房屋，古老、破旧，掩映在泡桐、古槐、椿树或者皂角树的巨大树冠里面，犹如深山老林里面不知年月的败落了的庙宇，只有当围墙里面传出来几声猪牛羊马公鸡母鸡的叫声的时候，只有当房顶的烟囱里面袅起几缕青色的炊烟的时候，才能让人感到它们是有人居住的，里面包含着生命。

两旁夹持着深深的村巷的古老土墙的墙壁，就成了我们的像现代涂鸦派随意涂画的画板一样，上面涂满了我们脑海里认为有趣的图案，当然还有某些我们给小伙伴起的调皮绰号和一些歪歪扭扭的很难辨认的字迹。那个时候没有唾手可得的绘画颜料，甚至连一小截粉笔头都难能可贵，墙壁涂鸦就只能用干枯的树枝或者破碎了的砖瓦块的尖锐棱角完成。因此，我便为能捡到老师扔掉的一个彩色粉笔头而兴奋半天，舍不得在那些土墙上随便涂鸦，小心翼翼地装在自己的衣兜里，但有一天，被母亲洗衣服时溶解了，将一盆洗衣水和衣服染成了大红色，被母亲批评一顿时，才万分懊悔自己怎么没有把粉笔头及时掏出来呢。

那个时候，大人们总是喜欢时不时地讲一些关于某条巷子某座院落甚至某堵墙里面，寄居过或者出现过狐仙或者鬼魂的故事，这让我本来就幼小胆怯的内心就更加恐惧不敢前行了，让本来就老旧无比残破不堪的地方，更显出它的神秘诡谲来。

就是这条路，就是通过这条路，我从懵懂的孩童走向了“有理想”的有志少年，也正是这条路把我从父母乃至祖辈反复踩踏过多少遍，但始终没有丈量出生命的真正长度的古老传统的农耕生活模式中，带向了前途光明的“现代化”生活中去。我该感谢这条土路的崎岖不平，我该感谢这条土路的幽深迂曲，我该感谢这条路的两端都连接着光明。

从我第一次正式背上书包起，我每天上学都是在天不亮的时候起床，穿上衣服，用那把不知道传了几代人的铜瓢从厨房墙边蹲着的大瓷瓮里舀出一瓢凉水胡乱地抹一把脸，背起那个母亲亲手缝制的白蓝花格老粗布书包，拉开那扇对自己来说还略显沉重的屋院大门，走出去上学。冬日，满天的星斗还眨着眼睛，比现时天空的星斗似乎晶亮许多，低的低到似乎一伸手就可以摘到，高的高到比自己听到的神话故事里的天宫还要高远，银河里像是盛满了水银，白光闪闪，晃晃荡荡的，像要溢出来一样，横在头顶上，四季变换着走向，总是引起我无限的呆想。低头望前方，路就在脚下，但看不仔细、看不清晰，深一脚浅一脚地往前走，凭白天形成的记忆，叫醒同村的小伙伴，一同上学，村庄还在沉睡，偶尔传出来一两声被我们的脚步声惊醒的狗的叫声，孤独里面伴有更多的苍凉感。走在一片漆黑里面，让本来就矮小的我们显得更加渺小，漆黑的村巷如同一条黑魆魆的魔洞，那条长长的路似乎没有尽头，如同爬行在黑洞里的吐着黑色毒信子的长蛇，一面面土墙一座座房舍兀立着，跟自己脑海里面构想出来的妖魔鬼怪一模一样，这让我们内心更加胆怯害怕，又不得不强打精神互相怂恿、鼓励。

这条穿越漆黑巷道的上学路，曾经带给我的那些胆怯和恐怖，在不远的将来就无形中成了附着在我骨子里面的坚强和勇敢。

我和小伙伴们从窄窄的巷道里面穿出来，走在两边是庄稼地的通向校园的那条坑坑洼洼的田间土路上，周围的庄稼地依然笼罩在一片漆黑之中，借着那隐隐约约的天光，能看见田地里的泡桐、椿树、榆树以及其他杂树那高而巨大的树冠，在暗黑的原野上就像一个个巨大的怪物，伏地爬行，睁着漆黑的眼睛，伺机要进攻我们似的。于是，我们就一阵疯跑，在北风刺骨的冬日能跑出一身热汗来。

学校就在路的尽头。那时候，我并不怎么喜欢学习，但是，父母给我报名了，我知道报名费是父母用辛苦劳动才攒出来的，来之不易，所以我必须硬着头皮把该读的书读好。老师给我讲科学知识，也讲生产劳动，我学习科学知识，也参加田间劳动，我和大家都隐约地知道，不努力学习将来就是一个名副其实的农民。但有一点可以肯定，那个时候我并没有在内心讨厌当一个农民，只是，父母和奶奶爷爷经常在我耳边讲起他们的悲苦经历，总是耳提面命地让我努力学习。

这一段通往我小学学校的路，也在多年以后把我带到了更大的学校。我需要感谢这条路，在这条路上，我用幼小的脚印一步一步地踩出了渐渐清晰的我的人生路。

在这条路上，我跟随着父母踩着先辈的足迹，来到了不知道被逝去的人们耕作了多少遍的土地上，和父母一起挥动着镰锄耧耙耕耘那片被父母看着是希望的土地。在这条土路上，我也看见过许多辛苦劳动了一辈子的农人，最终撒手他又热爱又憎恨的世界后，被一群穿着各种衣服的村里人，用围着黑蓝色轿布的灵柩轿子扛抬着，沿着我上学的那条土路，穿过村巷，穿过田野最后到达那个深厚扎实的九龙塬坡上，身后跟随着穿着白孝服带着白纸帽手拿纸棍的孝子贤孙们，在一片伴着尖锐的呜里哇啦的唢呐的奏鸣的哭声中，永远地栖息在九龙塬坡的深处，那里是他们永久的归宿。那一刻，我似乎隐约地知道了生和死大概是怎么回事了，也让我隐约地知道父母以及祖辈让我勤奋读书的意义所在了。

这里的四季非常分明，只要你稍微留意一下这条路两旁及周围的植物的变化就知道了，甚至你没有留意，它们也会在任意的一个个瞬间里闯入你的眼睛，使你不得不注意到它们。春天的清晨，我会身披一缕带着露珠的湿漉漉的晨曦，在鸟儿清脆的歌声的陪伴下，一路蹦蹦跳跳地上学去，经过那条幽深曲折的在漆黑的冬日清晨显得特别可怕的村巷时，心情也格外愉悦。

走到那段笔直的两边长满庄稼的土路上，返青疯长的麦苗如同绿色的波浪，自己犹如游荡在绿色的海洋里的鱼儿，显得格外渺小。路边红的、黄的、紫的、白的各种野花才提醒自己这是在陆地上不是在海洋里，于是就拿着带有叶片的树枝追赶那些上下翻飞的蝴蝶。我发现蝴蝶很聪明，总是能躲过我的追赶和捕捉，这让我有点恼怒。后来在“自然”课上我才知道，蝴蝶、蜜蜂、苍蝇的每一只大眼睛都是由许许多多的极小的眼睛，一同构成了能比人看见更大范围更多目标的复眼。那一刻，我在想，要是我也能长出两只复眼来，就可以看见跟在我屁股后面给我的衣服上、头发上扔苍耳子的那几个“坏小子”，上课时，我的眼睛能拐着弯地盯着我藏在桌兜里的两只手，玩那只不听话的蚂蚱，而与此同时，我又能用我的复眼，神不知鬼不觉地侦查老师是否已经悄悄地站在了我的身后。校园也笼罩在一片如烟如雾的绿色中，阳光在树木的叶子上、教室房顶上涂一层金色，使得原本灰蒙蒙的蓝瓦也显出一点辉煌来。

夏天可是个美好的季节，属于我们的快乐全部是从田野里长出来的。

一大早出门上学时，太阳已经冒出骄如焰火的光芒，把村庄周边辽阔的田野涂抹得金黄金黄。很快，这样的阳光就会让我知道它的厉害，炙烤如火，皮肤会有如触火炭般的感觉。坐在教室里，听着巨大国槐树上、泡桐树上、杨树上、柳树上响成一片的蝉鸣声，心中就开始期盼着放学铃声响起。事实上，我和我的伙伴们似乎并不惧怕烈日，毫无惧色地顶着那白花花的日头，在上学路边的田野里可以边走路边做我们自己最喜欢的游戏，找寻一些我们认为能放在嘴里嚼吃的草根或者草木的果实。田野里的各种鸟鸣清脆悦耳，由远及近、由近及远，我凭着耳朵就可以分辨出它们是哪种鸟雀。那似在一应一答的比狐狸还狡猾的黄鼠的鸣叫，此起彼伏、神神秘秘，永远也不知道它们在哪里出没。在大人们看来酷热无比的天气，在我们看来却是充满无穷欢乐的。

蝉声渐次减少减弱直至消失，秋天就到来了。秋天除过满塬坡满川野的五颜六色的颜色让人觉得绚烂之外，空气中到处充斥弥漫着各种收获的馨香，让人向往让人醉心。但我有点讨厌秋天。秋天总有连绵不绝的阴雨，下得那条本来就坑坑洼洼的土路，更是积水不干、泥泞不堪，而我又是没有雨鞋可穿的，只能穿着妈妈亲手缝制的千层底，平时倒是轻快干爽，但一到这样的雨天，完全就痛苦难堪了，鞋底鞋帮会很快湿透，在湿滑泥泞的道路上行走，稍不留心，就会摔倒，满身泥水。我是有过不止一次这样的尴尬遭遇的，衣裤又潮湿又肮脏又来不及回家更换，怕耽误了上课，只能像个“水鸡娃”一样坐在教室里听课，阴冷潮湿，全身冰凉，又被同学嘲笑，当然，这样的事情不止发生在我一个人身上，令人稍有安慰。

通往小学的这条弯弯曲曲的路，曾带给我关于妖魔鬼怪的惊惧，也留给我充满美丽奇幻色彩和童话般想象的童年记忆，让我快乐、让我欢欣。这条路把我引出了落后愚昧，引向了科学文明，我得感谢它。

中学之路

通往我的中学的路是和通往我的小学的路，在地理方向上是完全背道而驰的，小学的路向南，中学的路向北。通往中学的路较小学的路“先进”多了，“繁华”多了，也有点“现代化”的气息了。

我家在我们村子的最北端，按照我们当地传统的村庄布局，我们家缺少了对门儿，所以一出家门就是广阔的田野，目光辽远，可以看见北边的青黛色的远山。在晴朗的天气里，站在家院门口就能清晰地看见山顶上有一座庙——不止一次地出现在大人们讲的故事里，但至今我从未到达过。

通往中学的路，是一段土黄色犹如一条浑身沾满泥土的蚯蚓的小路，曲曲折折、粗粗细细、凹凹凸凸地爬行在庄稼地之间，经年累月，像是前进过但又好像从来没有动过，一直僵卧在那里。土路的尽头，连接着那条有着许多大坑小坑的柏油路，犹如黑色的蟒蛇，蜿蜒在两边矗立着数排高大的白杨树形成的暗幽幽的隧道里，不知道它从哪里漫游而来，也不知道它将漫游向何处，更不知道它在等待什么，难道是静静地盯守着那从遥远的山顶的庙宇里面飘过来的狐仙妖怪？在它蜿蜒匍匐的途中向北分出一个九十度的分岔，那就是我们的镇子及镇子的集市的主路——正街。我们中学的大门就端端地对着集市的这条正街。

这条正街在我乃至我的父辈祖辈心目中都是一个相当繁华的“大地方”。在他们看来，一般人是住不进里面的，就是赶集，对于父辈祖辈也是一件相当郑重的事情，需要提前几日精心地筹划准备并且也要把自己尽量好一点的衣服拿出来穿上，收拾得停停当当的，才能向这个心目中的“大地方”迈进，生怕自己哪里稍微有点不妥帖而把“人”丢在“大地方”了。而我小学毕业后，就将每天数次地全程贯穿这条正街后进入我的中学校园上学，这在家人看来也是一件大事。因此，由于我天生的强烈的自尊心或者说叫自卑感以及业已有点青春萌动的心理，使得我拐着弯地要求父母让我在衣着上尽量接近那个“大地方”的人们的穿着打扮，这给他们带来了不少压力，由于家庭经济的拮据，我仍然会比那个“大地方”的人们在穿着上慢上好几拍。我知道父母已经尽全力了，我在内心里偶尔会有那么一点点抱怨他们，但这种念头很快就会消失，我从小在内心里就知道我不能在吃喝打扮上和别人比高低，大人老师也是这样教育我的。

每遇集市，十里八村的农人牵牛拉羊、挑菜担粮、提葫芦挂瓢的如同潮水一样，涌向这条并不够宽展的街道，使得这条街道被俯瞰时就像是漂浮着许许多多人头的河沟，拥拥挤挤、起起伏伏、打着旋儿、五颜六色，各具形态。我在这里见过了我之前没有见过的许多东西，我在这里知道了我以前不知道的许多东西，我在这里知道了所有的东西都是要付出辛勤的劳动才能换来，我在这里知道了用金钱可以买到自己喜欢的和需要的东西，我在这里知道了没有劳动缺少金钱是多么尴尬的事情……通过这条当时对我来说繁花似锦的街道，眼睛里、耳朵里、五感六觉里都充斥着五颜六色或者说缤纷炫目的现实生活，和大门正对着街道的校园里的教室里老师们心传口授的知识体系一起，渐渐构架起我的认知体系和人生观。

正是那条黄色的蚯蚓一样的乡间土路，正是那条黑色大蟒蛇一样的柏油马路，正是那条犹如漂满人头的河沟一样街道，正是那个大而幽静的校园，正是那些淳朴善良的农人和循循善诱的老师，让我知道了辛勤劳动，土地是不会亏待农人的，让我知道勤奋学习，成绩是不会欺骗学生的，让我知道老师耐心教授，学生是不会亏待老师的，更重要的让我知道什么是辛苦、什么是勤奋、什么是付出、什么是收获、什么是善良、什么是良知、什么是奉献、什么是回报…….

高级中学和初级中学在我们那个年代可以说是属于人生的两个完全不同的组成部分，我们的人生也就此分成两种截然不同的群类。

如果说初中属于“水到渠成”的教育的话（初中，属于九年义务教育阶段，只要自己不选择辍学就可以顺利地上初中，但仍有一部分同学没上初中就辍学回家了），那么高中对大多数同学来说就是一个相当“硬”、相当“高”的门槛，至少在我生活的那个时代那个地域是这样的。在我们村里，一个学生能完全凭靠自己的努力考上我们当地的普通高中，那是一件足以让全家人感到体面，让全村人都感到震惊的消息。初中毕业时，我们村子总共有三名学生考取了我们镇子上的高级中学，我是其中的三分之一。父母因此而一度满面荣光、嘴角挂笑。

一脚踏进高中黑油漆漆成的宽阔的铁栅栏大门，就如同一个佛教徒踏入了灵魂的圣殿，每迈一步脚底板都像有电流流过一样，自己的整个身体都好像沉入带有战栗般的轻快的旋涡里，眼睛里面充满了比膜拜还要高一个层次的神圣和庄严。

青春的躁动与叛逆驱使我开始想找到一切理由逃离家逃离父母的视线，就像翅羽渐欲丰满的小鸟渴望自由地飞向广阔的蓝天一样，于是，我住校了。

我家距离学校不到五公里，说远不远说近不近，住校在情理之中，住家也未尝不可，我自然选择住校。与别的住校同学不同的是：我虽然住校但是需要每顿饭都回家吃，然后再返回学校上课，每天两个来回，风雨无阻。不是为了想天天这样来回地跑路，只是为了不“上灶”吃饭而省下伙食费，为父母减轻经济负担。这条五公里的路，我骑自行车间或步行一直走到 1997 年高考完毕。

这条路是我上大学之前走过的最为漫长的路，我非但没有觉得有什么辛苦，反而在这条路上，我欣赏着沿途田地里四季变化的充满生机和收获希望的各色庄稼，四季更迭着美妙的色彩，更加体会到田地里四季劳作的农人和同样是农人的父母的含辛与悲苦。

我看到大多数因为距家较远而不得不住校的同学，每周三必须骑着除过铃铛不响其他零件全响的自行车，回家“背馍”一次，随即返回学校上晚自习，那种自然而然的接受和青春火热的激情，每每让我感动到独自一

个人偷偷流泪。那时候的我是不敢谈及什么人生理想、伟大抱负的，只有一个信条谨记心间：不敢亏了父母。这就是我在这条路上求学的全部誓言。

大学之路

我和父亲母亲一起，站在距离我家门口有一亩地远的那条宛如黑色大蟒蛇的柏油马路边上等车。

一辆满载乘客的，车身被油漆漆成整齐的上白下红的大巴车，车顶上有着低矮的铁栅栏形状的行李架，行李架上大大小小形状各异的行李累放如小山。大巴车风驰电掣般地从远处迎面而来，在一声尖锐的刹车声中，准确地停在我们的身体近前，车身几乎贴着了我的鼻子，车后扬起一团如云朵般的黄尘烟雾。父亲把一箱一箱的苹果和母亲为我精心准备的被褥搬上车顶上的行李架，过程中，父亲被经年的阳光烤晒得呈紫红色的脸堂上，始终洋溢着一种幸福抑或是骄傲的笑容。从那一刻开始，我便踏上了在当时被村里人认为是无比辉煌的人生道路——大学。

通往大学的那条路，是我当时走过的离开家最为遥远的路。我和父母挤上车，没有座位，都站着，车子左摇右晃时快时慢让人站不稳，时时有摇摇欲坠而倾倒的感觉，但是倒不了，人与人因为拥挤而相互支撑着。从大开的车窗灌进来的热烘烘的气浪裹卷着汗液的味道、食物的味道，以及农人身上特有的味道，相互掺杂，发酵后的酸腐味，弥漫整个车厢，充斥进鼻腔，让人窒息。

经历了大约六个小时的走走停停，那条似乎没有尽头的黑色公路始终蜿蜒曲折地匍匐在汽车的前窗玻璃里。广袤的关中平原，夏收的麦子已经收获完毕，秋庄稼已经在被雨水浸灌发腐后变成了陈旧的褐黄色，但仍然在骄烈的阳光下泛出炫目的亮光的麦茬间隙里，绿莹莹地生长起来，一片一片的，呈现出不同的几何形状，甚是壮阔美丽。但秋庄稼的长势各有不同，这与当地的水利灌溉条件密切相关。窄而悠长的公路两边的行道树断断续续，品种各异，有碧绿茂盛的、有枯黄矮小的、也有光秃秃的枯树残桩，在一定程度上展示了当地的人文风貌和文明程度。

汽车穿过了不少的村庄、乡镇，还有几个对我来书已经是“大地方”的县城市区，翻过了几条沟越过了几道梁，还经过了几条我有生以来第一次见到的河流，才到达了我已经向往和想象了一整个夏天的有着我的大学的城市。满眼的新奇，满眼的陌生。心中充满激动兴奋，也充满些许惊惧胆怯。我感到自己脚步的方向清晰而坚定，也觉得自己的一切都悬而未决。我感到自己信心十足，也感到自己无所适从。

这条通往我大学的路，一开始就是这样地曲曲折折、起起伏伏、遥远、不易，就预示了这条路并不是直接通向了阳光。

这条路，我来来回回地一走就是整整八个年头。在这八个年头里，父母由四十多岁走向了五十多岁，脸上更多了一些沧桑，眼角更多了几抹皱纹，头上更多了几丝白发。他们共同经历了人生更多的艰辛，他们尝过了人生更多的苦涩，同样，他们也经历了人生一次又一次令人欣喜的幸福和收获。

父母的人生经历直接写进了我的生命历程，我的生命历程在一定程度上是为了给他们的人生添上几分光彩。我没有语言能够表达那一种无私而崇高的付出与给予。我只能默默地接受父母站在村口用饱含深情的眼神一次一次地送迎我。这种眼神已经在经意与不经意之间刻画进我的生命里，没有什么能冲蚀掉，包括时间和死亡。

这条路，把我的现实生命和理想人生连接起来。这条路，真正为我的人生插上了漂亮的羽翼，既让我的现实更加荣光美丽又让我的人生视野更加开阔。我应该感谢这条路，我更应该感谢分别站立在这条路两端的父母和母校。父母无数次地用目光眺望、丈量过这条路。他们一生只是踏实地守候着那片古老而朴实的土地，而我则是他们眼中生长在这片土地上最好的苗木庄稼。

父母一辈子没有走过太遥远的路，但我却认为他们心中藏着一条通往无限美好无限遥远的圣地的道路，他们一直用心血养护着这条路，用生命铺陈着这条路。

背 馍

有些历史性的事物或者带有明显时代特点的名词，如果不被人重新提及，那么，随着时间的推移、时代的变迁终会被时光的尘灰所淹没，不复出现。

背馍，这是一个具有时代性的名词，也是一个具有历史性质的事物，它是一个简单的行为动作，但它具有丰富的生活、心理内涵。但这种内涵只有经历过特定的历史时代、生活在特定的区域的人才能从内心深处从情感深处体味这件事情。我希望它永远消失在历史的河流中，但我又在时隔二十多年后深情地将它忆起。

提及背馍，我不是为了忆苦思甜，不是为了展示伤痛抠揭疤痕，也不是为了展演自己有过怎样艰苦的求学生涯以衬托自己眼前取得的成绩是如何的优秀；只是为了怀念一种精神旅程，只是为了赞颂一种默默的接受，只是为了品咂一种生命的味道，也是为了在这纷繁绚烂的现代生活中保持一种对既往朴实而苦中带甜的生活的向往。

我是一个“70 后”，我出生的时候改革开放的春风已经浩浩荡荡地吹起，似乎要吹透这古老国度的每一寸土地。但直到我上高级中学的时候，这股强劲的春风仍然只是给我生活的土地披上一层淡淡的绿装，真正繁茂的春天还需要些时日才能真正抵达。我上中学的那个时代，大多数同学还是上不起“灶”（食堂）的，只能从家里背馍维持每周的学习生活所需的伙食。

我上学的区域完全属于农村，只有三所高级中学。一所是我们县城的重点高中，出于两个原因，对于大多数农村来的学生都是不敢奢望的：一个是因为在县城上学需要的生活成本和学费都是很高昂的（相对于当时的农村家庭收入来说），土地里刨食的农村家庭是负担不起的（当然也有认为不值当的，比如我，家人经常对我说学习是自己的事跟学校没有太大关系）；一个原因是考取重点中学的分数线比较高，大多数农村学生是考不上的（或者干脆就直接放弃了）。

另一所中学只有高一年级和高二年级，师资力量相对薄弱教室房舍都比较破旧，到了高三年级还得另择校区。

我的中学坐落在农村而紧邻乡镇，既不繁华也不老土，生活费用接近乡村，教学质量又是除过县重点中学之外最好的，便成了学生和家长的心中的首选。于是，我们陌生的一群穷学生娃为了一个共同的绚烂的梦想而会聚在一起了。随之，我们为了这份心中的绚烂自然而然地接受了一个共同的行动——背馍。

我的同学大多数来自不同的乡镇，有距离学校五六公里的、有距离学校十多公里的、有距离学校二三十公里的，即便是本乡镇的同学，距离学校较近的也就寥寥数人，所以大多数同学都是需要住校的。

宿舍是大瓦房，房顶上长满了杂草，看看房顶的草色就知道四季了。宿舍内是大通铺，豁豁牙牙的床板一块挨着一块，没有床垫子，抓几把麦秸秆儿铺在上面再把母亲做的被褥铺上去，每个同学占取窄窄的一溜儿能刚刚好容纳下自己的身体。大家睡觉时一律头朝外，这样一眼就可以看到脚头的黄泥皮墙上，高低不等、粗细不一地钉着一溜排木橛子，它们会让你知道这是以前不知道姓名的学长们留下的，有些木橛子完好地留在墙上，有些木橛子松动了拔下来换上一根更粗的，墙上便会留下一个黑洞洞的眼儿，重新找一截儿削尖了的木头或者更简易点找寻一截结实点树枝钉进去就可以了，这些木橛子是用来挂背馍布袋的，里面盛放着同学们的伙食，既可以防止老鼠的光顾，也可以在一定程度上防止馍馍霉变。看着这些木橛子和黑洞洞的墙眼儿，我们不由自主地会想到，那些曾经的学长们现在在哪里？他们考上（大学）了吗？他们生活得好吗？他们实现了自己的人生理想了吗……

每个周日的下午，同学们就纷纷乱乱地从不同的方向赶到学校。头上满是汗水，头发一绺一绺地贴在额头和鬓角上还冒着热气，用风尘仆仆来形容一点都不过分，大多数同学都是骑着破旧得不能再破旧的自行车来的，即便是这样的自行车也不是每个人都能奢望到的，有的家庭环境不好的同学是没有属于自己的自行车可骑的，只能和就近的同学共用一辆。你会看到每个人都会鼓鼓囊囊地背着不同大小的一布袋东西，表面显得凹凸不平，那是馍（关中把馒头、饼、锅盔之类的主食一律称作馍）。这一布袋馍，有些是一周的伙食，有些是三天的伙食，这取决于自己家距离学校的距离的远近。

大多数背馍的同学只有很少的生活费或者零用钱，有的干脆就身无分文，除过那一布袋馍之外，细心的母亲会给他们置办一小罐咸菜，有的连一小罐咸菜也没有，只有干辣椒面和一点盐面儿或者几根生葱生蒜苗，即便是这样，在我们眼里能读书能不用下地晒太阳辛苦地劳动已经是很幸福的事情，再不敢有任何过分的想法了。每到下课，同学们就一窝蜂地涌进学校的大灶（食堂）上，把胳膊伸得长长的只是为了从那两口黑漆漆的“杀猪锅”（敞口的大锅）里舀一碗开水，把馍泡在开水里，围着教室的课桌就着咸菜就着笑声吃起来，当然还有去晚了的同学连一碗开水也打不到，只能“凉水就冷馍”，显得有点凄惨了。

春秋两季不热不冷不燥不湿，馍也好存放，挂在宿舍阴凉通风处勉强可以存放一个星期，除过馍皮因失水而龟裂翘起开绽有点像河床上干皲的淤泥片子，倒是不会发霉变质，吃进肚里不用担心生病闹肚子。夏天就不好过，天气闷热潮湿，宿舍因为人多空气更加污秽浑浊伴着汗液脚气发酵的味道混合在一起，充斥在空气里，于是，星期天下午带来的馍，中间隔一天就会长出白色的、绿色的或者红色的长毛和斑点，在现在人看来已经霉烂不能再食了，但在那个时候大多数同学都是只用指甲抠抠掐掐用手巴拉巴拉就吃了，并且没有人会觉得自己的生活有多么艰辛，因为他们的参照对象是烈日下流淌汗水的父母亲人。冬天的日子是最难熬的，宿舍阴冷，窗户玻璃又不浑全，风声“嗞嗞”带着哨子，同学拥挤着睡在一起相互取暖，馍就被冻成了冰冷的“石头”，牙齿是根本拿它没有办法的，只能靠那一碗开水了，但有的同学打水晚了，或者身瘦力弱没能挤上去，热水都打不上一碗，只能把“石头”捂在手里或者揣进贴身的兜里，用自己的体温将“石头”暖热，即便如此，咬上一口，牙齿上还是会发出带有轻微的像脚踩在雪地上的声音，这是馍馍里面还含有一定量的冰碴子。四季在教室窗户玻璃上变换的只是阳光影子的长短，但每个同学在自己内心都装着自己的寒凉。

每个周三的下午，学校门口就像是被惊扰了的马蜂窝一样，乱纷纷地涌出来很多人，那是吃完了半周伙食的同学准备离校回家背馍，当然学校会例行地提前两节课放学。

他们各自骑着自行车，或者共用一辆自行车，回家背馍，他们都将会按时赶在上晚自习之前回到学校，继续学习，很少有人迟到。学校留给他们的时间很少，所以，他们会尽全力以最快的速度赶到家，背上后半周的馍，然后再尽快赶回学校，很多时候他们赶到家后根本来不及吃顿热乎饭菜，只能喝口水，手里掂上两个馍馍边吃着就又上路了。

那时候回家的路都是土路，车辙横竖、坑坑洼洼、沟沟坎坎，颠簸得厉害，要是赶上下雨天，泥泞不堪，摔倒是经常的事，摔倒了再起来，一身的泥水，顾不上仔细擦拭，谁也不笑话谁，继续赶路。依我自己的经验，在背馍的道路上，他们心中是不敢有什么所谓的远大的理想、崇高的目标、人生的信念，只是被父母充满了期盼的眼神支撑着，只是不敢亏待了父母被经年的烈日风雨侵蚀成粗糙紫红脸堂上流淌的汗水，只是不敢辜负父母不断在耳边近乎唠叨的叮咛，只是有一天敢“气强”（无愧于心）地直面父母那种包含了很多话语的眼神。他们走过的每一条路上都印满了坚实的脚窝。他们不仅仅背的是馍，那也许背的是几代人的期盼和指望。

背馍是时代的产物，也终将随着时代的进步而消失。可背馍背的是父母的血汗、背的是家庭的希望、背的是想要改变自己命运的坚强意志、背的是自己骨头里长出的倔强志气，这些将永远地融进我们的脉管里，伴着我们的生命周流全身。

冰棍儿

我相信与我生活在同一时代同一地域的朋友们，即便是忘记真正属于我们的节日——“六一”儿童节，也绝对不会忘记我们那个时代每年都肯定有的两个共同的假期——“忙假”。

所谓“忙假”，顾名思义就是帮助大人忙活的假期。一个是上半年的夏收“忙假”，主要是收割小麦，同时播种秋庄稼；另一个是秋收“忙假”，主要是收获玉米、各种豆类杂粮并播种冬小麦。

这两个“忙假”，从我们背上书包上学那天开始，一直持续到高中毕业，便以两种方式宣告结束，一种是考上大学或者更高一级的学校，进入大城市上学，就不需要再继续“忙假”了；一种是永远留在了土地上，虽然没有了“忙假”，但从此就注定长年累月地忙活在土地上，有相当一部分人在初中毕业时就以后一种方式结束了“忙假”，甚至更早。

每年五月底六月初，当黄灿灿的麦浪上翻滚闪耀着金色的阳光的时候，我们就心知肚明地知道，学校该放“忙假”了。关于“忙假”这件事，从我们的内心来说是矛盾的，既希望放，又希望不放，希望放是因为就可以暂时不用去学校上课了，相对自由了；希望不放，是因为放假后，家人一定会督促着我们下地干活，即便是不下地干活，也绝不可能让自己待在家里乘凉消闲。虽然如此矛盾，但学校的决定是不可能因为我们的幻想而改变的，因为“忙假”还有一项重要的活动——勤工俭学，我们是带着学业和劳动的双重任务度过“假期”的，并且每个同学必须完成。

大片成熟的小麦，在阳光的照耀下，亮得发白，风吹过来，“沙沙沙沙”地作响。太阳就像个大火盆一样从一大早就开始往川地塬坡上倾倒刺眼的火焰，炙烤着大地，空气好像汽油点燃一样，烘热、焦灼、憋闷。我们随同大人一起顶着这如火般炙烤的太阳，在地里干活。大人干割麦子、装卸搬运的重活，我们则干捡拾遗落的麦穗的轻活，但是太阳对每个人的炙烤是一样的，也许是老师和家长想让我们明白烈日下“下笨苦”是多么得不易、多么得“苦重”，能让我们早点明白“上学念书”是“天底下最轻省、最幸福的事”，再也不要像他们一样，经年累月地在土地上“黑水汗流”地干活了。

这样炎热焦灼的天气里，最好的慰藉就是给干涸的口腔、皮肤乃至内心以滋润和清凉。

卖冰棍儿的，也会趁着大热天，多卖几根，多赚点钱，便不辞辛劳不辞炎热地推着自行车，在田间地头吆喝，“冰——棍——儿——冰——棍——儿——”期望炎热干渴的人们买上一根冰棍，降降温，其实他们自己也因为炎热因为吆喝，全身汗如溪流，嗓子干如烟囱，但依然舍不得吃一根冰棍儿。没有几个大人舍得买一根冰棍儿滋润一下自己的嘴唇、口腔、咽喉、胃肠，尽管内心是多么渴望那一种一想就让人全身战栗的清凉能滋润一下焦灼的躯体。卖冰棍儿的嘶哑拖曳的吆喝声，像一只被太阳炙烤的蚂蚁一样，迅捷地钻进我的耳朵，爬进我的心里，并不停地一下一下地触挠着我内心的痒痒处，让人想挠又挠不着，难受异常。

于是，我便偷偷地一眼一眼地看着父母的反应，心中那种渴望，有点难以启齿又好像很难遏制，很难遏制又不得不遏制。就在我内心有点发狠地对卖冰棍儿的说“赶紧走远”的时候，总会有那么零星的几个人，愿意狠下心来买一根冰棍儿放在嘴里滋溜滋溜地吸吮，一张爬满了像黑色蚯蚓般的汗液、涂满泥土印迹的紫红脸膛上，露出用语言难以描述的惬意表情。

那种声音那种表情，对我来说简直就是一种勾魂摄魄或者近乎残忍的折磨，我会像一只狗一样仰着头，眼睛直勾勾地盯着那人的灵巧吮动的嘴唇和渐渐缩小的冰棍儿，就像盯着狗主人嘴里正在啃食着的一根肉骨头一样，并且时不时地舔一下自己的上下嘴唇、吞咽口腔里不由自主分泌出来的唾液，直到那人把那白玉般剔透的冰棍全部吮吸完毕，扔掉那根不长不短仍然湿润并好像依然透着甜味的竹棍，我才会像是从梦幻中醒来一样地回过神来。

我是在贪羡了几年别人吃冰棍的样子后，才吃到我记忆中的第一根冰棍儿的，那年我几岁我已经不记得了。但我很清楚地记得吃第一根冰棍儿时的情景。

依然是一个炎热的夏收时节，依然是在“忙假”期间，地里的麦子已经收割完毕，白花花的麦垛子围着打麦场堆了一圈，父亲看着像小山般的麦垛子，挂着汗珠的紫红脸堂上隐出一丝笑意。那天，日头正好，太阳放射出利箭般的白光，落在身上犹如芒刺缠身，地头上的那棵泡桐树无精打采地耷拉着叶子，知了在树叶深处挣破嗓子地嘶鸣，我玩耍似的和家人一起把收割回来的麦子摊开在麦场上晾晒，准备碾打。汗水在额头上汇聚成弯弯曲曲的小溪，顺着面颊流淌进眼睛，酸辣刺激，流进嘴里，苦涩咸酸，看着饱含颗粒的麦子，如同微风略过的海面带起的朵朵浪花般起伏在麦场上，父亲说了一声“今儿，一人一根冰棍儿”，我顿时就高兴得像被太阳炙烤沸腾了的水，欢蹦乱跳起来。

不多时，地头的那条因反复碾压而起满厚厚土灰的土路上，一辆后架上载着我熟悉贪羡的，白色油漆漆成的，内层外层都包裹着厚厚的白色棉褥的冰棍箱子，伴着卖冰棍人沙哑悠长的“冰——棍——儿——冰——棍——儿——”的吆喝声，缓缓地由远而近。当经过我家麦场头时，我看见冰棍箱子后面那两个用红漆写成的“冰棍”两个字，在正午骄阳的映照下鲜红醒目，如同燃烧的火焰一般通红通红的，但对于我来说，这两个看似火热的大字却透出无限的清凉。父亲边招手边对着卖冰棍儿的说："停一下，买几个冰棍。"卖冰棍儿的停下来，父亲从上身的被土灰和汗水浸渍成黑、灰、黄、白相互洇染的白色"的确良"衬衫的衣兜里，掏出了一毛五分钱，递到卖冰棍儿的手里，那一角纸币和一枚分币在父亲的大手里，有一种当时我说不清的分量和含义。

我看见那人轻轻地掀起盖着棉絮的冰棍儿箱盖子，箱子里立刻腾起一团白色的雾气，缭绕在箱子口处，散发出一种在我心里几乎能清凉整个世界的气息，我为此感到疑惑，但更多是兴奋。

当我从那人手中接过冰棍儿时，我的手指碰到那冰凉的包装纸就像触电般先是躲了一下，继而捏住那根四楞的镶嵌进冰棍里面的竹棍，几乎到了小心翼翼的程度，湿润冰凉的包装纸上有着寥寥几笔但非常漂亮的淡绿色图案，让冰棍儿通体透出更多的清凉来。屏住呼吸轻轻地剥下包装纸，清凉滋润的冰棍儿就整个儿呈现在我的眼前，迫不及待又很舍不得地将冰棍送到口边。当冰棍儿触到嘴唇的那一瞬间，我的全身禁不住地激灵了一下，似有一股强烈的电流漫过全身，轻轻深入口腔触碰舌尖，那凉丝丝甜滋滋的凉爽和滋润，通过舌尖、口腔、咽喉、食管、肠胃，沿着血管、神经抵达我全身的每一寸皮肤每一个细胞，好像这种凉爽不是凉爽了我一个人，而是我周围的世界都跟着平静下来了，这种滋润好像不是只滋润我一个人的口唇心肺，而是让我觉得整个世界都潮湿了。我只知道冬天的冰能把人的手脚冻得红肿疼痛，让人心生讨厌和畏惧，我从来没有体验过，夏天的冰能让人如此冷静、快意。那一刻，我觉得麦垛子是如此金黄，犹如黄花朵朵；那一刻，我觉得太阳不再炎热辛辣如芒刺，好像熟透的大白杏，脱去细细的绒毛透出让人愉悦的亮白；那一刻，我觉得地头上村庄里的树木的叶子绿得动人，像碧波荡漾的大海；那一刻，我觉得蝉声不再聒噪而是如此的美妙，犹如黄昏时分清风送来不远处树林里面的夜莺的歌声。

吃过第一根冰棍儿后，每当村子里地头上“冰——棍——儿——冰——棍——儿——”的悠扬并极具诱惑力的叫卖声响起时，我总是会观察身边干活的父母的表情。大多数时候，这种声音似乎跟没有传入他们的耳朵一样，就如同一枚小小的石子掉进浩瀚无边的海洋，引不起一丁点的回应来。我总会幻想父母其中的任何一个人会抬手叫住卖冰棍儿的，但我的这种幻想从一开始连同我自己也会给出一个否定的答案，这就如同期待屎壳郎变成美丽的蝴蝶那么不可能。

我渴望冰棍儿那袅着“白烟”的甜丝丝的透着清凉的气息，但我也隐约地感受到父母那种隐含着尴尬的内心作难。我无法抵抗炎热的夏天冰棍儿那种让人醉心的渗透着清凉的诱惑，但我也无法张开明知父母有点作难的“馋嘴”。在对一根冰棍儿的渴望中，我度过了一个又一个“忙假”，童年也就在这种美好的渴望中过去了。

我始终对冰棍儿抱着一种特别高远的遥望态度，那种距离我很远但又似乎能轻易地穿透我皮肤直达我心脏深处的清凉，让我趋之若鹜，又在大多数时候让我有意识地退避三舍。这种对一根冰棍儿的高远的遥望态度，一直保持到我读完中学。上大学后，古老的冰棍儿就慢慢被雪糕取代了，于是我就将这种高远遥望的态度的对象改成了雪糕。那份清凉依旧让我保持着以前对冰棍儿的那种向往。

近几年，不知什么原因，脾胃功能渐渐不好了，凉东西是进不得的，否则难受只有自己知道。于是，即便是在炎炎烈日下，冰棍儿、雪糕、冰激凌等几乎所有的冷饮冷食都与我无缘了。

但是，每当五月底六月初的夏收时节到来的时候，我依然会不由自主地怀念起记忆中，那根仍然能让整个世界瞬间清凉下来的白玉般剔透的冰棍儿。

上 坟

越冬的麦子在田野里开始返青的时候，家乡真正的春天就到了。紧接着，桃花、梨花、杏花、油菜花，还有路边以及庄稼地里的各种草花都开了，热闹异常。这个时候，我就会问母亲：什么时候上坟？母亲就眯着眼一笑，说：快咧！

家乡人管清明节给逝去的亲人或者列祖列宗扫墓叫上坟。意思很直白，就是带着祭奠用的食品物品到他们的坟上去，在心里戚戚然祭怀逝去的亲人，认真扫去蓬乱的杂草，再培上一捧今春的新土，是为上坟的仪式，表示怀念逝去的亲人了。

每到清明节这一天，父亲一定会带上我一起去上坟，因为这是男孩子的特权，女孩是绝对不允许上坟的，至于为什么，可能跟一些狭隘的传统习俗、观念有关。

我们家的坟地有好几个，并且不集中，彼此间相距好几里。小时候，我总是觉得上坟就是父亲把我带到一个平日里从来没有人去且很遥远的地方，这地方对我来说陌生但充满好奇。每一处坟地，要么在麦地里，要么在荒草滩里，甚至会在别人家的屋院后墙的外边，还有的就在一条尽是土灰的路边。到达一处地方，父亲总是寻寻觅觅，远观近看，端详一会，然后对我说，其实是对自己说：对，就是这儿，这是我的爷爷也就是你爷爷的爸也就是你太爷爷的坟。你太爷爷是咱们这里方圆几十里有名的“武秀才”，娶了四房老婆，练的一身的好功夫……可惜后来死在外面了，没能进村。

再到另一处坟地，父亲叹口气说：这是你爷爷的第二个妈的坟，你也叫太奶奶，那女的长得俊俏，但是心肠毒辣，你爷爷的亲妈因为难产死了，从此她就不让你爷爷进门了，是远近有名的“遥娘”（歹毒而心狠的后妈）。

我跟在父亲高大的身影后面，又走一程，父亲对着一块麦苗特别旺势的地方说：这是你爷爷的伯父的坟，虽然是你爷爷的伯父，其实他相当于你爷爷的爸，那人忠厚，跟你爷爷的婶娘一起把你爷爷养大的，好人哪，你看这坟地的麦子都长得比别处的旺势……父亲说的这些人都是我的“五服以内”的亲人，但我从未曾与他们谋过面，便觉得十分遥远而虚幻。所以，每每听到这些话我总是犯蒙。但他们的故事我很感兴趣，原因很简单：听起来都充满了传奇色彩。

我喜欢和父亲一起上坟，原因也很简单：可以听父亲对我讲关于他们的故事。我也很喜欢父亲在这些人的坟前，能把我当大人一样看待，用对大人讲话的口气对我讲话的那种感觉，好像我突然之间长大了似的。

清明时节的原野，麦苗返青后开始拔节，眼睛所到之处都是绿色的海洋，风吹在脸上痒痒的舒服，风儿掠过麦田，绿波就一浪一浪地荡向远方。五颜六色的草花赶集似的开了遍野，各种颜色的蝴蝶，大大小小，都在快乐地翩飞、嬉戏、跳舞，我自然乐得跟它们一起玩闹。

我喜欢走在麦苗能淹没我小腿的麦畦之间，柔嫩浓绿的麦苗叶子像一只只温柔的手指，抚弄我的腿，那是一种充满质感的欢欣，让人有一种说不出的美好情怀。每每这个时刻，我都会沉浸在一种快要醉了的感觉中。因为日常里，父母是绝对不允许我在麦苗拔节的时候趟麦田的，这个时候麦子被踩倒之后，就再也长不起来了，直接导致收成减少。农家人爱护庄稼就像爱护他们的眼睛一样，绝对不能受到半点莫名的毁损。

每给一位亲人上坟，父亲就会虔诚地把母亲提前做好的刺董面，还有炒好的菜，往焚过的纸钱灰里撒上一些，然后再在焚香的旁边倒上一杯白开水，就当是给“亲人”们献上了吃喝，表示他们的后人不会忘记他们，会按时给他们送生活的。而我看到的却是这些吃的喝的刚落地，蚂蚁苍蝇就趴在上面了，好像我们是来奉养它们的。最后，我学着父亲磕个头作个揖，就算完事了。

其实对我来说，最大的诱惑是躺在父亲臂弯上的篮子里面的那几个煮鸡蛋，一路上，我走的每一步都带着对它们的深深惦念，远远强过对那些亲人的祭怀。

那个年代的农村，家家户户还很不富裕，人们手里没什么现钱，鸡蛋就成了母亲们的“鸡屁股银行”了。小孩是不能经常吃到鸡蛋的，逢年过节、过生日，能吃到一个荷包蛋或者炒鸡蛋或者煮鸡蛋那简直就是最奢侈的美味了，心里美得能开出花。上坟吃鸡蛋是一种惯例，想着给先人长辈吃点好的，表示对先人长辈的敬重，其实，最后这些好吃的都是被上坟的后人给吃了，因此，我就特别惦记上坟。

走过许多的路，蹚过不少的麦畦，抓了不知多少只蝴蝶，终于磕完最后一个头，作完最后一个揖。父亲终于示意我跟他一起坐在麦田垄上，从篮子里拿出煮鸡蛋，往我手里一塞，说：吃吧，不能带回家（上坟的祭祀用品是不能再带回家的）。剥鸡蛋壳时，我的眼睛里和肚子里就好像立刻长出了长长的手——饥饿的手，直接从眼睛里从嘴里伸出来了，能把那渺小的鸡蛋一下子拉进肚子里。当鸡蛋白瓷般的蛋清露出来的时候，我觉得整个麦田的上空都笼罩着鸡蛋的浓香，我觉得身外灿烂的野花、绚丽的蝴蝶，都像是在突然之间就在我眼前消失了似的，看不见了，能吃上煮鸡蛋比抓一万只最漂亮的蝴蝶还要幸福得多。于是，我就问父亲：再几时又能上坟？父亲脸上的表情就变了，我就不再说话了。

大人们总是因为痛苦而记住某个时刻，而孩子却总是因为快乐而记住

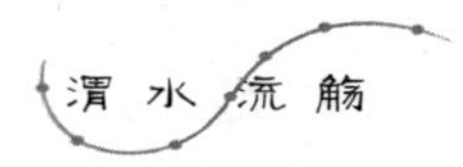

了某个时刻。

因此，我们每个人都应该过好每一天的日子，不要为已经永远不可能再回来的过去和仍将没有来临的未来，而自责、伤心、担忧。也不要为孩子的一切担忧甚多，在你伤心担忧的此刻，他们正无比开心地度过属于他们的美好时光。

直到我们家添了新坟（爷爷去世了）后，再去上坟时，我才知道上坟的路上心情是多么的不快、步履是多么的沉重。想着再也看不到爷爷了，想着好像还活在我们身边的爷爷，想想爷爷在世时的种种情景，喉头就会不自主地发哽，鼻根会不自主地酸涩，眼睛会不自主地模糊，这个时候我才突然想起多年前，爸爸领着我上坟时，途中的那种心情，于是，我便有点自我责备了：自己当初竟那么傻，一点都不理解父亲的痛楚。

不管我们有多么的不舍，一些亲人终会离开自己，终会只出现在我们的记忆里，思绪就立刻变得复杂无比。所以，我们要学会珍惜与亲人在一起的每一段时光。亲人们在世时，给他们你的爱，别吝啬。当亲人离开时，别太伤心，珍惜你的泪。

与此相对，亲人终将逝去，活着的人，依然会继续眼前的生活：柴米油盐酱醋茶，痴怨情恨贪嗔欲。我想起了一首诗：

南北山头多墓田，清明祭扫各纷然。
纸灰飞作白蝴蝶，泪血染成红杜鹃。
日落狐狸眠冢上，夜归儿女笑灯前。
人生有酒须当醉，一滴何曾到九泉。

这是宋代高翥写的一首《清明日对酒》，诗里把后人对先人的情感和心态，甚至世情和人情，描写得生动淋漓，通透明了。失去亲人的痛苦也许只会持续一个很短的时期。生活还是要持续向前的。后人始终生活在失去亲人的痛苦甚至追悔之中，我想那也不是逝去的先人愿意看到的。也没必要为一些必定要到来的事情而担忧甚至痛心疾首，或许，一切都是一个自然而已。

生活就像我们驾车前行，承装的痛苦太多，不免太过沉重，使得车轮深陷泥沼，举步维艰，永远无法抵达我们想要的终点；一路尽是快乐，那未免太轻飘，留不下任何印迹，当我们有一天停下脚步时，四顾茫茫，却无法找到来时的路，必然陷入迷惘之中。

这就是我们的生活，每个人都会经历。

一路明月

2017年12月5日18时50分，我登上了回家的列车，喉头被一种温热的不可名状的东西堵塞着，难以排解。列车在一阵急促的电铃声之后，便转动起轻快的轮子，一头钻进了茫茫夜色里，经过一夜的奔波，当黎明再一次来临之时，它将载着我到达一块已经多次到达过的古老而年轻的土地。

车厢内一阵寻找铺位安放行李的熙攘嘈杂的声音之后，旅客们各就其位，稍稍恢复了安静。搁好行李箱，我就随便坐在了一个走廊靠窗的位置上，呆愣地望着沿途如流星般掠过的万家灯火。

不多时，车窗外一轮状如圆盘的明月，就悄悄地从被夜色笼罩的辽远的天边升起，静静地挂在乌蓝纯净的天空上，如银如水般的月光肆意地流泻在车窗玻璃上。

放眼望去，无限辽阔的北方平原，在清澈的月光下向不知名的远方伸展，横横竖竖的梢林，在寒冷的夜风中相互扶持，抖动着掉光了叶子的枝干强打精神地站立着。远山绝不会辜负这样的夜色这样的月光，在遥远的地平线处画出一代柔美的曲线，涂上朦朦胧胧的黑色，起起伏伏，显得异常雄浑和神秘。列车车轮撞击铁轨的铿铿锵锵的声音把大地的梦轧得细碎。此刻，我并无睡意，依然独自坐在车窗边，一会望望月亮，一会望望大地，一会又任目光在暗黑的夜空中四处飘荡，过往的纷纷林林便在眼前飘飞，如同窗外被列车猛烈甩向后的模糊风景，似在手边却抓不住，心头徒留一抹淡淡的忧郁。

临行前一天，一大早我起床洗完脸，岳母就神神秘秘地把我叫到厨房说，“娃（我儿子）昨天晚上熄灯后，自己在被窝里哭了快半个小时。我问了半天为什么哭，娃始终没有回答，只是无声地抽泣流泪。”“眼泪搽湿了四张抽纸”。后来岳母问得急了，娃才哽哽咽咽地说：“爸爸要回老家，没人陪我玩了！”于是就伤心地哭了。“我解释了好一会儿，娃才不哭了，睡着了。”岳母皱着眉说。岳母把这种哭泣看成不坚强不独立的表现，看成是平时父母陪孩子太多，独立性锻炼得不够，给孩子的依赖感过强，才导致孩子有一种离开父母时，才表现出过度的失落感和孤独感。这固然是一种道理，可是，哪个人不愿意至亲至爱的人都陪伴着自己呢？大人也是如此啊！

与此同时，爱人也在我临行的前一天对我说：“今天我 24 小时值班，等我再回到家时，你已经走了，再见面就得一周后了。”话语中也是充满了牵挂与不舍。而在同一天，远在千里之外的老家的父亲打来电话问：“车票订好了没有？哪次车？几点发车？几点到咱们车站？行李多不多？要不要我去接你？”一连串的问题之后，我还没有来得及一一回答，父亲又追问一句：“你妈问你明天想吃啥饭？”语气里带着非常急切和期盼的情感，好像恨不得我马上就回到家里。同时面对多重的感情牵绊，倒让我无所适从，也让我内心温热而辛辣。

不管怎么说，这列车一头连着亲爱的妻儿一头连着可敬的父母，只有自己去穿越这一片苍茫的夜色。感谢窗外这一轮纯净柔美的明月伴我一路远行！

列车依然在铿铿锵锵地奔驰着，窗外夜色更加苍茫，万家灯火已经是星星点点的了，清冷孤寂的路灯独自照耀着不远不近的一片昏黄，那星状的光芒好像坚冰迸裂时放射状的裂痕，尖利而清冷。温暖憋闷的列车箱内，旅途困顿的人们昏昏欲睡，空气里混杂着各种食物的味道，鞋袜的味道，汗液发酵的味道，还有车厢尾部烟民们吞云吐雾后的残留烟味，沉闷窒息，难以成眠。

此刻车厢内已经熄灯了，一片黑暗中，只有几个未灭的手机屏幕散发着淡淡的白色光芒。也许此刻，他们正在做一种睡前的感情慰藉。“晚安，我的亲人！”这是我在心里替他们也是替自己说的一句安慰别人也安慰自己的话语。

12月6日7时，列车即将到达渭南车站。一夜的摇晃前行，睡眼蒙眬的旅客开始窸窸窣窣地收拾行装了，准备结束这趟美好的旅程。我用凉水抹了一把脸，整理了一下衣物，用手指梳理了一下头发，坐在车窗边，等待到站下车。

窗外依然是乌蓝纯净的天空，银盘般的月亮高高地悬挂在高大的塬坡顶上，旁边几颗亮晶晶的晨星眨着惺忪的睡眼。遥远的东方天际不知什么时候已经飞上了一抹黄红色的霞光，起起伏伏的北方大塬，在微明的晨光里显露出她结实而隆起的胸脯，承载着这里的一切，哺育着这里的一切。辽远深厚的关中平原坦荡荡地伸向柔美的远山，在我心中，深绿色的冬小麦应该覆盖着这片神奇亲切的土地。树木已经落光了叶子，枝枝杈杈舒展地擎立在乌蓝的天空下，间或几只空荡荡的鸟巢在空落落的树杈上，在微寒的晨风中，期待那远行的鸟儿再次归巢。远处青黛色的终南山被列车的远近移动时而拉近时而推远。

列车在晚点大约一小时后，缓缓地停靠在渭南站站台上。旅客们依次下车、出站。我的手机铃声随即响起，是父亲打来的，问：“你到哪里了？几点能到家？我去车站接你吧？”又是一串急切的询问，末了，再加一句，“你妈已经做好饭了，在家等你，你不要在外面吃饭咧！”这每一句既温暖又亲切的询问，像是在叮咛又像是在自问自答。我只能一次又一次地吞咽喉头，暂时压制住这一团温热的堵塞感，加快步伐。

微凉的晨风拂面吹来，让人清醒，深深吸一口这久违的清冽的空气，冬日蔚蓝深邃的天空没有一丝云彩，让人感觉无比快意。月亮依然挂在天空，只是光芒和颜色稍稍隐淡了。我知道，日月同悬是一种气象现象，但我宁愿感谢这一路的明月，感谢这日月的无缝交接，让我感受了温柔与贴心的同时，又用温暖和慰藉来迎接我。

带着儿子带有哭声和眼泪的不舍，带着妻子怅然若失的牵挂，带着父母殷切的期待，我踏上了这片熟悉的土地，沐浴着冬日金色的阳光，向那个“家”奔去。

哲人说：人是生而孤独的！人生的这次单向旅程，注定是孤独的，再多的风雨再多的泥泞，只能自己一肩去承接。但，当自己被爱牵挂和用爱牵挂时，就像这一夜孤单的旅程有一路的明月相伴时，这旅程便不再孤独，就像这黑夜有了明月的相伴，黑夜也就不再黑暗。

人生旅途，有这如水般清澈的月光始终围笼着自己，那么，一袭暖暖的热流，便会始终流淌鼓荡在自己爱意不息的脉管里！

生命里的声音

一个人如果跨越了生命的很大一段距离后，仍然有一种声音萦绕在耳边，甚至一听见这种声音，就如同狂涛巨澜在血脉里激荡撞击或者如同巨大的钟摆震荡叩击着自己的心房四壁的话，那么这种声音就是自己生命里的声音，这种声音就早已融进了自己的生命，和自己的生命节律完全合拍，不能分割。

秦腔，我说的秦腔不是流行于陕西关中道的陕西方言的那种口音或者腔调，而是广泛流行于陕西、甘肃、宁夏、青海、新疆的广阔地域里的一种古老的戏剧种类以及它独有的腔调。这些地域的特有的地理特征人文风貌产生出这种特有的，只有在这些地域里长期生活过的人们，才能体会才能明白它的深刻内涵的，以及对自己的性情、性格、外貌乃至人生有着深刻并深远的影响的腔调。

第一次听到秦腔那蕴含着无穷意味的声音，是在20世纪80年代的中期，我大概是六七岁或者七八岁的样子，记不太清了。

那个时期，尽管改革开放的春风已经夹带着温暖而舒适的讯息吹遍大江南北，但中国西部的大部分地区在那个特定的时期，还处在相当闭塞落后的状态之下，村村寨寨仍然残留着“生产队”的痕迹。

一个冬日的早饭后，我穿过那条大概只有四五尺宽的狭长巷道，走在上学的路上，途径被村里人叫作“大院子”的地方，其实是村子里在集体经济时期建造的“生产队”队部和饲养室（村子里集体饲养牛马骡子的地方），因为集体经济解散后无人看管而破败，部分坍塌。

“大院子”门口堆放着两个如同“窝窝头”形状的麦秸垛子，无风的天气里，冬日温暖的金色阳光铺铺洒洒地笼罩着村庄和大地。地里的庄稼在这阳光里懒洋洋地休眠着，地里已经没有了农活，人们饭后三三两两地簇拥在温暖的南墙根下或者由两面土墙所形成的犄角旮旯里，晒太阳取暖，打瞌睡消磨时间。村子里除过几声闲散无聊的狗叫声、骡马的嘶鸣声、老黄牛的长哞声之外，就是近乎死亡的阒静，但一切又都显得那么安详。

“大院子”门口的那个“窝窝头”形状的麦秸垛子的根部，一位身披着黑色布面的羊皮袢，衬里能看出来是已经穿过了很多年的、羊毛已经变得没有那么洁白，呈现出如同绵羊屁股后面那块被屎尿浸渍后的那种尿黄颜色，完全披盖住了他那因为尽量折叠压缩而显得更加瘦小的身体，更像被野火烧过后的遗留下来的一小截树木残根，黑黢黢地蹲在阳光里。两只手，枯瘦如鹰爪，一只捏着一根长度适中的烟袋锅，烟袋锅的杆上悬吊着一个黑色的烟布袋，鼓着不大不小的肚子；另一只手时而很娴熟地揩去清亮如水滴的鼻涕，时而在身上各处悠闲地挠痒痒，那干巴瘦小的面庞在大得与他自身极为不相称的黑棕色立绒棉帽子下，几乎可以忽略不计，只有那一双深陷而仍不失生命光彩的眼睛，在暖烘烘的阳光里让他的生命显得更加幽深和难以猜测。阳光使他的嘴里和鼻子里喷吐出的白色烟雾偶尔幻化出绚丽的色彩，淹没了他的脸庞和神情。但当他在一块半截砖上磕掉烟袋锅里面的烟灰，又用嘴使劲吹气使得烟杆眼爽利通畅后，灵巧而顺手地别在自己脖子后面的衣领里，清了一下有点带痰而显出沙哑的嗓子，从他那我现在已经记不清缺了几颗牙齿的口腔里、从他那弯曲的嗓子里、从他那扁平单薄但似乎又很宽阔雄厚的胸腔里发出了近乎苍凉而悲壮的一声吼，像晴天霹雳一样划破了寂静的村巷及村巷上空的空气。接着他继续努出全身的力气吼着我听不清也不懂得的腔调。我看见他那黑红粗糙如古槐枝干的脖颈上，在那松弛的皮肉下面，暴涨出两根粗而迂曲的筋脉，偾张的血液将他的脸膛涨成酱红色，似乎充满了抗争的力量或者压抑的悲愤……这样的一声吼用现在的话语说叫震撼了我，但在当时准确地说是吓到了我，使得我的整个身体为之颤抖了一下、后退了两步。这便是我对秦腔的第一次记忆。

在我工作之前的日子里，我无数次地在不同的场合下见到过不同层次的唱秦腔的人，听到过不同水准的秦腔。但说实话，这种腔调没有任何一次让我喜欢，相反每次都是讨厌甚至反感。在别人和我谈起秦腔或者说自己接触到秦腔时，我都是坚定地认为，我不喜欢它，更谈不上爱它，这种思想似乎固化在我的意识深处，不可改变。直到参加工作的十多年后，这种我一直固执地认为固化在我意识深处的东西被偶然的机会彻底颠覆了。那一刻，我才知道我是如此喜欢秦腔，这种声音就好像一直蛰伏在我生命的深处，只是一直没有被唤醒。现在它醒了。

这是 2016 年春日的一个中午，饭后，我想着春光正好，何不出去走动走动，舒展一下筋骨，晾晒一下心情，抖落一下沉积了一冬的沉霾。

太阳大把大把地漫天抛撒着碎金，亮亮闪闪的金黄，星星眨眨地犹如许多双明眸注视着自己，让人全身温热、舒适。空气中弥漫着泥土和花儿的芬芳，清香四溢。我独自一人信着步子来到单位旁边不远的一个公园。

这个不大的公园在这个寸土寸金的大都市里，无疑成了在周边居住和工作的人们的茶余饭后最为奢侈也最易获取的美好去处，犹如自家的后花园。就在我漫不经心地穿行在长满了花草树木的甬道间的时候，就在我近乎沉醉于花草树木的芳香中的时候，就在我被温暖的阳光照射得周身松软慵懒的时候，突然从公园的深处或者是从附近不知名的某一隅，不知名的声音飘进了耳朵，隐隐约约、词句不清，但就是那一缕一缕或长或短断断续续地飘进耳朵的声音，却每一缕都像是坚实有力的鼓槌敲击着我的耳膜，又像是一个个涛峰顺着我的血脉，周流遍我的全身，撞击着我的心房，使得我全身每一块肌肉为之悸颤，就在那不到一毫秒的瞬间里，我清楚地意识到我原来是那么地热爱它——秦腔。

循着弯弯曲曲的甬道，我找到了这声音的发生地，是公园里面的一个临水的亭台，古式建筑，雕梁画栋，飞檐兽脊，周围花草葱茏，幽静惬意。太阳斜斜地照进亭子里面，使得亭子里面的空间一半淹没在金色的太阳光里，另一半空间沉默在半暗的阴影里。七八个看上去年龄大概在六十岁以上的男女老者，衣服打扮土洋结合，不用考虑就知道，他们是乡下来的村里人，围拢在一起，分工明确，男士拉弦的拉弦、打板的打板、敲磬的敲磬、打梆子的打梆子，女士则面对着男士目视远方手开兰花脚踩着莲花碎步，嘴里发出近乎哭泣的腔调，一板一眼，似在控诉，似在埋怨，似在祈求，唱者沉浸听者动容；女士唱罢，男士登场，双眼圆睁，脖子上青筋暴起，脸色因为满腔的气力似乎将全身的血液都涌到了脸上而呈酱红色，双臂一震，双手颤抖，一股几乎可以掀翻天地的声音，从胸腔里沿着气道从口中喷涌而出，震撼四座，字字停顿、字字有力如同用榔头在木板上钉钉子，结实牢固，那一种气势，足可以让这个古式建筑的亭宇发生共鸣而抖动。我的耳道里面似乎被一股热热的胀胀的东西灌满，像是医生为了治疗耳疾而向患者耳道里面填充的药棉，既充实又贯通，既温热又凉爽，既枯槁又湿润，既不舒服又莫名得舒服……我猜想，或者说我确切地知道，这些人都是陕西人，都是为了帮儿女看孩子而不得不离开远在千里之外的那个家，来到这个一片陌生的城市，闲暇之时为了舒缓那一种浓稠的乡思，为了缓解对那一方黄土地的思念，便似有心灵感应地组合在一起，吼起了乡情浓厚的秦腔。

据考证秦腔起源于周朝的周人。周人来自远在几千里之外的“西域”——新疆、青海、甘肃、宁夏一带。想当初周人也是游牧或者半游牧的生活方式，骑在马背上，自由地驰骋于辽阔无垠的大草原上，他们在那里像云朵一样自由地生活、游荡。他们在心情高兴的时候或者在心情忧郁的时候，都会跨上马背或者站在草原的最高处面对着延绵的大山，面对着不知名的远方，把自己内心的那份情感用激越粗犷的音调吼出来，内心便会得到疏解和安宁。于是，他们有了自己的歌声。于是，这歌声就再也没有断绝过。

为了寻求更加稳定的生活，他们逐渐地从游牧文明向农耕文明过渡，他们失去了心爱的草原、失去了醉心的疆场，但他们的血管子里依然奔涌着骑士的精神。当西域的风跨越天山，跨越地球的屋脊，裹卷着黄土、沙子、砾石甚至石块，遮天蔽日，吞噬了大部分的牧场、农田，他们只能整体群族迁徙，为了寻找更为美好的生存生活的福地。于是，他们被苍劲的西风追赶着一路向东，来到了今天的陕西省宝鸡市岐山附近，开始了真正的农耕生活。

面对满眼的被风从西域携带来的扑扑黄土，面对包含着无数塬坡塄坎但依然被称为平原的土地，他们开始思念自己最初的故乡，思念那绿草延绵浩瀚如海的草原，思念那骑在上面如峰涛跌宕畅快淋漓的马背，思念那高耸入云白云自由飘荡的神山，于是，他们把坦荡如砥苗禾如茵的关中平原看成了他们储存在脑海里的草原，把南面的有着逶迤曲线的秦岭看成了他们灵魂里面的神山，把脚下的那些塬坡塄坎看成了一匹匹骏马。随即，他们扯开喉咙，把埋藏积淀在胸中的那份近似骏马狂奔的豪情，连同奔涌跌宕的血脉一起吼出——便成了秦腔。

这声音从那一刻开始，就沿着延绵的群山，沿着黄尘扑扑的道路，一直向西追溯，追溯到自己曾经的牧场——现在已经是戈壁滩了的故乡。这声音从那一刻开始，便一直把白似棉花的云朵当成了自己的梦之帆，高高地飘荡在这片大地之上，悠悠地飘荡在笼罩着这片土地的天空之上，两千多年来从未离开。这一片重新在秦岭与黄河之间，这个特定的地域里扎了根基的、俯首依然可以听到从那遥远广阔的西域传来的如同大河奔涌的马蹄声的黄土地，承载着这透着血性的声音，被生息在这片土地之上的酱红脸膛的人们传唱千年，并将一直传唱下去。

我一次一次地回忆回味发生在我生命里的那第一声吼唱。我泪眼模糊，我心旌猎猎。由此，我又不由自主地翻阅了我以往的记忆之页，我看到记忆之页上清晰地记录着自那日之后的诸多场景，譬如，在夏夜没有月亮的夜晚，当凉风从我家门前周边收获过庄稼而显得空旷的田野上轻轻飘来的时候，结束了一天繁重的田间劳作后的人们，便聚在满天的星斗下，坐在堆放着无数在黑色的天幕下，坐在像孩子们看过的童话世界里的大大小小的蘑菇般的麦垛子的麦场上，尽管彼此距离近在咫尺，尽管借着淡淡的天光，在彼此的眼里对方依然只是黑乎乎的轮廓，但那从他们口腔里面发出的那一声声铿锵有力的秦腔的豪壮的吼声，却包含了对生活的深深理解，彼此鼓励，彼此感动，彼此钦佩。再譬如，亲人亡故后，按照我们当地的风俗习惯，在灵堂前，请上一圈由农人自行组织起来的秦腔戏班子，唱几折老人生前喜爱的秦腔戏曲，算是对老人一种最为特别的追悼，我们那个地方称其为“玄黄”，带有一种灵魂相送、灵魂追忆、灵魂安慰、灵魂治疗的意思。既希望逝去的亲人在另一个世界里身体和灵魂能够得到妥当的安放，又希望逝去的亲人不要忘记阳世间还有一个自己随时可以回来的家，以及无时不在挂念他（她）的亲人。一方面，秦腔的仪式感很强，舞台之上，从脸谱装束到服饰佩挂、从唱腔到动作完全可以和国粹京剧媲美；另一方面，又可以不择场地不择地域，田间地头、村头巷尾随处都可吼唱；不分人群，上到达官贵人，下到村夫市井，都可以随意沉浸随意陶醉。

可以想象，在辽阔广袤的塬脊上，当血红的夕阳在天地间涂上最后一抹如火的余晖时，遥远的天地连接处在那一瞬间便着了火，就在这火焰里，一个赤背的农人，吆喝着那头陪伴他耕作劳苦过多年的老耕牛，鞭子在天地交接处画出一个又一个优美的弧线，发出一声又一声尖利浑圆的声响，孤独而苍凉，悲壮而坚强。这即将被远山吞没的夕阳把他们的影子拖得老长，似乎与这里的整个塬脊整个黄土地融为一体，此刻，他心中那种对自己遥远的祖先，对自己眼前真实的生活，对未来近乎模糊的把握，在一刹那间就激活了他心中那份浓厚得如同这如血的夕阳化也化不开的无限情感，激活了天上的星宿，激活了大地的魂魄，黑夜即将吞没他们，但吞没不了他们仍然燃烧着的生命，他扯开了嗓子吼出源自自己生命深处的大爱、大恨、大悲、大慈。那一声横贯胸腔、穿透云霄、震颤大地的声音，就这样一代一代一辈一辈地延续了下来。

我现今已在这纷纷扰扰的大城市里生活十多年了。就在那个春天的午后，当我再次听到这种声音的时候，我彻底地知道了，我是多么热爱它，它就是我生命深处的声音。这种声音在这凌乱闷躁的大城市里，如同是夏日流淌在血液里的一泓清冽的泉水，让我的生命从那一瞬间开始变得澄澈清明沉静。

每个人都有自己生命的声音，也许它一直在沉睡，但它迟早会苏醒，也许就在一个不经意的瞬间。

黄 儿

黄儿活着的时候，我喜欢它，但并没有觉得对它有什么特别不能割舍的感情；等它死了，我却伤心了，原来我是很在意它的。感情是个奇奇怪怪的东西，很多时候，我们似乎认为并不大在意一件事情或者一个人或者物，觉得可有可无，存在或者不存在都不会影响自己的生活，及至失去了，才觉得他曾经进入过自己的生命。黄儿之于我就是这样的。

黄儿一双特别机灵有神的眼睛，灵活地转动着，注视着周围的一切事物，时刻保持着警惕；高高树起的耳朵弯成槽形，保持着远远超过九十度的转动范围，像雷达一样不停地来回转动、扫描，可以收集远远近近的各种声响；黑黝黝的鼻子尖上一年四季保持着呼吸时留下的小水滴，湿湿润润的，闻香的闻臭的，也闻自己的尿尿；一身黄色的皮毛，紧贴着皮肤，油光油光的，在太阳下越发显得有光泽。它的名字也就是因为这一身光溜溜的黄毛而得的。它没有嫌弃这个名字的简单朴拙，反而表现得挺乐意，家人一叫它黄儿，它就欢快地跑到家人面前，冲着家人“汪汪汪”地答话，家人一句它一句。

黄儿，是我家养的一只狗，它来到我们家时，是一只差不多只有一拃长的小狗仔，全身褐黄色的毛细细的密密的软软的，不管是手摸上去还是抱在怀里还是蹭在脸上，都特别柔软舒服，透着淡淡的温热，走起路来，摇摇晃晃的，像一个滚动的小绒球。我特别喜欢跟它玩，逗弄它，它会友好地舔舐我身上的任何一处皮肤，痒痒得舒服。它也会将我的一根手指头含在嘴里不停地吸吮，看起来津津有味的样子，估计是把我的手指当成它妈妈的奶头了。我在前边慢跑着，它就在后面疯狂而欢快地追赶着，像毛毛虫在蛄蛹，一起一伏，遇到不平的路，它会趔趄地翻跟头，嘴里发出哼哼唧唧的声音，大概是有点嗔怪地说：我都跌跤了，你还不慢点跑，我追不上你呀！我吃饭的时候，它就会吃饭，因为我把它当成我的朋友，我会把我的饭分给它吃，我吃一口它吃一口，我们还不断地互相说话，它的眼睛就贪婪而深情地看着我，小小的尾巴就轻轻地摇啊摇，可爱至极。

它一天天地长大，我也一天天地长大，但它比我长得快，所以它很快就长大了，就没有小时候那么可爱了。它的作用也就从我的近似玩物的小伙伴变成了看门守户了。它也就被拴到了后院，脖子上套一个黑色橡胶项圈深深地埋在它那浓密的毛发里，地上楔一根铁橛子，系着一条长长的铁链子，走动起来，铁链子哗啦哗啦地响，像是犯人，可它没犯法。不管是人还是其他动物或者它能听到的其他异常的响动，就一阵“汪汪汪……汪汪汪……”地给家人打招呼，家人就知道来人了或者有其他情况，就出门迎接或者查看了。

它有时候嘴里会不停地发出一种怪异的声音，像是人生气时发出的那种愤怒声，还不停地用两个前爪子抓后院的门板，发出“哧啦哧啦”的声响。我估计是它被孤孤单单地拴在后院门外，烦了，寂寞了。于是，我开门向它走去，它就眼巴巴地看着我，转一个身，再转一个身，渴望我“解放”它。我能明白它的心，也心疼它，替它松开铁链子，它就高兴地围着我又跑又跳，还把两个前爪子趴在我身上，伸出长长的舌头，像亲吻似的要舔舐我的脸，我知道它是在对我友好地表示感谢，我说：“你去，跑一会吧！”它就放开腿，有点“人来疯儿”地撒欢儿去了，在屋院门前门后角角落落跑一个遍。但没有我的允许，它是绝对不会跑远的。

它很聪明，能听懂家人的话。家人下地干活的时候，门口晾晒着些粮食之类的东西，临走时给它喂点吃的，说：“你就卧在门口，看门着！”它就很听话地卧在家门口，抬着头，向周围不停地巡视似的张望着，一遍又一遍。家人收工一走到村口它就知道了，站在门口不停地转着圈但并不走开半步，嘴里“汪汪汪……”地表示迎接，眼睛却不离开村口的方向。

家人有时候也会带它一起下地。它就一路小跑地在前面领着路，跑过一段路，就停下来，扭过头张望家人，嘴里“汪汪汪……”地朝着家人说话，好像在问：“是去塬坡那块苞谷地吗？”家人向着自家田地的方向一摆手，它就明白了，又是一阵小跑，中间会时不时停下来在路边的杂草丛里尿尿。回家时就不用再向家人请示路线了，它就循着自己尿尿标记的线路一路疯跑着回家，站在家门口等着家人。

当然，它大多数时候是被那根他讨厌的铁链子拴在后院门外的，但它并不怎么反抗，也许它明白狗的职业或命运就是这样的。家人每天也会放开它一会，让它自由地奔跑一会保持狗本身所具有的野性。它估摸着我放学了，也许它能听到远处传来的下课铃声，或者它能嗅到我的味道越来越近，它就在村口等我回家，远远望见我的时候，我一招手，它就风也似的跑到我跟前，绕着我转圈，身子在我身上来回地蹭，尾巴卷曲成“？”号形状，欢实地摇摆着，我会蹲下来抚摸它的头，它的头就势扶在我的脖颈肩膀上，来个热情地拥抱，然后我顺势用手顺一顺它光洁的皮毛，说一声“咱回家”，我们两个就一路纠缠着回家了。

就这样，它一直陪伴着我上完中学，上了大学。我考上大学要离开家的时候，它陪着父母一直把我送到车站，它的眼神中始终充满着依恋，我知道它舍不得我离开。

当我乘坐的汽车开动后，它疯狂地跟着汽车追出去了好远一段路，不停地“汪汪汪……汪汪汪……”疯叫，我头爬出窗口跟它说：“回去！回去！别追了！”它不听我说，仍是疯了似的追着叫着，直到汽车越来越快，把它甩得很远，最后在彼此的视线里消失。

当我放寒暑假回家的时候，一踏上门前的那条窄细的土路时，它就会在路的另一头等我。只要彼此出现在视线里面，它就欢蹦乱跳地似乎又带点久别的羞涩感，朝着我跑过来，眼睛里充满了期待，想看我又不敢直盯盯地看我，嘴里间断地发出怪模怪样的声音，似乎在抱怨又是在嗔怪："这么长时间了，你也不问候我一声？嗯——唧——"我明白它太想我了。我们会像老朋友一样拥抱，我们会你拍我的肩我拍你的背亲密无间地相跟着回家。

大三那年暑假回家，当我再一次踏上门前那条土路上时，走了一段后我看见了父母在路头等着我，但我没有看见它，心里就有点怪怪地想，"达！妈！你咋不把狗放开哩？"父母接我进了家门，母亲给我倒水洗手洗脸，父亲说："咱吃饭！"可我没听见老朋友的打招呼声，就径直去了后院，没有看见黄儿，一条空落落的铁链子扔在土墙根儿下。我正要扭头问父亲，父亲却在我身后抢先说："黄儿，死了！"听父亲说：它是在屋里疯跑了几圈后，一头撞在厅房下的大瓷瓮上死的，鼻子嘴里都是血，抽搐了几下就不动了，村里人都说它是"得了狂犬病了"。父亲还说：我知道你爱它，就把它埋在门口果园里最大的那棵苹果树下了，以后你吃苹果的时候就会想起它的，苹果树不死，它就不死。一大颗泪珠就在我的眼睛里打转儿，最后滴落在我的脸颊上，慢慢流淌进嘴角，苦苦的涩涩的。

后来，家里又养过两条狗，一条黑的叫"黑子"，另一条也是黑的叫"黑儿"，虽然毛色都很好，但家人觉得都不如"黄儿"那么聪明伶俐，所以仅有看门守户的作用了。再后来，我就大学毕业了，来到北京工作了，距离家乡更远了，也越来越少地踏上门前那条窄细的土路了。再后来，那条土路也被水泥路取代了，可黄儿却经常出现在我的梦境里，它还是那么欢蹦乱跳地顺着门前那条窄细的土路向我跑来，但我拥抱不住它，泪水就浸湿了我的枕巾……

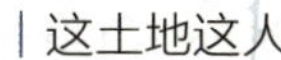

那时风雨那时夜

在城市待久了，就烦了，烦得莫名其妙，烦得说不出理由，眼睛里竟是陌生，心里空落落的，手脚无处安放，心就更无处安放了。

太阳一落下去，城市就到处都是光都是亮，到处都是车流都是人海，但是都很陌生都跟自己无关，各自有各自的方向，各自有各自的归途。而你在想，此刻他们是否也与你一样，心无安处？

你看那路边的每棵树，郁郁葱葱的，但每一棵都显得那么突兀，那么陌生，你不知道它从哪里来，也许在不确定的某个时候又被挪移到它自己也不知道的地方去了。树如果有思想，它会想些什么呢？也许，那棵树真的有思想，它思念广阔肥沃、风儿自由吹拂的原野，只是你们猜不透它的心思罢了。于是，你就又开始惦念起家乡了。

在你生长的那片黄土地上，小麦在萧瑟的秋风吹起前，就已被播种进刚刚收获过的土地里，土地默默地承载着、孕育着，没有喘息没有沉吟，从不需要休息。

你很熟悉地知道，麦苗在厚厚的雪被下面沉睡的样子。你能清楚地想象出，它们在三月明媚温暖的春光里，是如何睁开惺忪的眼睛，如何蓬勃出一片一片绿色的生机，只要你的听力没有问题，你肯定能听到它们在生机盎然的原野上拔节的声音，那就是一场盛大的生命交响乐。你也很熟悉它们在繁星满天的夜晚抽穗、扬花、灌浆时和着各种虫鸣，制造出的那种让人醉心的幽幽的香气和静谧。当然，它们是怎样由墨绿变成黄绿，最后完全变成金黄，阳光荡漾在纤细笔直的麦芒上，如同流动的金子在漫淌，那萦绕整个村庄的悠悠麦香，这些你都很熟悉很确定，你不需要猜测，不需要推断，更不需要苦思冥想，这一切都是自然的存在，就像自己熟悉自己的双手一样。

这里的雨你也很熟悉，春天雨丝细而柔软像牛毛一样，柔柔的、斜斜的，织得很密，像小时候穿过很多次洗过很多次的“的确凉”衬衣，凉凉地软软地贴在身上，钻进心里，它可以淋湿衣衫，但那不叫淋湿叫“润”，一润一润地柔，一润一润地绵，万物都在它的“润”的抚慰之下，没有焦躁，只有安宁。

夏天，那耀眼的闪电，像盛开的焰火开放在巨大幽暗的天穹里，从遥远的山那边传来“轰隆隆——轰隆隆——”的声音，震撼内心，顷刻，带有生命力度的如同鼓槌一样的雨滴，击打在如同鼓面一样广阔辽远的土地上，往远处望，雨帘就会如万箭般垂直击落在干渴焦躁的土地上，刹那间，面前就会泛起一层白白的雨雾，夹带着很熟悉的泥土、青草的腥甜味道，夹带着土地因焦渴而大口吸吮甜美的雨水时发出的“吡吡”声，迎面扑来。你能做的最好动作就是闭上眼睛，伸长你所有的神经末梢，你会感受到那种气势恢宏的气浪，在茫茫天地间翻滚，很震撼，很畅快，很舒展，你已经历经过无数次了，很熟悉，这雨叫“白雨”。

你知道为什么叫“白雨”吗？因为它来得迅疾就像平白无故地从天上生出来一样，瞬间让地面让天地间变成白茫茫的一片。

秋天的雨，当然你也很熟悉，那就像妈妈的唠叨，缠绵柔软，始终萦绕在你的耳边，伴你入梦。梦醒了，雨还在不停地下，有时候让你感觉有点厌烦，但大多数时候还是很滋润很受用的，沐浴着它，你会感到无尽的舒适和幸福。

这里的雨滴在那些低矮房屋的黛瓦上，印出一枚一枚几近墨色的梅花，越来越密，越来越浓，最后汇聚成了一绺清澈的溪流，从长满瓦松的屋檐上滴落下来，先是连续的，如一条条会唱歌的白色瀑布挂在那里，在落地的那一瞬间，合奏成一首天籁般的音乐。

后来雨停了，雨滴挂在屋檐上，就成了一嘟儿一嘟儿的，晶莹得似冬天清凉的冰凌，间间断断地滴落，先快后慢，不像是滴答在地上，却像是一涟一涟地碎在自己的心上，发出“啾儿——啾儿——”的声音。再看屋檐下的地上，整齐的一排依然带着波纹涟漪的小泥沙窝窝，清澈得如一汪一汪的清潭，像自己依旧泛着微微的清清的波澜的童年的记忆，偶尔会有一个两个调皮的小甲虫在里面游泳，荡呀荡的，仔细观察会发现它们的脚手有点慌乱，你想可能是在寻找妈妈或者在觅食的路上迷失了方向，不小心掉落进这深潭里，于是，你顺手从旁边地上捡起一枚枯败的叶柄，将它们一个一个地营救上来，看着它们先是噤若寒蝉地迟疑一下，然后快速地向着墙根远去的小小身影，你似乎觉得它们就是你自己，总希望回到自己熟悉的一隅，即便没有风和日丽，即便那里没有碧海清泉，但是自己不会那么慌乱不会那么手脚无措，心里是踏实的。

这里的风你也很熟悉，风起时，夹杂着黄土、沙粒、枯枝败叶、麦秸柴草，天地间一片昏暗好像混沌未开之时，村庄和原野都变得朦朦胧胧模模糊糊。风一旋儿一旋儿地像柱子一样立在天地之间，人们佝偻着身体狠勾着头颅顶着风，就像顶着一面快要倒塌的墙，不敢松劲，一松劲好像自己就要被淹没一样，满嘴的沙子，碜得牙疼，眼睛睁不开，只能凭着记忆走路，但走不错，人们把这样的风叫“黄风”。

小时候，冬未尽春将至的时节，“黄风”就像从不远处的山头上的树林里长出来的一样，骤然间就有了，并且会连着刮上好几天，好像远处的山沟沟就是风的“聚宝盆”，无论怎么刮也不刮不完。人们大多数缩居在家里，就那么静静地听着风声，看着天井的颜色，好像时间停止了，只有风在动。

但突然一天，风停了，停得很奇妙，停得很干净，带着哨子的“黄风”骤然间就消失了，无影无踪，你就开始呆想，这风到底是从哪里来的又到哪里去了，往往是没有答案，你就开始怀疑自己以前的想法的真实性了。你只看见天地间一片爽朗，蓝莹莹的天空没有一丝云彩，明净得一如没有一丝波纹的湖水。原野还是原先那么辽远，太阳依旧铺照上去，让你内心产生出许多够不着摸不透的想法来，两个词可以形容那种感觉：通透、舒展。

那时候的夜晚你也很熟悉，有时候天空挂着一轮或圆或缺的月亮，有时候天空却空荡荡的，连星星也没有，空得让人害怕。没有月亮的夜晚，夜黑得就像探不到底的深渊，你觉得它很黑很坚硬，黑硬得就像一块乌铁，摸上去冰冰凉凉的，有点钻心，有点瘆人，你有点胆怯了，有点恐惧了，但当你迈步走进去，它却可以为你让路，但同时会像水一样立即紧紧地围拢过来，贴着你的皮肤将你千层万层地包裹起来，它就那样密密地裹缠着，像是不透风的布捂住了鼻子，让你喘不过气来。

于是，人们学会了在黑夜之中的交流、问路的方式——咳嗽，对，就是咳嗽。通过“吭，吭，吭”的咳嗽声，你就可以向对面打招呼，对面也可以向你打招呼，你很可能通过这样的咳嗽声，知道对面是谁，身份、辈分，问候、探寻就都通过这简单的咳嗽声了解透彻了。

那时候父亲总是对你说：“夜气太重，伤人，晚上就别出去了！”但父亲却总是在夜幕降临“下工”以后，披裹着这样的密不透风的夜色蹚着这样的夜气“串门子要账”的，再蹚着这样流动着的黑漆漆的如同潮水的夜气回到家里。

你要问我“夜气”是啥？那我告诉你，“夜气”就是一种只有你经历过那样的夜晚，只有你曾经行走在那样的夜晚之中，你才能真切地感受到它，那是一种流动的强大的磁场，你能感觉到它涡漩着你、纠缠你，但你很难摆脱它。它也好像你自己的影子，只要那个莫名的光源在哪里，你却无从知道，你就算是竭尽全力也摆脱不掉它，它是流动的，如同洪涛巨浪，一会将你推上浪尖一会又将你跌入涛谷，时时刻刻激荡你的内心、敲击你的灵魂，让你惊心动魄，又像是凝重浓稠的胶体，你一旦被吸进去，你就很恐惧如同面对死亡，憋闷得透不过气来，它也像你想象中的“席梦思”床，把自己软绵绵地拥进一个窝里，舒舒服服地踏实自在，它也有温度，有时冰凉瘆人有时温暖如春，取决你自己内心的温度，它也有味道，有时苦涩有时润甜，取决于你的精神味蕾。

那时候，你总是对父亲充满了敬佩，那么黑的夜晚，他敢独自一个人在黑咕隆咚的村巷里走村串户，打响预先在心里指定的门环，也敢穿行在田间曲曲折折的小路上，那什么也看不见的黑色田野里，似乎隐藏着许多面目狰狞的妖魔鬼怪。你甚至不止一次地想象，父亲大摇大摆无所畏惧地，走过这样的黑色时的从容神态，并且他还不会迷路，会准确地回到自己的家。长大后，你才知道，那是一种生活的责任强壮出来的胆量。

没有月亮的夜晚，星星就像一枚枚银钉一样，钉在那块黑漆刷成的巨大门板上，闪着幽幽的光，但更像银色的灯盏一样，一盏一盏地亮在那里，低的好像伸手就可以摘到，高远的自己都不敢想它们到底有多高远，给黑得透不过气的夜晚平添了一点捉摸不透的意境和神秘。

那时的夜很黑，但有月亮的夜晚，天地间却银辉荡漾，一片银亮的白。特别是秋天，天空显得特别高远，几片白云悠闲地飘荡在空中，就像收种完毕的农人悠闲地游荡在熟悉的小路上，瞭望着广阔辽远的田野，从内心深处发出那一声声带有为了舒缓疲劳的叹息，就像休耕的牛在厩里用尾巴左右扇打着牛虻，就像马一前一后摆动着耳朵眨着眼睛，蹄子轻轻地刨着圈里的土，不时地喷个响鼻，就像远处传来几声不紧不慢的狗吠声，恹恹

的，并不突兀，整个村庄都被那月光笼罩在祥和的氛围里面。

有一年，在一个碧空四垂的日子里，时令已经到了深秋。风吹过来凉凉的，当西边的大山吞没了最后一片挂在天际的火烧云时，一轮大如银盘的月亮像鼓满风的船一样，遨游在浩瀚如海的乌蓝蓝的天空里，旁边有几片犹如海鸥般轻盈飞翔的云彩或前或后地萦绕追随着。

父亲母亲还没有回到家，妹妹看天黑了便哭喊着要妈妈，怎么也哄不好。你便抱着妹妹坐在门口的门墩石上，嘴里哼着不成调的曲调，边哄着妹妹边等待父母回家，等了不知道多久，父母仍是没有回来，妹妹已经哭累了，躺在你的怀里枕着你的胳膊睡着了，时间久了你的胳膊腿都有点发麻，但你不敢动弹怕摇醒了妹妹又是一阵哭泣，如水的月光照在妹妹的脸上，你可以清晰地看见妹妹脸上沾了灰土的弯弯曲曲的泪痕，有几丝头发散乱地粘在妹妹的脸蛋上、嘴角边。不知过了多久，父母回来了，蹚着银亮的月光回来了，拿着沾着新鲜泥土的铁锨耙子回来了。

那一刻，你并没有看见父母满身的土灰泥痕，只是委屈地哭了，眼泪顺着脸颊无声地往下流，凉凉的，母亲从你的怀里接过妹妹，摩挲了一下你的头发，嗔怒地说：“我和你达（爸爸）浇地去了，麦子不浇明年吃啥呀？！水泵的水太小流得太慢，就回家迟了。你都长大了！以后我跟你达晚上干活回来晚了，你就带着你妹先睡，月亮多亮（母亲用手指指了一下天空的月亮），屋子里肯定亮堂堂的，不用害怕……”你带着哭腔地“嗯”了一声跟在父母后面回家睡觉了。

你根本不可能相信月光能代替父母成为一种陪伴。那一夜你梦见漫天的星斗聚成了一条巨大无边的河流，银涛粼粼，你突然长大了，父母亲和妹妹坐在一条大船里面，你摇着橹，载着他们向无尽的远处荡去……

你小的时候，村里许多人家是在月光下干活的，犁地、耙地、耱地、播种、收获，那月光清澈得如同从天空流泻下来的透明的水银一样，落在刚刚犁过的泛着泥土馨香的土地上就成了河，但并不流走，人不是走在地面上而是蹚在银色的河流里，自己的影子、牛的影子伴着悠扬的吆喝声在那无边的河流里，波光粼粼、晃晃荡荡，一漾一漾的。

秋已至，天未凉，劳作一天的人们闲适地坐在门前的空地上，月亮在上，巨大的槐树的婆娑枝叶给人们撒上一身的银钱，蒲扇轻摇，细语喃喃，相互间叙说生活的冷冷暖暖、辛辛酸酸、坎坎坷坷，当然也有内心些许的幸福和慰藉。

母亲们就在这样的月光下，边乘凉边纳鞋底，绳子拉得“哧啦——哧啦”响，纳一针便将针尖顺着鬓角的发迹“披”一下再纳下一针，动作重复但不单调倒像是节律优美的音乐。一群孩子，蹚着月光，做着重复但永远充满乐趣的游戏，或者听着老人讲关于遥远年代的故事，脑海里充满了色彩斑斓的想象，数着满天绚丽如万花筒一样的星斗，伴着一片虫鸣进入梦乡。

那样的夜晚是可以和雨联系起来的。下雨的夜晚特别静谧，虫鸣声隐匿进深深的洞穴里，狗叫声也在深邃的村巷里面消失了，檐前的滴雨声衬托出来的夜，净得像一片没有一丝风浪的湖水，平展展地铺在你面前，那种静是震慑心灵的。

躺在结实的土炕上，你能听见自己的心跳声，你能听见自己的呼吸声，你甚至能听见自己那莫名其妙的心思从骨缝里长出来的声音……你很清楚地知道那一绺一绺的细水丝线，最后汇聚成了大大小小、弯弯曲曲的溪流，在村巷里、在田间的土路上、在干涸的原野深处任意漫流。于是，你就开始感叹，感叹这样的雨和这样的夜，同时脑海里生出些许曼妙的音乐、些许抽象而绚丽的图画来。

这样的夜里，你就完全忘记了曾经的恐惧，忘记了曾经的手脚无措。你一门心思地伸长耳朵、伸长属于灵魂自己的触觉，你想感知每一滴雨的形状，每一滴雨滴在地上碎成一朵花儿，开进你自己身体深处的那片田野。每个这样的夜晚，你都是枕着浸透了老墙泥土的特殊香味的落雨声入梦的。

当然，雨和月光不会同时出现在同一片天空上，这是相悖的自然现象，但是，你仍愿意这样想象。

你看见如银的清辉洒满整个天空，夜因此不黑暗了，而是多了许多你还不太清楚的被叫作“浪漫”的东西。雨，是那种细而柔的、一小滴一小滴的，月光渗进每一滴雨，于是雨就不再是雨了，而是一枚一枚闪着银色光亮的珍珠，纷纷地、斜斜地从不猜不出的天宇里往下滴落，当然那不能再叫滴落了，准确地说应该叫飘飞，对，就是飘飞，满天满眼都是飘飞的珍珠，都是晶莹的珍珠，还有那丝丝缕缕的月光，此刻就像白银幻化成的丝线，将这漫天的珍珠一股脑儿地串起，一缕一缕地都流进了你的眼睛里，从你的瞳仁里能清楚地看到这童话般的场景。其实，那就是你的内心，那就是你的情感，当然包括爱。

你的童年就笼罩在这样的月光之中的，在漆黑的夜晚，在父母亲不在的夜晚，有月光一直陪伴着你，你能感觉到月光的温度，你能嗅到月光的味道，你能触摸到月光的质感。你在月光下写过字、看过书，月光温柔得像某位自己喜欢的老师的目光。你的童年也一直有着那样黑漆漆的夜，夜很黑，黑得深邃，但是你熟悉它，它包含着你熟悉的虫鸣声、包含着你熟悉的狗叫声、包含着你熟悉的人们的咳嗽声，包含着你熟悉的门缝里透出的那一缕隐约的灯盏光亮。

城市的月光混混沌沌的，照不出清亮的世界，让原本清楚的东西失去了界限，混成一团、揉成一片，分不出谁是谁；城市的月光没有温度，它的温度被路灯取代了，但人们又漠视路灯。城市的夜晚是路灯守护的，人们甚至已经忘记了月光的存在，人们从不抬头看路灯，更何况月光。

那时的夜色虽然漆黑，伸手不见五指，甚至辨不出方向，但是那样的夜色黑得不虚空、黑得踏实。那样的夜晚有清脆的虫鸣声、有熟悉的狗叫声、有人们的酣睡声告诉你身处何地，充实着那样的夜晚。你也许曾经害怕过那样的夜晚，但是经历过之后，你会长大，长大了就喜欢上了它。

在城市生活十多年了，你依旧喜欢那时的月光那时的夜。那种清澈、那种踏实，让你醉心。

时光的声音

如果把人生比作一篇随时就能收尾的文章的话，那么，时光就是这篇文章里面的标点符号。大多数时候是逗号，间或点缀以句号，甚至还会有犹如一串脚印的省略号，但这些仅仅表示生活暂时地停顿，一切都会继续向前。当然，更会有问号、惊叹号，甚至有问号与惊叹号双重标注的时候，这样才会使整篇文章读起来产生足够跌宕的回声。

宏村，美丽的流年

清晨，一缕乳白里透着蛋黄色的光线从古朴典雅的窗棂上温柔而羞怯地落在我的床边，心中便有了想拥她入怀的冲动。遂起床轻手轻脚地洗漱完毕，准备出门，去幽会曾经魂牵梦绕的她。

店家主人还没有起床，厅堂里面昏暗一片，寂静得能听见自己的心跳。眼前的这扇木门，不知道有多少年月了，纹理依然清晰，一条条纹理就是一支支画笔，描摹着自己的年轮和岁月的沧桑，门环已经锈迹斑斑，呈赭红色，门里虚掩了太多关于这所屋舍，关于屋舍的历代主人，关于整个村庄的故事，哪怕是一声轻咳也会惊醒所有的过往。手扶在上面，分明能感觉到它的重量，推起来略显沉重，似乎积聚了所有过往岁月的分量，推开门的同时伴着“吱扭”一声，沙哑里面透出厚重来，一缕亮光便从门缝里闪进来，似远方的故友登门造访，打招呼的同时，再给一个亲热的拥抱。

一抹微黄的阳光洒在对面的山头上，大山和整个村庄还裹着一层白纱，朦朦胧胧的，睡意仍在。村庄依然沉浸在曼妙的静谧里，虫鸣和蛙声织成一片。门前的南湖边已经有了早起的妇人在捶洗衣服，木棒槌有节奏地敲打着捶布石上的衣服，捶几下，翻转一下，捶几下，翻转一下，似乎要把所有的日子都要敲击得响亮、漂洗得干净，水里便生出了她时而影影绰绰，时而清晰如真的影子。湖水波澜不惊，静静地躺卧在门前，像满脸褶皱的老阿婆，和善、慈祥、安宁，整个村庄和村庄的故事就倒映在她的心里，波光粼粼却也纹理清晰，一丝不苟。

围着南湖走一圈，这个古老村庄的故事似乎都荡漾在这波光里，一波追逐着一波，似乎永远不会停歇也永远不会凌乱。湖底是不可见的，不知道都是谁把秘密潜藏在这里，不敢轻易搅动那一团浓得看不透的心事。那一弯月亮桥上，曾经演绎过多少美妙的爱情故事，似乎在昨夜如水的月光下还能听到那卿卿喊喊的倾诉声，如这月光般柔滑流淌。行走在绕湖小径上的人们，似要找寻前世的自己吗？

随便选一条巷道进去，仄仄斜斜，曲折不可见底，路是原石铺就的，有青石的，有砾石的，有花岗石的，经历了太久的岁月，有的光洁如镜，在从巷口斜进来的光线里泛着宁静的光，有的则被世世代代细碎的脚步磨砺得凹凸不平，凹处积着一汪一汪的水，是雾气凝聚而成，映着两侧墙壁上久远而剥蚀的时光。围墙有用各种不规则石块垒成的，原型毕现，厚厚的苔藓，四季帮它更换着衣装；大多数墙是青砖砌成的，面覆白粉，岁月斑驳了曾经白皙光洁的容颜，门楣上长出了草，墙面上长出了苔，四季变换着颜色，夏天是绿色的，秋天成了赭黄，冬天成了灰白色的印迹，像一朵朵小花开在墙上，没有茎叶；每一扇门都是木制的，古朴老旧，沧桑厚重，浓艳深沉，每一扇门都不敢轻易触碰，似乎要推开千年前的故事。门内的竹摇椅上可能正躺着一位年事已高的老阿婆，白发苍苍，满脸褶皱，轻闭双眼，悠前悠后，正在思想着她少女时代的羞涩情歌呢，嘴角偶尔会露出婉儿的笑；空气中弥漫着千年前的那一缕发香，搅动了谁的梦，日日夜夜起相思；错落有致的飞檐挑角，凭空将天空勾勒得如镂空的玉雕。这里的每一个门环都凝重地不敢轻易叩响，每一个门环似乎都连通了她敏感的神经，轻轻触碰，她便会醒来，惊艳四座。时间在这里冷却凝聚，让每一夜都月光遍地，露珠遍野。

每一条巷子的墙根下都有溪水流过，溪渠是石头砌成的，上面长满了绿色的褐色的苔，由于光线的掩映，溪水看似有点发黑有点油腻，实则清澈见底，掬一捧冰凉透心，就这么日夜不舍地在每家每户门前流过，村民们就可非常方便地在自家门前汲水、洗菜、舂米了，生活非常方便，也减轻了在那个完全靠人力付出干家务的时代的妇人的体力负荷。

据汪氏家谱记载，村子里便捷的水利工程，是由汪氏第七十六代祖母胡重用了十年的时间设计筑建而成，距今已有五百余年的历史了。

这项水利工程的设计初衷主要是针对村子在当时的近二百年间，火灾不断，村民每每损失惨重，遇灾家庭常常是屋毁物损甚至人亡家败，其境让人心痛。汪家胡氏，出身官宦家族，天资聪颖，自小读书识字，是个颇有见识的女子，嫁过来之后，暗下决心定要改变村子这种悲苦劫难的命运，历经十年，在相夫教子，伺候公婆，浆洗缝补之余，带领族人，精心设计，精心施工，终于完成了这一至今还在沿用，还在造福村民的水利工程，她自己也因此在那个女人一生只可能踏进祠堂两次（一次是结婚，一次是死亡）的时代里，永远住进了祠堂，受到汪氏的尊敬和叩拜。

她将流经村庄的黄山溪水引进村子里面，掘地为塘，在村庄的南面聚成一大片水域称为“南湖”，是为“牛肚”；村中合泉蓄水形成月形水域美名曰“月沼”，是为“牛胃”；中间弯弯曲曲流淌的溪水在每一家每一户的门口流过，成为“水圳”，自然天成的“牛肠”便形成了，于是每家每户的家长里短，公婆媳妇都融进了这溪水，在每家每户门前流过，穿起了人情世故，穿起了日月悠长，联通着骨肉亲情，联通着爱恨情仇；村西虞山溪上架起四座木桥，就是“牛脚”，迈开刚健的步伐，以“牛”的精神从时代深处缓缓走来，从不回头，从未停歇；村中两棵参天古树，被形象地看成“牛角”，是要展现“牛角挂书”的治学精神和族群传承吧？！于是“山为牛头，树为角，屋为牛身，桥为脚”的牛形村落便成为当今世界历史文化遗产的一大奇迹。

穿过每一条巷子就像穿过一条时光隧道，在每一处不经意的拐角处，会遇见谁永远也猜不到，也许只是一件久远的陈年旧事，也许只是一所久已不用的老宅。小小的门口或许会坐着一位老人，卖点竹制的传统手工艺品还有野山果，见人过来，便露出慈善的笑，点头表示招呼，买与不买都不妨事，彼此的心领神会和享受悠闲时光才最重要；或许是个中年的师傅，衣着素朴，面容憨厚，慢条斯理地做些竹雕或者窨制茶叶，随便攀谈几句，甚是惬意，两厢乐意；有些被列为“非物质文化遗产”的传统手工艺，年轻小辈并不多见有传承接纳的。巷子里面除过游人，本村的人很少走动，但你随便打问某个人某一户在什么地方，都能准确地说出并且带有特点地描述，绘声绘色，如临其境、如见其人。巷子里面很安静，让人怀疑是否有人住似的，她已经安静贤淑了千年，间或有年轻人骑着“电摩”穿过，连接着Wi-Fi，玩着手机，让人知道这里也紧跟时代进入了现代文明。

夜幕降临，四面大山就成了起起伏伏的黛色曲线，柔美异常。“南湖”里面就生出了红晕晕的灯笼光亮，影影绰绰随着涟漪荡漾摇曳，分不出天上人间。虫鸣蛙声织成一片乐音的彩缎，完全是“此曲只应天上有，人间能得几回闻”的美妙，衬托出它独有的静谧与安详。再看那一条条古老的巷道，鲜红的灯笼透出干净的红光，照着斑驳的墙壁，石头路面便泛起了闪烁的红色光晕，明暗错落，如同火红夕阳下的湖面，波光粼粼，又如同极美的油画，那光影变幻出极深邃的意境。如水的月光连同千年的神话故事泻下来，泼泼洒洒，溅了一地的碎银，似乎要盈满“月沼”，心中便疑惑这月沼的水，是村中千百年来那些温柔的女人们一个一个化生来的吗？神秘的诗意便笼罩整个村庄。

巷道里面的人就多了起来，有夫妻，有情侣，有同事，有朋友，也有像我这样独行的，东张着西望着，好奇着惊讶着，嬉笑着私语着，各色衣服各种口音，在灯笼里透出的红色光线和现代激光灯打出的绚烂光线混合的色调里，影影绰绰，曲曲折折，或被拉长或被压缩，总之，至少那一刻都将曼妙而富有幻想。巷道里也比白天多了很多的小摊贩儿，各种精美的小吃刺激着眼球诱惑着味觉，各种工艺品有传统的有现代的，有纯手工制作的有机器加工的，充斥着传统典雅古香古色，也充斥着现代文明和金钱的诱惑。于是，这一条条巷道便囊括了古今囊括了人间。

红红的灯笼映照着村庄的夜晚，也映照着夜晚的故事；月光笼着村庄，也笼着村庄的秘史。一个一个的小摊儿摆着各种物品玩意儿，也摆着各自的人生和梦想；穿巷游玩的人们徜徉着各自的喜好，也徜徉着各自的心情。

村口两株“牛角树”（一株红杨树，一株银杏树）用五百圈的年轮记录世事的兴衰更迭，描摹生命的沧桑变化，昼顶烈日，夜披寒纱，不温不燥，相视百年，相伴百年，从未靠近，也从未远离，用生命的最平和展演生命的最本真，用生命的最柔软表现生命的最坚韧。今夜它们依旧沉浸在这如注的月光里，如倾如诉。我一个人孑孓独行，却似有万人相伴。

宏村，青砖黛瓦粉墙，掩映在青山绿水之间，静静地守候了千年。她用流年镌刻着自己的美丽，最后美丽也镌刻进了她的流年。由此推开，当你用一生的时间去经营属于自己的美丽的时候，那么，你所经历的每一段时光本身也就成了一种美丽，并且独特。

时间在这里一点一滴一分一秒地流逝飞散，时间又在这里一点一滴一分一秒地沉积凝固。时间在这里苍老一切的同时，又让这里的一切永葆年轻。

这里晚上十点钟，巷道基本上就没有人走动了。灯笼依旧红红地照着，溪水依旧淙淙地流着，循着月光曲曲折折地回到了住宿的店家，门虚掩着，轻轻推门进去，屋内黑着灯，主人已经休息了，蹑手蹑脚地进屋，洗漱完毕，躺下去，夜太静了，耳朵里面似乎没有任何声响，又似乎灌满了各种天籁，迷迷糊糊中我想：门外应该是虫鸣蛙声一片，星斗满天，月光满地吧！

温　度

立春后，辽阔的北方平原依旧笼罩在丝丝寒意之下。晴朗的早晨，宽阔的马路上，三三两两的公交车如同早起晨练的老人，踱着平稳的步子，沉静而矍铄，有的渐渐远去，消失在视野里，有的迎面而来，然后再擦肩而过，这正如生命之于我们，来者自来，去者自去。

一排排巨大的行道树，蕴含着蓬勃生命的遒枝劲干爽利地投射在绯红的天幕上，太阳在绚烂如锦的云彩后面稍作停留，做出场前的最后修饰、补妆，天空蔚蓝深邃，要是有风儿吹过那定是波涛起伏的海洋，早起的几只喜鹊在枝头鸣叫不停，相互诉说昨夜关于食物的美梦。就在不经意的一瞬间，太阳就像一位头顶光环、魅力四射的魔术师从大幕后面，一闪，就站在了全世界的面前，给山川、大地一个金色的问候。墙角的那点斑驳的残冰因此也不再那么坚硬冷峻，路边草坪上几块散乱的砖块也因此显得温暖了、湿润了，仔细打量那经过严冬依然葱绿的韭兰因此也在不知不觉中增添了一抹新绿，更显得润泽而柔美起来，远远近近、高高低低的房子因为笼在这金色的晨曦中而更加温暖。这一切都让你感到春天在即。

我们家隔壁住着两位老人，看上去应该都在八十岁以上了，儿女不在身边或者儿女有其他不得已的情况不能陪伴在老人身边，这样的晚年让人觉得有点凄清，幸亏有钟点工的保姆每日定时地照料。老爷子一头银丝，耳朵有点背，见到谁都是堆一脸和善的笑，那笑容绝对发自内心的淡然和从容，步子虽小但还算稳健。老奶奶的身体状况看起来就没有老爷子那么好了，走路的步履有点蹒跚有点吃力，见人表情稍微有点呆滞，偶尔也会露出和善的笑。

在没有风雨霜雪的日子里，两位老人总是会相扶相跟着走在小区里的甬道上，一圈一圈又一圈，以便能够让自己老迈的腿脚尽量保持甚至焕发出一点活力来，他们之间的话语很少，也许是耳背听不见的原因，但我认为最可能的原因是那么多年来生活在一起，彼此已经熟悉得如同自己的左手与右手了，根本不需要那么多语言了，只是他们那双已经颤抖的手始终保持着相互牵引、相互扶持，时不时地相互打量一眼，这是一种无声的问候和关切，似在说：你还能行吗？需要休息吗？今天的活动量比昨天多了一点，这是进步，你要坚持……

我每每看到这一幕，灵魂都会为之欣悦、为之战栗，甚至会不知不觉地涌出眼泪。他们脚下的路，每一步都是用心走出来的，眼前，虽然步履有点困难，但每一个脚印都有着坚实的爱意，于是，即便是在寒冷的冬天，即便是在这微寒的初春的早晨，这条路因为他们的存在而有了舒适的温度，薄薄的晨曦洒下来，他们的轮廓和影子都显得那么的温暖。

苍茫的暮色像一张素底印花的毛毯，紧裹着即将到来的瑟缩的夜，于是，夜便少了一点先前对黑暗的恐惧，变得从容了一点。

几只归鸟在楼旁那株苍劲高大的雪松上空悠然自在地盘旋，树顶端的枝丫擎举着一枚硕大的巢穴，那是鸟儿的家，原本已经没有了生命、散落在各处的枯枝败叶，因为有了鸟儿的精心搭建，因为有了鸟儿的居住，而重新获得了生命的温度。试想，在不远的百花烂漫、暖风扶柳的春天里，鸟妈妈和鸟爸爸将又会在巢穴里恩爱地孵卵，将会哺育出一窝叽叽喳喳、昂头待哺的雏鸟，有朝一日，雏鸟也会像自己一样展翅飞翔在自由的天空上；雪松也将呈现出一片“华茂春松”的盎然春意，这一切都是多么生动的生命迹象、多么令人感动的生命的温度。

在寒冷的北方的冬天，一切都显得苍凉、落寞。我禁不住想：这原本没有生命、冷冰冰的钢筋水泥堆积起来的楼房因了这绿树而显得更加鲜活、更加宜居，这本来孤独傲霜独自迎风的树因了鸟的巢穴鸟的居住而更富生命的意趣、生命的温度，这本不能与人类交流、自来自去的鸟儿却因了这巢穴而让人们对春天的到来更富有了一份热切的期盼，这一切都生动地说明：生命，可以让生命更加鲜活；温度，可以让温度更加宜人；希望，可以让希望更加可期。

夜，终于从容地来了，夜，黑得很坚定。路灯一盏盏一排排地亮起来了，洒下一晕一晕的橙色光线，冰冷漆黑的马路因此也变得温暖了许多，一条一条地伸向远方，车辆成了徜徉在温暖河流里的鱼儿，前方定会有宁静无风的港湾等待着自己去停栖。那夜，月亮已是下弦，清辉损减了不少，但周围多了一圈橙色的光晕，显得微温而不凄清……

秋日的温暖

在北京，秋天是非常短暂的，一进入 10 月中下旬，天气就再也没有那种秋高气爽的感觉了，早晚空气里就浸满了透衣的寒意。

一个周日的午后，我与儿子约定好为他买一支他特别喜欢的自动铅笔，我先在小区门口的巷子口等他，待他收拾完文具再来找我。泛金的阳光，绵软地扶在高大的住宅楼的西墙上，微微地喘着一丝热气，好像稍微的风吹云动就会将她吹倒在地，再也无力站起。即便是这样，你仍能从眼前树梢上鲜亮如金的黄叶里，真切地感受到它的温暖，那是一种几乎透亮的温暖，并且具有独特的美。

我站在路边向巷子深处回望，目光刚好落到巷子另一头的瞬间，儿子和爱人的身影就梦幻似的跳入我的眼眸，一高一矮，一前一后，儿子在前面蹦蹦跳跳地走着，稍稍地接近我一点，爱人是稳稳地跟在儿子后面的，距离我稍微远一点。不满十岁的儿子，那身形完全像生命律动的音符，不停地上下跃动，似乎生命在他身上每时每刻都要奏出不同的乐音，而爱人则成为烘托这一音符的强力基线；儿子的身形又像是欢快的火苗，跳跃着，蒸腾着，想要将周围的一切都点亮……

就在那一刻，看起来已经疲惫不堪，有气无力地趴在楼顶，似乎再有哪怕是一点点些微的气息就可以将它弹震到不知名的远方的残阳，突然一下子闪亮起来，如同闪亮的碎金一样从楼顶瀑泻下来，灌满了整个巷子。儿子和爱人也在一瞬间仿佛徜徉在了金色的河流里面，动作变得异常轻盈、缓慢，那条本不很长的巷子也在同一时刻被无限地拉长了。那场景，梦幻而真实，遥远但又无限靠近，他们都在奔跑，那动作看上去很竭力，但我又很难触及他们，于是，杨绛先生的《我们仨》就一下子真实地浮现在我的面前。那时刻，我着实有点着急，有点不知所措，时间也似乎被无限地拉长了，或者说时间突然消失了。就在我专注于《我们仨》的时候，儿子叫“爸爸”的声音，又一下子就把我拉回到现实中来了。我抚慰着儿子的小手，看着爱人的笑脸，一股温暖的气流扑面而来包围了我，身体深处的理性告诉我，这是世界上最为真切的温暖，并且它从不因季节的改变而减少一点点。

连续几日，来自小巷深处的温暖，在我的身体里，汇聚成一股澎湃的暖流，潮涌着扣拍我心灵的堤岸。我在想，生活何尝不是一条深邃的小巷子，从一头走进去，沿途会遇见什么，会经历什么，我们都无从选择，更不要说从巷子的另一个口走出去时，你会看见什么样的天地，但你要是预先知道巷子口会有自己想要的小幸福在等着自己，那么你还会在意它的沿途吗？再换一个角度，假如你在巷子的一个口放眼瞭望，如果，那一刻你心怀美好，那么即便是巷子幽暗凄清，即便巷子笼罩在秋日的浸肌的寒意里，你的目光仍能从枝头即将飘落的黄叶里，找到明亮，找到闪光，也能从趴在楼顶苟延残喘的夕阳里感受到温暖。

那么，生活像一条巷子吗？我觉得恰如其分。一个人只管沿着这个巷子往前走，你只能看见脚下的土地，头顶的天空，还有那或远或近的出口，那里也许有自己想要的生活，但不是想要的生活就一定会在那里等着自己，其他的一切都是不可期的不可控的，唯一可控可期的，就剩下自己对待穿越这一程窄逼的巷子的心境了。

生活是由生命承载的。那么，我也认为生命也是一条巷子。只有把生命本身看得鲜活，有生命，生命才能安然从容地走过面前那条狭小逼仄的巷子，给生命一个该有的美好安顿。

如果将这条巷子无限延伸，那么，地球、人类，甚至宇宙都可将被吸收进这条巷子里。我们注定是这条巷子的穿越者，也就是过客。你能抓住的也就只剩下每一个时刻存在在自己内心深处的那一份幸福、那一份美好、那一份温暖了。

听　雨

听雨，其实是听自己，听自己的灵魂。

听自己的灵魂，在深沉的寂静里，在莽苍的群山里，在古老的村巷里，在钟磬已偃的寺庙里，在烟雨浩渺的水波里，在无边的黑夜里，发出由远及近，由无到有，由缥缈到真切，由虚幻到真实的回响。

那声音不是雨滴击打出来的，那是灵魂在难得的独处里，在难得的黑暗里，它成为最清明的镜鉴之后，清晰地映照出来的。不用特意地端详辨认，最真实的自己就浮现在自己的眼前。镜里的自己和镜外的自己反复印证，你看见自己变得陌生了，甚至可怖了，甚至不敢相认了，但不必迟疑，那就是自己，最真实的自己，一如眼前的雨滴、地面的水流，一滴一滴真实地敲打在地面上，敲打在自己的心上。

自己原本只是一丝杳不可捉的气雾，因了天地赐予的机缘，与一粒尘灰相遇，便有了一段难解的缘分，随世风飘荡游历了不知多少时空，看惯了朝代的兴衰，看惯了季节的变化，看惯了人世的更迭……

一日，你说你累了，想驻足了，不想再要虽高高在上却飘浮不定的日月了。你开始思念人间的烟火了，你痛苦难解，于是你把自己埋进一团乌云，在霹雳的闪电里，你跌落下来，从无穷的高处，重重地砸在了现实的地面上，你粉了身碎了骨，你的缘分在顷刻间幻化成了小小的水泡，连水泡也在一瞬间破碎了，消失得无影无踪。那些崎岖如山路似的水流，就是你的泪水。

这泪水，不是因痛苦而生，反而是因为获得了一种本真的重生。你随着众多普普通通的雨滴，簇拥着，欢快地流淌，欢快地跌宕，就在那一瞬间，你明白了，你明白了自己真正的追求、真实的需要：明丽的阳光、清脆的鸟鸣、清甜的空气、清明的天空，还有远方蔚蓝的大海。

听雨，站在窗前，面对茫茫的雨帘，雨帘织得很密，但阻挡不住你的思绪。你的思绪早已穿越了无边的苍茫，但你的思绪到底想停驻在哪里，连你自己也说不清楚，你只知道要穿越，不停地穿越，穿越自己所有的过往，又抵达自己所有的过往，你不想停驻，你只想找到这眼前的苍茫的另一面。或者，你完全放空自己，任思绪与自己分开，任灵魂与自己游离，你不想限制它们，任它们能成为穿越雨帘的雨燕，抵达一个自己曾经认为根本不可能抵达的所在。

雨住了，屋檐的雨线，由粗变细，由快变慢，后来是断断续续的，最后是停一会滴下来一滴，滴下来一滴，再停一会。那雨滴，每一滴都不是从屋檐上滴下来的，而是从自己的心里滴出来的，每一滴都透亮如珍珠。

你屏息凝神，期待着每一滴雨的滴下，就像期待自己曾经的每一个让自己欣喜或者痛苦的瞬间重新浮现一样。那么清澈的每一滴雨，不是滴在土地上，都是真实地敲击在自己的心上，有的泛起美丽的涟漪，有的搅起恼人的混沌，即便是这样，你仍愿意期待每一滴雨滴的滴落。那雨滴滴落在檐下长满青苔的砌砖上，发出轻柔但又足以激荡自己灵魂的“啾——啾——啾——”的声音，不是从檐前的小水洼里传出来的，那声音分明是从你自己的灵魂深处响起的。你一直期待着它，就像自己从前在月光下期待自己的恋人从树荫里出现一样，热切中带着些许的紧张不安。

站在檐前，听间隔越来越长的雨滴滴下来敲在地砖上的声响，你一定会想起，不多时之前，它来的时候那种阴沉黑暗、狂风暴起，夹着落叶沙尘，劈头盖脸地砸下来的样子，像是一个骂街的泼妇，完全不讲任何礼节和章法，让人憎恶又有点让人害怕。那“轰隆——轰隆——”的声音，是你压抑在喉部的情绪，在不可阻遏的下一秒，瀑泻成对自由的向往。

当然，你也一定会念起阴云围拢之前的那一束明丽的阳光，让你想起从前那么美妙的春天。多么美妙的时光呀，那么惹人，那么惬心，但终究都成了不可再回的过往。

就在你遐思的时候，最后一滴雨滴挂在了屋檐上，再也没有滴落下来，晶莹剔透，一如自己清透的心。你转过身的一瞬间，一缕金色的阳光，从云缝里穿出，穿透窗玻璃，把自己的影子清晰地投在地上，你恍然悟：眼前即现实，其余皆虚妄！

虞美人·听雨

宋·蒋捷

少年听雨歌楼上。红烛昏罗帐。
壮年听雨客舟中。江阔云低、断雁叫西风。
而今听雨僧庐下。鬓已星星也。
悲欢离合总无情。一任阶前、点滴到天明。

这不是绝笔，却是绝唱。

心灵之旅

第一天

7月18日，这是2017年普通的一天。但是因为这个决定它将变成我生命中不寻常的一天。很早就向往了，很早就谋划了，今日终才成行，驱车前往内蒙古美丽的大草原做一次旅行，给心灵放个假。前一天已经收拾好行装各种零碎。吃完早餐就驱车出发了，心也随着车轮启程了。

车子在高速公路上奔驰，道路两边的景物，快速地迎面而来，又快速地退向后，透过窗玻璃，眼前的风景不断地变换着。夹道而生的植被最内侧是各种杂草野花散漫地长着，有些已经伸展到了路面上；中间是侧柏红柳榆树等灌木和较矮的乔木；最外侧则是笔直的红松冷杉等乔木参天耸立。这样一来，我们始终都好像畅游在绿色海洋里。

打眼看去，北方的山脉是缺乏了南方山脉的柔润细腻、妖娆多姿，有的高大伟岸，有的嶙峋突兀，有的粗犷大气，甚至有的狰狞神秘。山势也是有的舒缓曼妙，有的峻拔突兀，有的植被浓郁，有的坦怀裸露，各自表达着自己的性情。

约一小时的车程到了木兰围场的南大门。木兰围场——清代皇家猎苑，位于河北省承德市围场满族蒙古族自治县，与内蒙古草原接壤，这里自古以来就是一处水草丰美、禽兽繁衍的草原。“千里松林”曾是辽帝狩猎之地，“木兰围场”又是清代皇帝举行“木兰秋狝”之所。清康熙帝为锻炼军

队，在这里开辟了一万多平方千米的狩猎场。清朝上半叶，皇帝每年都要亲率王公大臣、八旗骑兵来这里举行以射猎和旅游为主的大型活动，史称“木兰秋狝”。

康熙帝选择木兰围场作为皇家猎苑，也有其深远的政治目的和战略意义。木兰围场北控蒙古，南拱京津，是历史上木兰围场的战略要地。清王朝自设立木兰围场之后，每年都要在这里以行围狩猎的方式演练军旅，推行“肄武绥藩”的国策，从而达到控制蒙古、震慑沙俄、加强民族团结、巩固北部边防的目的。木兰围场实际上成为清政府的主要政治、军事活动场所。历史上的木兰围场主要由现在的塞罕坝国家森林公园、御道口草原森林风景区和红松洼国家自然保护区等三大景区组成。“塞罕”蒙古语的意思是“美丽的”；“坝”是高岭的意思，合起来就是美丽的高岭。简单了解了一下木兰围场的前世今生，继续前行。

中午时分抵达承德市。游历了多次颐和园、圆明园、故宫等规模宏大的皇家园林宫殿后，对承德避暑山庄已经没有太大的兴趣了。只是顺道探望一下她，算是应了礼节礼貌的景儿。

这个举世闻名现在已被列为“世界文化遗产”的山庄，经过康熙、雍正、乾隆三朝皇帝近百年的兴建扩建而成。每一处亭台楼榭，每一处湖光山色，每一隅雕梁画栋，每一间阁舍馆堂都见证了“康乾盛世”的极致辉煌。几百年的历史风云变幻，风吹雨打，浸蚀着曾经的烟霞流翠。终于，所有的记忆都开裂了，所有的辉煌都失色了，无论如何地修补弥饰，也焕发不了当年的威仪当年的雄姿，成为了历史的过往，陈年的旧事。

游玩完避暑山庄，夜宿承德市，天色已向晚并依然阴沉着。有点慵懒就直接入酒店休息了。对承德市没有什么了解，只知道它是沿着山沟蜿蜒爬伸的一座悠久历史沉淀和现代文明相互杂生对照着的城市。从酒店窗户向远处眺望，山峦挡住了视线，但近旁鳞次栉比的高楼里的万家灯火，让自己明白历史的车轮是滚滚向前的，不管它曾经有过多少辉煌的历史，还是有多少屈辱的过往，都将在这黝黑的夜色里沉沉睡去，梦中多少车马驶过，我想在睁眼的一瞬间将会全部幻化成天边的各色云彩。

第二天

19 日，一夜好觉，清晨起床，精神爽朗，推开窗户，新的一天就此打开。承德的早晨很凉爽，清凉的风从酒店窗户对面的山顶上轻轻地飘下来，拂面而过，清凉便浸透心底了。天是半阴的，看不见太阳。视线没有那么辽远，被山挡住了，但满山的苍翠会给你满眼的绿意。背山而居的酒店显得静谧，让人暂时忘却车水马龙、喧闹熙攘，生命中的安宁其实来地也很简单。偶尔传来一两声隐约的汽车的鸣笛声，提醒自己身处闹市。

路边简单就餐，听了几句当地的街头巷尾，随即出发。天依旧阴沉着，没有鲜亮的阳光。继续北上，心灵的草原越来越近。昨夜有些地方落了微雨，空气潮湿而清新，深深地吸了几口，顿觉荡气回肠，爽心爽气。四周的景色也发生了一些微妙的变化，路边的各色野花，缤纷地开着，比先前路段的更加艳丽和繁多，迎面扑来，似乎要撞进眼睛里，又快速地退后，让人眼花缭乱。夹道多了一些林带，有松树、有桦树，有椴树，笔直参天，像是接受检阅的队部，森然而立。

车子每盘过一个山坳，路边或左或右就会出现一片沿着山脚排列的红顶的房子，这些应该是山里的村子或者镇子；也有零零散散完全没有规律地散落在各处的房子，让人不免觉得主人可能会有点背世的怪癖。虽然阴着天，但光线很好，空气的通透性也很好，迎面的山坡上一片苍翠，稍显铅灰色的云团从山的那边爬上来，轻轻地飘荡在山腰或者山尖上，随时都可能洒落一片雨水。

大约一小时的路程后，车子在山沟拐过一道转弯，路两边的山峦上就站满了挺拔直立的红松，一株一株地连接成片、成山、成海。路边的标牌上清晰写着“机械林场”。平生第一次见到这样的森林，遂停车驻足欣赏一番。一打开车门，清新湿润并夹杂着青草和森林特有的味道的空气扑面而来，透入灵魂，深入骨髓，让人有一种说不出道不明的爽朗。

极目远眺，林木在微阴的天幕下起起伏伏、层峦叠嶂，一条曲线连着一条曲线由近及远由远至近自然优美地舒展着、铺陈着，绵延至天边，心胸随着目光变得开阔辽远无比。走进树林，林里的光线幽暗略显阴冷，淡淡的天光透过茂密的叶子在树林下的草叶上投下斑驳的影子，自然天成地为森林做了一件花布裙裾。无数的草花幽幽地开着，各自芬芳，不管日月。仰头转圈望着笔直穿天的树干，有点眩晕，不禁感叹，大自然的美是如此勾魂摄魄。儿子似乎对这样震撼的林海美景没有太大的兴趣，只是在林里蹦跳着采撷了一些草花，绾成一束，五颜六色，捧在手里极美极美的，满脸高兴。

驱车继续前行，问过路人，曲径通幽地找到传说中的“月亮湖”。曾经是电视剧《还珠格格》的拍摄地。她静静地躺在一片绿茵茵的草地中间，恬静而优雅。我可以想象得出当一片如纱般洁白的月光爽爽朗朗地洒遍她的整个身体的时候，她是多么的温柔美丽、蹁蹁跹跹，这可能便是她名字的出处了。暗夜的静谧衬托着她的静美，我知道我打扰到她了。于是，我轻轻地贴近她，在她的心中藏进了一个我的梦想，她用一片银光闪闪的涟漪回答了我。这是我在一个不期的日子里，在一个阴云淡笼的下午，在一个有点嘈杂散乱的周遭里，对她做了一次略显仓促的探寻。于是，起身离开，但愿我的梦想早日成真。

如果是晴日，一定会有灿烂的云霞飞满整个天空。车子继续向前行驶。淡灰色的云雾像是给苍翠峻拔的山峦笼罩上一层薄薄的面纱，越发地神秘了。眼前，一条似乎要淹没在绿草鲜花中的公路，笔直向前，直通天空，在目光所及的天地交接处相互拥抱。

在道路的直角拐弯处，莽莽苍苍的森林消失了，心中无限美好的大草原便坦坦荡荡地展现在眼前，乍一下惊呆我了，愣了一会神。儿子用小小的手指指着眼前，说:“爸爸，快看，好大的草原呀！那么多马，还在吃草呢！”我才醒过神来。车子已经停稳，全家人都迫不及待地下了车，但不知道如何表达内心的被惊着了的喜悦，只是在草原的边缘上静静地站立了一会，目光惊异地来来回回地在草原上飘移，目的地——乌兰布统大草原红山军马场就在眼前了。

乌兰布统位于内蒙古自治区，距北京约300千米，是清朝木兰围场的组成部分，因康熙皇帝指挥清军在此大战噶尔丹而著称于世，更以其欧式草原的迷人风光，成为中外闻名的影视外景地。这里丘陵与平原相互交错，森林和草原相互衬托，既具有南方优雅秀丽的阴柔，又具有北方粗犷雄浑的阳刚，兼具南秀北雄之美。

又经过了长约3.5千米的特别颠簸的土路，就抵达乌兰布统的牧村了。在提前联系好的牧民王志利的引领下，急匆匆地放下行装等不及休息就一脚跨出牧民的家门了，完全没有注意到自己前一分钟是如何踏进牧民家门的。出门50米一转弯双脚就踩在了草原上，并不太高的山丘一座连着一座，延绵不断，高高低低，起起伏伏，皆为开放着各色野花的牧草覆盖，平整圆润，间或点缀着几株树木或者一小丛树林，格调优雅，目光似乎可以顺着徐缓的山坡滑上山顶，再沿着背面的山坡滑下去。牧草中间一条忽隐忽现的土路蜿蜒伸展到天边，和自己内心的草原做了一个大概的比对，现实的草原更加美丽，更加震慑魂魄。

片刻的沉醉之后，再回牧村，一股浓郁刺鼻的马粪味夹杂着野草经过沤腐散发出来的特有气味直扑鼻腔，唤醒脑海深处那久违的记忆。

看天色尚来得及，全家人跨上马背，在无边的草地里晃晃悠悠地奔泰丰湖而去，苍翠浓厚的远山在眼前画了一道悠长的弧线。天空的阴云瞬息变化，永远也猜不到下一秒钟会呈现出什么奇异的姿态。儿子在我怀里与我同骑一匹马，马儿却像是偷懒似的，不昂昂扬扬地赶路反而一步三停地低头吃草，低头耷脑的。儿子就急了："这马是不是不愿意驮咱们俩呀，爸爸，要不咱们换一匹吧？"牵马的牧民小伙子扭过头笑着说，露出洁白的牙齿和黝黑的皮肤形成强烈的反差："小朋友呀！你骑的这匹马可是在赛马场上得过三次冠军的，它的奖牌还挂在家里的墙上呢！""那它怎么看起来咋那么懒惰呢？还光低头吃草，难道是我们不会骑？"儿子又说。"这马会看人呢！而且感觉特别灵敏。你们往它的背上一骑，他就知道你们不是真正的骑手，也不是它的真正主人，所以它就没有了精气神。"牧民颇富神秘地对我说。"你用两个小腿肚子夹夹马肚子，它就知道要走了。"牵马的牧民又对我们说。我们一试，还真灵验，马就真的比先前有精神了，昂首阔步地向前走了。看来我们冤枉了这匹冠军马，真信了那句“千里马常有，而伯乐不常有”的话了。马开始昂首阔步地向前走了，我倒觉得腿和屁股不适应了，全身僵着，绷着，全然没有牧民骑在马背上那种悠然和洒脱，任意驰骋的感觉。约半小时终于抵达了泰丰湖，心想这第一次马背上的半小时跟半年似的，有点痛苦，腿肚子和屁股还有点疼，完全没有想象中策马扬鞭的威武感。

泰丰湖说是湖，其实水面并不大，可能在这雨水并不多的高原，因为水域的珍惜珍贵所以称其为湖了。阴天幽暗的光线使湖水更显得有点深邃神秘了，难以观测它的深度。拍了几张照片便离开了。回去时，请教了牧民骑马的基本要领，再骑在马背上，晃悠晃悠，比来时好多了。

傍晚时分，天光暗了下来，远山在夜幕的最远处留下一抹青黛色的剪影；白天苍翠雄浑的森林在暗黑的苍穹下似乎更富有了某种神秘的色彩，不知道里面暗藏了什么故事。期待明天早上出太阳，揭晓谜底。

第三天

一声长长的马的嘶鸣声，唤醒了整个草原。

可以想象出，紧挨着自己所住的牧民家，无限辽远的东边草原的穹窿似的顶上，一轮巨大的红日，跟个大火球似的在阴云遮掩下喷薄而出，那该是多么壮美的画面啊。

今天的行程是跟随车队一起走进草原的深处，零距离地欣赏她、体味她、感受她、拥抱她。

匆匆用完早餐，撩开门帘一抬脚就跨上了大草原雄壮的马背，威武激昂。

迈开脚步，走出去，为自己迎来一个新世界；撩起门帘，如同拂去往日所有的尘垢；推开窗户，就是打开心灵的门扉；放眼远方，眺望全新的自己。

车队行驶在曲曲弯弯、高低起伏的沙质路面上，摇摆颠簸，偶尔还会前俯后仰、东倒西歪，忽隐忽现地通向草原的深处，像航行在大海上的小船，在波峰浪谷里颠簸，这也算是草原上的道路的特点吧。司机是个皮肤黝黑的小伙子，30 岁刚出头，很健壮，也很健谈，特别喜欢马，前一天骑马就是他引领着我们，今天又是他开车引领着我们，是个有缘人。因为马，他跟草原结了缘，也跟这户牧民的男主人成了极要好的朋友，起居出入、吃住作息跟自己家一样，每年来这里七八趟，每次待个把月，熟悉这里的一切，几乎快把自己变成牧民了。

车子开一段距离随时停驻在风景比较优美的地方，以便我们游玩欣赏，体贴周到。在草原上，站在任何一处，都好像是站在了天地的正中央，“天似穹庐，笼盖四野”的感觉是自然而然的，人已经渺小如一棵牧草。一望无垠的草地服帖山坡向无尽的远方舒缓地伸展，起起伏伏，相互遮掩，在天地相拥的地方留下一条一条柔美的曲线。一丘一丘圆形平顶的山包，如园艺师修剪过的绿植一样，优雅而美丽，静静地横亘在天穹之下。几个白色的周围飘满经幡的蒙古包零散地洒落在偌大的草原上，醒目、美丽，有说不出的存在感。

站在一座草原的顶端，放眼环望四周，草原无边无际莽莽苍苍，心胸无比开阔。身边的岳父岳母大人就一句我一句缓声缓气地对我们说，“在我们这么大的年纪，还能坐着自家的车，跑这么远的路，看到这么漂亮的景色，在以前根本是不敢想象的”，“你们年轻人，别总是牢骚满腹，说国家这也不好那也不好，国家不强大不和平，你们能安安稳稳地站在这里看风景？要珍惜现在的幸福生活，努力工作为国家多做贡献！”的确是这样的，和平是这个世界最可珍贵的东西。

每一个山包上的牧草并不完全一样，“每隔十天半月的时间，开的花儿都可能不一样。”黝黑的司机小伙说，这给旅游的人带来更多的新奇感，也许从一个山包转向另一个山包时，会与一大片丰美的牧草地撞个满怀。牧草可以深至没膝、密密匝匝，各色小花铺满一地，惹得各种蝴蝶上下翩飞萦绕；花儿的香味并不浓厚而是淡淡的优雅，若即若离若有若无；闭气凝神，周围各种虫鸣衬托出来的宁静，似乎让时间在这里停止，只可意会不可言传的美丽沿着山丘一直向前铺陈，要在哪里停止，不知道。儿子的注意力则完全不在这周围的无限美景上，自顾自地在草地深处一蹦一跳地采摘各色草花、捕蝴蝶、捉蜻蜓，还时不时地催我“爸爸！快来，跟我一起抓‘响蚂蚱’”，清脆的声音、满头的汗水、满脸灿烂如花的笑容。心底一股莫名的幸福感就悠悠地升腾起来，飘在这广阔的草原之上。

当然，也有让人扼腕惋惜的地方。沿途经过很多绿绿的草地近旁，突然会有一大片黄沙裸露的地方，那是因为人为破坏而沙漠化的草坪，老远看去像是癞头的和尚。无边的牧草地上总会留下一些纵纵横横的车辙印子，那显然不是该有路的地方却出现了路的痕迹，这是那些保护观念极差的人只为了自己一时的精神冲动甚至自私自利而驱车经过时日积月累碾压出来的。长时间过去，这些车辙印子上的牧草便会死去，永远无法再修复，沙漠便从这里开始一点一点地啮噬着草原，终退化成真正的沙漠。

半个牧民的司机小伙子（我愿意这么称呼他）说，最近这几年很多地方的牧草长得不好。人为的破坏，雨量的减少，前些年这个时节，已经是绿草没膝，竞相疯长，各色鲜花，竞相开放，大自然的美景让人陶醉。

如今的草地，载畜过多，不堪重负，旅游开发，人走车压，草地沙化，退化非常严重。“以前不怎么了解，近几年喜欢上骑马，喜欢上草原，才开始了解慢慢了解草原，也开始疼惜草原了。人为破坏实在是太厉害了！”他指了指不远处绿草中间的一车多宽的沙化草地说：“那些地方就是以前的草地，游人们自顾自地开车长时间地碾压，草死了，再也长不出来新的草皮，草地就成了真正的沙漠。”说完脸上就露出伤感的表情来。我无言以对，就一脚踏上这些昔日牧草没膝的牧场，而今牧草大多数高只可过尺，并且有点纤细、干枯缺乏水润感，虫鸣不绝但种类没那么繁多；百鸟鸣啭的情景似乎并没有看到；各种草棵挣扎了一个春天才开出了一朵两朵的小花，大如钱币，小如甲盖，看上去有点单薄，有点楚楚的让人怜惜。半个牧民就叹息地说：真希望旅游的人们能珍惜自己脚下的草地，那是牧民赖以生存的家园，也是我们共同的绿色家园。

途经一片白桦林，远远望去葱茏郁郁，秀可成堆。平生第一次见白桦林，记忆里面的歌声就萦绕在了耳边，凄美的爱情故事似乎就在刚才发生在眼前这片白桦林里。下车狂奔，几乎像是百鸟入林的感觉，飞了进去。一片白色的树干，横横斜斜，密不透风，眼睛也看不透；黄绿而繁密的叶子稍显点小，可能是干旱的原因吧。拍了照留了念，真心期待和平永在，白桦林永在，让凄美的故事永远作为故事流传在人们的记忆里。

告别白桦林，车子起起伏伏地颠簸到了牧人极力推荐的野鸭湖。站在野鸭湖边，有一种说不出的忧伤，野鸭不知何时飞到哪里去了，徒留了一摊浑水，长满了芜杂的水草。儿子就急了，“爸爸，这里哪有野鸭呀，我看不见呀？这水也太小了吧？”儿子的话让我处于难堪的境地，没办法回答。环顾四周，野鸭湖是环绕在山坡草坪中间的一片洼地，天气干旱，雨水明显减少，湖水没有了有效的补给，很快就耗散了。司机用遗憾的口吻说：当地的牧民忙于接待更多的游客，自己可能已经多年没有实地考察过野鸭湖了，可能不知道野鸭湖的现状了。现在的野鸭湖已经不是当年的蓝天白云、水草丰茂、野鸭漂满湖面的野鸭湖了。司机推荐说距离野鸭湖不远的地方有个滑沙场，滑沙也挺有意思的。我们便去了。

滑沙场处在一个山丘之上，斜坡的阳面完全没有了植被，只散落了一些牧草和树木的残根枯枝，像是沙漠里的骷髅白骨，让人联想到那些生命在死亡前的一刻是多么的无奈和无助。山丘的阴面间或有一些矮小的白桦树、沙柳、沙棘还有一些不起眼的草棵构成单薄的植被。其中处在沙漠交界处的树木草棵已经裸露出了一半的根茎，若再不加保护，将毫无悬念地走向死亡。司机说：这个滑沙场其实就是退化了的草地沙漠化了的草原，都是人为地过度开发、过度放牧、过度碾压，最后整片草原在绝望中死了，永远地死了。

我站在这个滑沙场边上，看着沸沸扬扬的滑沙场面，我不知道那些激情高涨的人们有没有想过，在不远的将来他们很有可能只能踯躅在茫茫沙漠里，嘴唇干裂、焦渴难耐、极目寻找水源，可他们失望了，绝望了，最后……

再回头看看周边那些幼小的绿色生命，我知道在这里每一棵草，说是一棵草，其实只有两三片纤细的叶子，那是一种生命最完美的存在形式，也是一种生命最顽强地坚守。

站在这里，我也突然明白：如果世界上还剩下最后一滴水，那么这一滴水一半是我们的泪，一半是我们的血。真是百感交集的旅程。

无心继续游玩下去了，于是返程。

草原上的天空一望无际，可阴晴似乎也是一瞬间的事情。在完全没有打雷没有闪电的征兆下，铅色的阴云就变成豆大的雨点，密密麻麻地砸下来，车窗玻璃噼里啪啦乱响一阵，前方的视线就雨雾一片，朦胧模糊了。真希望这雨下得再大点时间再长点，让每一株草棵都能美美地喝一顿，让久旱的沙漠得到甘霖的滋润，让我心中的野鸭湖再一次水草丰茂起来，让成群的野鸭能自由惬意地游弋在倒映着蓝天白云的湖面上，那该是一个多么美丽的草原呀，那才是我们真正的心灵栖息地。

下午六时左右，雨云慢慢散去，西边的天空像是裂开了一道缝隙，金色的阳光一下散满了整个山坡，草地立刻变得色彩明丽起来，天地间爽朗了许多宽广了许多，高高低低的草棵子在这明丽的阳光里精神抖擞迎风摇曳曼舞，数不清的大大小小的野花让太阳的光线幻化出更丰富多彩的颜色。起起伏伏的草原更加的广阔辽远，健壮的骏马惬意地在草原上游荡、吃草。

从山顶向下望去，十几户牧民组成的村落，自由地散落在山脚下的平地上，红顶的房子在乍明乍暗的阳光下格外醒目，反射着耀眼的亮光。每户牧民的门前屋后都拴着或多或少的几匹马，有红色鬃毛的，有黑色鬃毛的，有杂色相间鬃毛的；小马驹在母亲身旁调皮地撒欢蹦跳抑或吃奶；几只大红冠子的老母鸡悠闲地踱着步，走在巷道间；偶有一两户牧民家房顶的烟囱里袅起青色的炊烟，弯弯曲曲地飘向天空，最后自然散尽，应该是有客人自远方而来吧；听不见人声，几声马的嘶鸣声打破这无边的沉静，生活的气息由此展开！

在这样的夕阳里，一位年长的牧人骑着红棕色的马，手执长鞭，非常灵巧地一挥，鞭梢在空中划过一个弧线，一声清脆的鞭声就响彻这辽阔的草原上了。

不知道同时有多少匹马在奔腾，马蹄声排山倒海地回荡在草原上，嘶鸣声里透着豪壮的气韵，猎猎的鬃毛迎风飞扬，阳光在草地上投下了万千雄壮的掠影，马蹄激起的扬尘在云缝里窜出的丝丝缕缕如箭矢般锐利的夕阳里幻化得如烟如雾，蒸腾在这苍茫的天地间，真是气势恢宏，荡涤胸怀。这是红山军马场为众多游客奉献的一场壮观的“万马奔腾”的视觉盛宴，不虚此行，长存记忆。

第四天

天公还是给了我们面子，在要离开乌拉布统大草原的当天，云朵已经变成几乎完全洁白色的了，太阳也终于从云朵的后面露出了脸，犹抱琵琶半遮面，起初是如亮剑般的光线刺破云层金光万道，随即又像捉迷藏似的乍泄乍收、乍明乍暗。心中一阵愉悦，于是临时改变路线，前往桦木沟国家森林公园，据说那里是个摄影基地，摄影人的天堂。

后头再看乌兰布统，间或点缀在无边绿草上的树木像是散落的珍珠，似乎在流动，调皮而有趣。马群一会游荡在草原上，一会游荡在天空上，轻轻地，悠悠地，周围只能听见风儿略过草尖的声音，几片白棉花团似的云朵悠闲地从山后面爬上来，在天空漫不经心地游荡。一切都是安静祥和。

到了桦木沟，前面一条很深的沟壑，里面长满了各种杂草树木，略显芜杂。远处的山峦上，一片一片的白桦林，茂密苍翠。成片的草坪相间在树林中，开放着或大或小的野花，极美极美的，自然天成的立体效果，无须修饰。一阵秋风吹过，这样的山林到底会变幻出多少种绚烂的色彩来，我不能想象出，怪不到这里能成为摄影爱好者的天堂呢，心中便生出了秋天再游一次的愿望。

反倒是沿途经过的大片油菜花让人久久留恋，不能拔腿。蓝天白云下，一望无际的油菜花在层层叠叠的梯田上金灿灿地开着，轻风掠过，悠悠的香气扑面而来，直入心底。远山甘愿用自己曲线柔美的身体搭设成青黛色的背景，使得金色的油菜花更加地惹眼。有一种偶遇桃花源的感觉。这样的油菜花只存在于小时候的记忆力，上学和工作期间再没有见过，真是久违了。

金灿灿的油菜花前面，是一汪倒映着蓝天白云，形状酷似月牙的湖泊，水域并不太大，周边生长着各种草棵树木；几丛不知何因死去的白桦树，落光了叶片，远远望去全身如涂膏粉，白得格外醒目，给这片水域在妖娆艳丽之外平添了几分原生态的苍凉的美感。远山的林木苍翠欲滴，山头背后就是云的故乡，一朵一朵的白云调皮地做着各种动作，演木偶剧似的，一个个登上蔚蓝色的大舞台。爱人情不自禁到几乎要手舞足蹈起来，连续说了好几遍“终于还是看到了草原上的蓝天白云，我就喜欢这样的美。又幸运地看到这么大片的油菜花，真是对得起我开了这么久的车啦！”“要是能长久地在这里住下去该多好呀”！这样完全纯粹到毫无修饰的自然风景，配上蓝宝石似的天空棉花糖似的云朵，光鲜明丽又不晒皮肤，就一阵疯狂地拍照。

再美的景色，也得告别。离开桦木沟直奔七星湖湿地公园。

七星湖位于塞罕坝机械林场北三公里处，环抱于青山绿树之中，原是七个小湖，远远望去，排列如天上的北斗七星，因此得名。七个小湖，由栈道相互连通，大点的湖上还可以划船，但不是木质的小舟，是公园那种电动船只，缺乏了应有的古典美感。湖水却也清亮，周边的水草花木倒映其中，影影绰绰，梦幻般的美丽；湖里水草长得稍有点芜杂，疑似管理维护不佳所致。但是走进湿地公园深处，周围草深可过膝，有树皮做的木屋，有欧洲风情的大风车，景色挺显雅致。7 月中下旬，中午紫外线很强烈，裸露在外的皮肤被晒得生疼，后悔防护措施做得不够。这里植物种类非常丰富，大量的鼠妇草、金莲花、狼毒花、苹蓬草、荇菜等植被分布其中，各自繁盛开成花海。近看，红的、黄的、蓝的、紫的，高高低低，参差有致；远看，草地已经有点泛黄，在阳光的照耀下透着点金色像一块五彩斑斓的地毯，让人流连陶醉。红松林和桦木林，整齐地环绕在七星湖的四周，让七星湖恍若隔世的人间天堂。据说秋天的七星湖更美。

今日所遇美景满足了此行的所有期望。夜宿机械林场的“北理工避暑山庄”，住宿条件有点糟糕，相对于这一天的美景来说，稍有点虎头蛇尾的意思。

第五天

此次旅程，全程由爱人驾车。她有点劳累，我有点心疼，所以返程仍然分成两天完成，既不是太累又可以沿途继续欣赏美景。

夜间落了一场雨，早晨走出酒店，空气湿漉漉的，湿润的清新。爱人就说："这森林里的环境多美空气多清新，真想换一个酒店再住一晚，可惜了啊！"于是，昨晚住宿所带来的那一点点不悦已荡然无存了。查看旅游图，今日沿途只去红松洼一个地方。

看景区介绍说，红松洼国家级自然保护区位于围场县西北部，北邻内蒙古自治区克什克腾镇，是清代皇家猎苑——木兰围场的一部分。这里浩瀚的森林与大面积天然草原浑然一体，远远望去，草连天，天连草，视野无遮无拦，壮观优美。满、蒙、汉三民族人民聚居在一起，文化相互交融，民族风情醇厚。这里被誉为"水的源头，云的故乡，花的世界，林的海洋，珍禽异兽的天堂"。这里就是一个天然的"大风库"，一年四季，风从四面八方吹来，于是，因地制宜地建起大规模的风力发电场，是全国风电装机规模最大的县级地区。

沿途曲曲弯弯的山路经过了不少山民住户，有的单户独住，有的三五成邻，也有的聚集成不大不小的村落。房屋有的还保持着最原始状态的土坯墙，墙面已经斑斑驳驳，看上去饱经世事的风雨，略显土灰的蓝瓦房顶，瓦沟里长满了褐灰色苔藓还有零零散散的"瓦松"，主人看见车过来露出纯净质朴的笑容；有的房屋已经是比较现代的砖墙瓦房了，想必主人是进城务工改变了贫穷也改了观念；更有的房屋已经坍弛衰败，一副凋敝的样子，想必是被主人废弃的旧房子，另择福地搭建崭新的房屋开辟更加幸福的生活去了。房前屋后是一块一块看上去完全是人力平整出来的土地，形状各异，种着玉米及土豆等各种知名不知名的农作物；不远处的半山腰上是层层叠叠的梯田，平整而优美，油菜花醒目地开着，如金色的绸缎一般；一簇一簇低矮成笼的应该是花生；玉米有半人高了，一片片墨绿，整齐站立。轻轻的云朵就在山巅上悠闲地飘来飘去。停车伫立了一会，一种美好的祝愿如云朵升腾：祈福这里的人们能永远在这里拥有自己最质朴的幸福！

车子驶出大约 30 千米就到达红松洼风景区的门口，买了票。驱车进入景区，道路曲曲弯弯，是花砖铺就的路面，还算平整，并没有看见大片的林海，反而看见了另一种“森林”，这就是由一排排巨大的风力发电机组成的风力发电场，漫山遍野。

如林般矗立的风机，在铅色的阴云的衬托下，漂亮的三个大翅膀凌空翱翔愈显雪白，与云朵相互弄趣，与草原之风追逐嬉戏。一架架拔地而起的风机，构成了一道绿色能源的风景线。旋转着的巨大风机，给红松洼草原增添了新的高度，更添了灵性，成为旅游新的看点。

草原上广阔无垠的草地，种类繁多的野花漫山遍野地自由开放，坦坦荡荡地铺陈至目光突然跌落的地方，五彩缤纷，各自开谢；天色微阴，游人极少，虫鸣四起，愈显寂静，让人顿生出那种“鸢飞戾天者，望峰息心；经纶世务者，窥谷忘反”的超脱感。数不清的风机点缀在绿草繁花中，随风转动，在给人们带来源源不断的能源之外，也带给人们非常震撼的视觉美感。映衬着朝霞夕晖的风机林，真是一种柔美和壮美完美结合的如诗如画的美景；即使是白雪皑皑、万物萧条的冬季，只要看到风机那伟岸的雄姿，心底便会油然生出一种自强不息的豪气之气来。没看到“草原长牦牛”那健壮的骨骼、优美的体态，也没有觉得特别遗憾。

游玩了约一小时，足足地呼吸了这里带有鲜花泥土青草香味的空气，继续返程的路。道路两旁依旧流动着美丽的景致。

当晚，依然夜宿承德市。

第六天

清晨就餐完毕，就心无所恋地离开了承德市区。外面的风景无论多美，家才是我们最终的栖息地。

车辆缓缓向前。林立的高楼两边分别是一带山峦，中间是一条河，山上是郁郁葱葱的树木，河的两岸是婆娑的垂柳和各色花木，这里的人们每天都畅游在青山绿水间，想来是怡然自得了。

轻烟般的阴云下，山峦的远色依旧是青黛色，雄壮地排列在道路两旁！高速公路两边，一眼望去，从山脚下到半山腰都是层层的梯田，一层浅绿一层墨绿一层金黄，直的笔直，曲的形状各异，但曲度都非常柔和圆润，整体相互衬托，色彩活泼明丽，几处红顶的或者蓝顶的房屋衬托其间，生活的气息就倏忽飘上这自然而然的油画了。

一下让人想起陶公“结庐在人境，而无车马喧。问君何能尔？心远地自偏。采菊东篱下，悠然见南山。山气日夕佳，飞鸟相与还，此中有真意，欲辨已忘言”的诗句来，那一种寄情寄性于无边广阔的大自然的超脱情怀，也许才是对我们的灵魂最妥帖的安顿。

返程并没有重复来时的路，希望看到不同的风景。结果，就经过了一长段极难行走的山路。这是一条县级公路，名字完全没有记住，可能是由于地广人稀，道路悠长；山区贫困，资金匮乏；加上山里的石材、林木、土特产等大量物资需要外运，路面不堪大重型车辆的碾压，路面起了大大小小的散乱排布的坑坑洼洼，有的区段积了不少水，透过树荫的那点光线斑驳地洒在上面，跟一条漆黑的倒影了很多闪闪眨眨的星星的河流一样，车辆行驶上去如同筛糠，哆哆嗦嗦地颠簸不停，多少有点头晕。于是，感叹人类在发展过程中，经历了太多的曲折和不平衡，真心期望未来能平缓顺畅起来。

途径金山岭长城，便临时计划去攀登一下，也让孩子感受一下长城的雄伟，历史的浑厚。金山岭长城位于河北省承德市滦平县境内，系明朝爱国将领戚继光主持修筑，是万里长城的精华地段，素有“万里长城，金山独秀”之美誉，障墙、文字砖和挡马石是金山岭长城的三绝，被称为“摄影爱好者的天堂”。遗憾的是，前一日因为暴雨的袭击，前往长城的道路被冲毁，正在抢修中，未能成行。

随后，未再停歇，于14：00左右到家。

一路的风景，一路的盘点。就在想：是道路长了，还是我们的心大了？是突然懂得了生活，还是我们突然有了诗和远方？是理解了生命，还是我们更珍惜眼前了？也许，时光像河流，在生命的河床上静静流淌，我们漫步在两岸，看着惹人的风景、捡拾着精美的贝壳，最后连我们自己也会成为别人眼中的风景，或柔美，或嶙峋，或幽咽，或畅达……

相　遇

时光像一条浅浅的河流，静静地流淌在生命的河床上，在一个不经意的拐弯处，我们又一次和春天相遇了。

虽说还没有满眼的柳绿花红，但空气中却像撒了纤细的碎金，闪着耀眼的光亮。阳光是金色而透明的，柔柔软软地笼着万物也笼着自己。五指分开甩开胳膊走开来，风儿便像北归的雁群翼下的绒毛，丝丝缕缕地划过皮肤，柔柔地痒痒地舒服；绕城的那条河，冰早已融化殆尽，清澈得像没有盛放任何东西，倒映出碧蓝高远的天空，岸边那几缕金柳真成了新娘，羞涩着扭捏着偷窥了一眼自己内心早已熟知的自己的袅娜身姿。你还无法和一切昆虫对话，它们依然在深深的洞穴里做一个关于春天的梦。

这时节，多数植物叶未绽花未开，但一个一个膨大的芽苞和蓓蕾在不多久的日子之后定当绽出一个姹紫嫣红的春天，给这个世界制造带香带甜的美丽，便是它们生命存在的最崇高形式。独独那一树一树的蜡梅，丹唇未启的花蕾如同一个个金色的耳钉，这大概是一位天宇中的仙姑在梳妆打扮时不慎撒落进人间的吧，还没来得及捡拾就被季节别在了枝头；带甜的笑靥如同一个个金质的钟盏，玲珑地点缀在枝头，涂了一层蜡质，硬铮铮的，像是永远都不会被阳光温化，缕缕暗香在这透明的阳光里，如同从这盏子里飘出来的带着清香的鸣响，像是钻进鼻子里又似萦在耳边。鸟儿有一群一群拥拥挤挤地跳跃在枝头的，叽叽喳喳述说一冬的衷情；有三三两两在枝头树梢翻飞嬉闹的，拍打着翅膀抖落一冬的慵懒和倦怠；有成双成对的，默契地找一个朝向阳光安静的所在，在这妩媚的阳光里谈一场温暖的恋爱。

公园里那一株株纺锤形的侧柏，整齐地排列在甬道两旁，俊俏挺拔的枝干爽利地指向天空，翕出一幅一幅透着深沉年轮的苍绿图画来。阳光里闪动的幢幢影像，都披着薄似蝉翼的金色帛纱，那是一个一个幸福的生命跃动着轻盈的步伐，像是在追赶又像是在寻觅。远处屋顶上的琉璃瓦楞，阳光洒在上面宛如漾着粼粼波光的湖面，这让我想起遥远的村落里那些沐浴在这阳光里的高高低低的房舍，一向的灰蓝也像镀上了一层金箔，屋顶上空回荡着我多少熟悉的叙语和笑声。

空气渗透着温润柔软的香气，那是解冻后松软的土地送给天空最浪漫最充满爱意的礼物。很快，所有深居在洞穴里的小动物小昆虫，都将睁开蒙眬的眼睛，都将在这阳光浸润过的花间草丛里尽情舒展生命最原始的美丽。你不难想象出一只小小的青虫，是如何在这多彩的阳光里，幻化成有着一对布满绚丽斑点近似透明的翅翼的蝴蝶。你肯定不难想象出一枚带有灰蓝斑点的接近土色的蛋卵是如何在这柔软的阳光里，孵变成一只只有着美丽翅羽鸣唱着婉转歌声的小鸟。你肯定也不难想象出，一个牙牙学语蹒跚学步的小孩童是如何在这透蜜的阳光里在不经意的一瞥间，就蜕变成一个明媚柔情的少女或者一个清新俊朗的少年的。所有我们相遇的美丽，难道我们不应该感谢这春天感谢这阳光吗？

自然界的草木因为相遇了春天而繁茂华美，自然界的动物因为相遇了春天而灵性鲜活，河流山川因为相遇了春天而灵动壮丽，时光因为相遇了春天而使记忆更富有温度。

我们在人类繁衍的悠远长河里，相遇了生命。这让我们的躯体从此汩汩流淌着勃勃的生机。这让我们的思想和情感从此变得如同这空气一样明丽、温热而富有弹性。

每一次相遇春天，每一次相遇朝阳初升，我们都应该为之感动，为之兴奋，为之庆幸，为之感恩，生命里我们能有多少次这样美好、幸福、伟大的相遇呢？

拐弯处

从工作的大楼里出来，一拐弯，路旁是一块小小的花园，极普通的那种，里面几棵碧桃树，几株月季，几丛菖蒲，还有几棵叫不上名字的灌木，周边一圈木制的箭型矮栅栏，刷着白漆，经了不少风雨斑驳了，中间一条青石板铺排出来的小路，有点曲径通幽的感觉。我每天都会几次经过，原本没觉得有什么特别之处，彼此都是对方的路人。

某一个春日，当一抹清晨的阳光铺在花园的土地上，正好园丁在喷洒浇灌花园里的花草树木，也正好我路过此处的时候，本是风儿吹过定会成扬尘的灰土，被清亮的水伞一喷，立刻就湿漉漉的、松松软软的，成了孕育生命的最好温床，并向所有的路人散发出一位充满爱意的母亲所特有的清甜味；一丛一丛去冬衰败的草坪，倒伏着，黄白相间，有点像癞头患者头上的斑驳发迹，此刻从被阳光渲染得色彩斑斓的水雾中，清清灵灵地透出一簇一簇，绿茸茸的、纤纤细细的草棵，如同一根根本身就极富活力的丝线，一经季节的巧手编织，立即就呈现出一片生命的灿烂辉煌，悦人耳目，动人心扉。再看那几丛菖蒲，像可爱的精灵，早已耐不住冬日泥土里的落寞与黑暗，春阳一照它们就都伸展开了腰身，调皮地顶破地皮钻出来，四下里张望，太阳像伟大的母亲，轻抚它们的头身，每一柄叶片闪烁出生命透亮的质感和绿意。浑身枯槁带刺的月季，恨透了干巴枯燥的冬日，在这潮润的阳光里，换上了点缀着玛瑙色芽苞的新装，最顶端已长出三两片叶子的芽尖儿，被它们当作发卡别在头上，在风中摇曳生姿。偶尔几只觅食的斑鸠、麻雀，在枝头、草地上跳跃，快速地啄食，间或奏出一声一声悦耳的歌唱，整个花园就活了，像热闹的舞台。几堆弯弯曲曲的粗毛线样的新泥盘曲在松软的土地上，像泥土开出的花朵，那是苏醒的蚯蚓搭建自己新家时多余出来的土料，它们是不肯随意堆放杂物的，于是便将土料做成了花型“雕塑”，却被我们认为是它的“粑粑”，生怕被自己不小心踩一脚，当然那是小时候的天真想法了。

同事们休息时都乐意在花园里走一走，寻寻觅觅地发现几柄在夹缝里怒放的生命，那是叶片极小，却是这个花园最早开出花朵的花，一根细细的花柄顶着一朵亮紫色的花蕾，相对于叶柄来说这花蕾应该叫硕大了，有点摇摇晃晃地站不不住脚，踉跄了好几下，才挺直腰板朝你盈盈一笑，百般妖娆，万般妩媚，它是早开的堇菜。爱美的女同事是不会错过这拍照的绝佳季节的，虽然还没有百花齐放、绿草成茵，完全自己开发新角度，拍出属于自己风格的照片，舒缓一下忧闷的心情。

这是我们生活的小小一隅，我们在这个拐弯的地方，都愿意用美的眼光去欣赏它，并试图把它融入我们的生活，甚至我们的生命。

人生之路是很少有直道的，我们会用什么样的眼神去看待，我们会用什么样的态度去对待一个一个的“拐弯”呢？如果我们怀着一颗平实欣赏的心，用一双发现欣赏美的眼光去热爱我们的生活的话，我想我们的人生将会呈现另一番景致！

寻　觅

我只想在金色麦浪涌动的田头站一站，感受来自这丰厚而扎实的黄土地深处的轻声问候，把自己微薄的生命置于其上，静静地静静地接受这片土地无可厌嫌的承载，闭上眼睛，所有的流年清晰如昨，于是，泪水盈满眼眶滴落在这厚实的土地上，碎成漫天的星斗。

我只想在被各色知名的不知名的野草野花淹没的乡间小路上走一走，感受露水打湿的醇醇乡情，追忆太多太多儿时依稀而快乐的往事；想着那碧绿的麦苗在无边的原野上返青、拔节、疯长最后泛黄、成熟，低下了头、弯下了腰，在明灿灿的传统镰刀与现代收割机械铮亮的刀头交相呼应的光辉里等待农人的收获，颗粒归仓的同时也将秸秆还田，毫无愧色地走向深深的土地，便告生命的终结，正如这片土地上的所有父母，循着孩子的哭声、笑声，从风华正茂满头青丝的青年一天天一年年走向了骨松齿摇银丝欲坠的老人，弯了腰驼了背，最后无怨无悔地接受这片深厚土地的接纳，一茬又一茬，更迭不已。

我只想听一听那浓烈酣畅的秦腔戏句，曾经只要一听到这种唱腔就会莫名地生出许多厌嫌甚或是烦躁，而今离开你十多年了，哪怕是任何一个幽深渺远的角落里只要飘来一缕这样的声响，我也会循着声音传来的方向七扭八拐地寻见它的源头——也许只是几个进城替儿女看顾小孩的老人因想家而自发凑在一起随便吼唱几句家乡戏，以解乡思之苦。

我只想满怀深情地迎接这里的每一个湿漉漉的早晨，让揉进青草和泥土馨香的金色阳光持久地抚慰我的每一寸肌肤；我知道这样的阳光早已融进我的生命里了，不管我是困顿在多么严寒黑暗的深夜，只要一想起这样的阳光，我的眼前就会顿时亮堂起来、一股偾张的热流会涌遍全身，叫我振奋。

我只想在这里各种欢快虫鸣衬托出来的静谧夜色里慢步徘徊，一泓蛾眉似的弯月泼洒下来的清晖，温柔地笼罩着这个古老而年轻的村庄，偶尔传来几声狗叫，让思绪飘飞到不知名的远方；深邃的星汉里有多少颗是辽远的祖辈逝去时点亮给我们的灯盏，指引着我们也迷惑着我们。

我只想在这里的塬坡上漫无目的地又有所特意地踯躅游荡，眺望记忆里如海般涌动的绿绿的麦浪，在那青色的滩头上捡拾七彩斑斓的记忆贝壳；这坦荡如砥的土地上印记着多少父辈艰辛劳作的脚窝、滴落了多少父辈艰辛的汗水，也落下了我多少洋溢着轻快节奏的脚印；仰面湛蓝的天空飘荡着多少欢快的笑声和云朵；天空和土地教会我什么叫作胸怀什么叫宽广。

我只想在袅娜着蓝色炊烟和弥漫着悠悠饭香的巷道间，久久徜徉，接受那一声声质朴醇厚的问候，看那一张张满是褶皱里写满辛酸故事的笑脸，探寻古往今来的人情冷暖世态炎凉。

我只想在这萦绕着我儿时哭声与笑声的屋檐下坐一坐，让门道过往的凉风撩动我的头发和衣襟，墙角的蛛网不知编进了多少陈年往事，破了又补，补了又破，蜘蛛从来没有厌弃过它，我又怎会厌弃？椽眼间的那个燕巢里飞出来的还是我曾经认识的那只雏燕吗？

我只想饮一瓢来自村头的那眼古井的清冽井水，冲刷多年积聚在肠道间的文明污垢，让身体的血液幻化成清晰明澈的村风民俗，在脉管里静静流淌，支持我生命的始终；如果那眼古井终于老了、枯了，而我宁愿一直渴着。

我只想细细地品读父母眼神中那从不言说的渴望甚或是祈求，可我真的不敢仔细体味其中蕴含的关于生命关于人生关于儿女的无尽含义。

我只想用淡淡的笔墨描摹这片黄土地上最普通的生命。

我只想让笔尖轻轻流淌出生命的河流，在这广袤无垠的黄土高原上蜿蜒曲折铺展至远方，不分清晨，不分日暮。当阳光把水晶一般的光亮洒满这条河面的时候，便可一路上映出日月映出星辰，映出春树映出秋草，映出朝霞映出暮霭，映出爱恨情仇映出喜怒哀乐。

我只想这古老的村庄在落日的余晖里越发显得郁郁葱葱，在袅袅的炊烟里，有几只鸟雀翩飞着似欲归巢……

一架金银藤

来到一个新单位，环境陌生，人事更陌生，周遭的一切似乎都不怎么友好，每天上班下班，我和单位没有交集，单位和我也没有交集，心情不免忧郁起来。

一日，午饭后，冬日的寒冷带走所有的睡意，便一个人在单位的小院子里闲溜。地面坑坑洼洼的，把本来就没什么温度的阳光，跌得稀碎，又在心头添了几许清冷。

不大的院子，没有多少绿植。几棵大白杨被砍了头，剩下半截木桩子直愣愣地挺在寒风里，有点行尸走肉的意味，我想来年是不会萌发出新生命的，这与园丁当初的美好愿望完全背道而驰。几丛不知名的灌木也落了叶，低矮而单薄，在北方的寒冷空气里，如同一位位沿街乞讨的老人，怎么看怎么凄惨、悲凉。

顺着工作大楼的外墙，不知不觉就溜到一个逼仄的角落，这里很少有人来，满地的落叶和垃圾碎屑，让人只会产生止步和绕行的念头。就在我犹豫要不要回转绕行的时候，一团绿色的雾，一下子就飘进了我的眼角，抬头一看，原来是一架金银藤挂在被尘灰蒙了面的砖墙上，显出一身苍健的绿色。

我很惊奇，这一架金银藤，在这么寒冷萧瑟的冬日，独自忍受着孤独，忍受着落寞，没有人欣赏，没有人关照，在这偏僻的一隅，在这零下十几度的严寒里，依然能生长出一片浓厚的绿色，给这死气沉沉的冬日多少添了些许生气，可见它对生命是多么的热爱和渴望，可见它对命运是多么的坦然和热忱。它的黄褐色的藤蔓，盘结而遒劲，通身皲裂的纹理里，填满了对成长过程中所有艰辛与悲苦的傲视。

我在想，明年春天，那一团浓重的绿色定会更加蓬勃、更加鲜活，定会笼罩上一层更加让人惊叹的生机。初夏的时候，定会开出一片祥云似的黄色的和白色的花海。

果然，第二年的春天，春风刚化暖的时候，金银藤就在去冬的略显苍老的绿色上，又涂上了一层鲜亮的黄绿色的绿意，远远望去，就像一团绿色的雾。走近仔细观察，每一根枝条的顶端，每一根叶柄的基底部都抽出一个芽尖，毛茸茸的、柔嫩柔嫩的，饱含生命的汁液，给人以莫名的生命鼓动。

刚到五月份，金银藤满身的绿色就被密密匝匝的黄白相间的花朵了整个包裹起来，像一位优雅的女士穿了一身朴素淡雅的衣裳，全身散发出淡而幽远的香气，婷婷地站立在那里，那一种素而雅的气质，让人着迷。于是我便明白了：愈是简单朴素的生命，愈是能透出其生命的质感和馨香，愈是能在简陋甚至恶劣的环境里生存的生命，愈是能保持生命最为珍贵的节操。

我被这种隐而不喧的生命形式所感动。于是，我决定每日来看望它两次，并且每次都会捡回几枚开败了金银花朵，放在办公室的桌上，办公室的空气里便会弥漫上缕缕淡而幽远的香气。我真是感叹这种植物，即便是芳华逝去也依然要散发生命的暗香，萦留人间。

由物及人，我想到了在生活中的每一个人，是不是每个人心中都应该生长一架金银藤呢？不管在如何落寞的环境里，即便是没有人赏识，没有观众、没有掌声，都可以自我蓬勃出生命的绿色，氤氲出透着生命质地的幽香。

想到这里，我心中似乎真有一架金银藤在悄悄蓬勃了。

再读《人生》

距离初读《人生》已经二十年有余的时间了。那时候，我还没有什么所谓的人生，只是一个懵懂求学的少年。从读完《人生》的那一刻开始，我就更加热爱生我养我的这片黄土地了。

我热爱这片黄土地，我热爱这黄土地上的一草一木，我也热爱这黄土地上如浇灌在高加林身上的暴雨，泼洒、刚正、淋漓、痛快，可以在瞬间铺盖天地，隐没一切，也可以在瞬间清朗透彻，不沾不滞，正如这片黄土地上的人的脾气一样，爱恨情仇，直戳戳地挥洒，不拐弯抹角，来得迅速，也去得突然。

那个时候，我是个中学生，也有了懵懂的关于爱情的幻想，就拼了命地希望刘巧珍和高加林永远在一起，一刻也不分开，分不清我是他们还是他们是我。读到他们一起散步在夜幕下的田间道路上，就好像是我自己身边站了一个刘巧珍似的。刘巧珍看高加林的一个眼神，冲着高加林的一个笑容，就好像是刘巧珍看着我自己，冲着我自己甜笑一样。我会看着文字傻傻地笑出声来，也会禁不住地感动地流下泪来。我不知道我是该化身为刘巧珍，还是该化身为高加林，或者说我更希望我可以在刘巧珍和高加林两个人之间随时自由地切换身份，这样他们就会彼此知道对方心里想什么，也知道该给对方表达什么。有时候这种想法会让我呆呆地痴愣一会。从那时候开始，我就好像突然长大了似的，希望异性欣赏我，夸赞我，陪伴我，也愿意偷偷欣赏一个我并不认识的女孩，生怕被人家发现。

我也幻想过在夏日静悄悄的夜晚，在玉米棵子林立的田间道路上，与我自己喜欢的女孩慢慢悠悠地走路，一片如雪的月光就洒在我们的身上和我们前前后后的土地上，我们可以一句话也不说，那些脆鸣的虫声就是我们的语言我们的对话，此起彼伏，私私窃窃，和谐而美妙。

按常理说“人往高处走，水往低处流”。可是那个时候，我就狠了心地讨厌高加林到县上工作，也咬了牙地恨黄亚萍缠着高加林，虽然她是一个又漂亮又有文化的南方女孩。这些恨这些讨厌来得莫名其妙也来得也自然而然，在我的内心里似乎淋漓尽致地表现出来，却不愿意告诉任何人，好像我自己是刘巧珍，但又觉得自己是另一个高加林。只希望高加林能一直用深情的眼光笼罩着刘巧珍。

初读《人生》，可能是年龄的原因，只对它的上篇留下了深刻的印象，只对刘巧珍和高加林的爱情故事充满了依恋和无限的想象；对于下篇就没有太多的印象了，只隐约记得高加林最后又回到了农村，又成了农民，至于中间经历了如何的感情纠葛、人生境遇就完全没有了印象。

生活在高加林和刘巧珍生活的土地上铺展开一片广阔的天地。他们的人生就像那条“大马河”一样，在河床上流淌，时而波平浪静，时而风云怒吼，时而逼仄狭小，时而铺展开阔，曲曲折折地日夜不停地向前奔流，无论是在灿烂的朝霞里还是在落日的余晖里，都泛着粼粼的波光，色彩斑斓，让人回味。青黛色的远山，像是给人生铺陈了美妙的希望，起起伏伏地绵延在似远又近的天边；中间黄褐色的土地上，沟壑峁梁，才是自己能用双手把持和耕耘的生活，看似高大的峁梁，实则缺少雨水，干旱贫瘠，看似半日阳光的沟壑，却水草丰茂、万物生机。

我很惊奇，“德顺爷爷”这个“老光棍”居然有过刻骨铭心的爱情故事。他的感情是坚贞的，是率真的，也是不朽的。他可以把一种深刻的感情深深地埋藏在心灵的深处，并把她幻化成一种对生活的热爱，用自己的善良去浇灌他能遇到的一切生命，包括刘巧珍和高加林。

我相信德顺爷爷为刘巧珍和高加林的感情而激动得老泪纵横时，他也把他自己当成了他们，也把眼前的他们当成了曾经的自己。这一种情景的交换里面，揉进了德顺爷爷多少对美好生活的无限追忆，我不敢多想。

再读《人生》，从始至终，我的眼里总是浸满泪水，我不知道我为什么而流泪？是为了爱而流泪还是为了恨而流泪？是感动而流泪还是悲恸而流泪？是欢喜而流泪还是痛恨而流泪？也许，为了那片黄土地上长出的那么淳朴的人，我感动地流泪；为了刘巧珍那种比黄土地还要金灿灿的“金子般的心”而感动地流泪；为了刘巧珍对高加林那种如“水洗过的蓝天一样纯洁明朗”的感情而感动地流泪；为了他们两个真心相爱而欢喜地流泪；又为高加林见异思迁而痛恨地流泪；又为刘巧珍被“甩在半道上”的失恋了又悲痛又同情而流泪；为了德顺老汉那么鲜明的爱恨情仇而流泪；也为了刘巧珍失恋了，并没有怨恨高加林，反而坚持帮助这个自己在内心深处无限深爱的人，没有放弃自己，反而更加刚强，更加善良，更加美丽的女子的命运而流泪。甚至，在很多时候，我就好像融进了那流淌的文字里，融进了他们的生活里，我也分不清他们是我，还是我是他们。

现在我也有了自己的人生，我也爱过，也恨过，也奋斗过，也失意过，但生活的洪流就像那条“大马河”一样，永远不停地向前流淌，奔向那没有尽头的远方。由此，我也深切地体会到，生活永远要真真切切地生和活，不能有半点幻想，也不能有半点虚浮，虚的永远都是虚的，错的也永远是错的，要想改正必须回到生命的原点。就像德顺爷爷说的那样“归根结底，你是咱土地上长出来的一棵苗，你的根应该扎在咱的土地上啊！你现在是个豆芽菜！根上一点土也没有了，轻飘飘的，不知你上天呀还是入地呀……”这是一种经历了无数的苦难和磨砺所得出的人生结论。人需要扎实地扎下根来！

《人生》给每个人都铺陈了一种人生，好像是一种宿命，实则是客观规矩，就像一种土地长一种庄稼一样，不能违拗。

高加林经历了从巨大的绝望与悲痛中得到了爱情的滋润，重新焕发了面对生活的信心，重新唤醒了他对那片土地的热爱，在别人眼里能得到刘巧珍那样一位好姑娘做媳妇，那是多么让人值得艳羡的一件美事，而他却得来的那么容易。生活却因为他叔父的出现，让他的人生驶入了一种看似的“快车道”，一下子又从一个“土农民”变成了众人贪羡的“公家人”，这种戏剧性的飞升，加上黄亚萍的再度出现，彻底让他轻飘了，失去了生命原本的根基，忘记了自己原本的身份。生活就是这么公平，当你在飘飘然的时候，它会适时地给你一点敲打，让你沉一下，明白自己是谁。就是这一点点敲打也会让人痛苦地无法承受。

正当高加林春风得意，爱情事业双丰收的时候，头顶一声晴天炸雷撕破长空，打破所有的平衡和美好。高加林被他同学的母亲也就是只差一步就成了他的新女友的黄亚萍的婆婆揭发了，所有他之前的理想、梦想甚至幻想就在那一瞬间，都如同一个被吹得巨大的肥皂泡一样最终只剩下破裂的结局。他又必须回到农村，重新穿上破旧的衣服，再当回农民。他简直不敢相信，说：“是生活开了他一个玩笑，还是他开了生活一个玩笑？他不得而知。”更可悲的是，他曾经狂热地爱恋着的人，也是一直狂热地爱恋着他并且唤醒他的爱情和生活勇气的人刘巧珍，跟她曾经怎么也瞧不上眼的人结婚了，这如同饿着肚子走一趟夜雨的路，本来就饥寒交迫，还不知所措地被人夺了雨伞。他悲愤，他痛苦，他也无奈，他自己就说，这跟命运无关，这是自己一手造成的。

更让高加林羞愧而无地自容的是，被他“甩在半道上的”也是他曾经深爱的刘巧珍并没有因他的事情幸灾乐祸，也没有唾弃谩骂他，而是背着他悄悄地帮他去央求别人“别再给他使坏了”，生怕损伤了哪怕是一点点的他的自尊。她是多么的质朴，多么的善良，多么的疼惜人呀。德顺爷爷就对高加林说“……可你把一块金子丢了！巧珍，那可是一块金子啊！”“巧珍，多好的娃娃！那心就像金子一样……金子一样啊……”德顺爷爷说不下去了，泪水就夺眶而出。高加林非常后悔，便撕心裂肺地喊叫了一声“我的亲人哪……”这声音会久久地回荡在“大马河”的川道里！

这就是人生。

路遥用他仅仅四十二年的短暂生命，热情地深爱着这片土地，也深爱着这片土地上的人们。他笔下的每个人物和一草一木都倾注了他的无限深情。

于是，他在小说的最后一章写下了“（并非结局）”的字样。他想在他的眼前为他笔下的亲爱的人们展开更为宽广的生活前程；他想让他们在他内心的小说章节里得到应有的幸福；小说是结束了，可那些亲爱的人们依然活在他的心中，那些感情就像那条“大马河”一样，依然奔涌在他心灵的河床上。

我想不出他的内心是有多么的柔软和温情，正如刘巧珍那样，当无情的命运一次一次打压过来，她依然对她深爱的人保持着无比爱恋的感情。他是多么热爱他生活过的这片土地啊！他是多么眷恋生他养他的这片土地啊！

我想，他的感情依旧萦绕在“大马河”的川道里，他的感情依旧渗透在他笔下的人物的生命里，他热爱他笔下的人物甚至超过了热爱他自己，他甚至分不清他和这些人物之间的界限了，完全被满眼的泪水搅和成朦胧不清的一团了，他想让他们永远活在他自己的生命力，永不消退。

下雪了，故乡

2018年1月4日晨，父亲打来电话说，家乡下了一场雪。

这是他记事以来家乡下的最大的一场雪，至少有八寸厚，并且雪花还在纷纷扬扬地飘着，说不定能超过一尺呢，父亲在电话的那头很开心地说。父亲继续说，这一场雪，下得好，缓解了入冬以来的严重旱情，小麦可以安然地过冬了。放下电话，抬起头，我的目光似乎在一瞬间穿越过了莽莽苍苍的北部平原，似乎翻越了千山万水，落在我那片白雪覆盖下的土地上，我似乎看到了父亲因为经年累月的繁重劳动而被风吹日晒显得苍老黑红的脸膛，我似乎看到了之前父亲因为小麦严重缺水干旱而内心焦躁而紧缩的眉头一下子舒展开来了，我似乎能看到了熟悉的村落里那些熟悉的面孔上那写满了“瑞雪兆丰年”的淳朴笑容。

手机的朋友圈里面也被白皑皑的瑞雪覆盖了。人们在内心里是多么盼望甚至是祈求上天能在寒冷的冬季给干枯荒凉甚至有点丑陋的大地铺盖上一层厚厚的白白的如梦如幻的白雪，并因了这白雪的梦幻色彩而改变寂寥的冬季自己内心的无限怅廖与落寞。

从父亲的话语里我能体会到，这一场突如其来的大雪（近些年，故乡已经不是每年冬天都会下雪了），给故乡的人们带来了一种特别美好愉悦的情绪，大人娃娃脸上都露出了由衷的笑容，那种会心的笑容就好像漫天纷飞的大雪里怒放的红梅，完全可以让心情在这严寒的冬天里燃烧起来，带给自己温暖带给别人温暖带给世界温暖也带给这个我渴望立刻就回到她的怀抱的村庄温暖。

父亲一个关于雪的电话，将我带回到自己遥远的童年时代。那个时候的冬天，特别冷，风也比现在的大，田野里除过贴着地皮的那一点灰塌塌的麦苗的绿色之外，就是无边的黄褐色的荒芜。低矮破旧的屋舍高高低低地簇拥在一起，村庄里整天缭绕着青色的炕烟给凄凉萧条的村庄笼上一层淡淡的暖意。

那个时候，我们都很小，七八岁的样子，父母都还年轻，家里都很穷，但是父母都在我们的身边，天气虽然很冷，但是父母的大手很温暖。那个时候村子里生长着许多高大的树，庞大的树冠，高高地擎立在湛蓝深邃的天空上，树杈上总有几个让我们无限遐想的巨大鸟巢。

下雪的日子里，村庄、田野、塬坡以及树木枯草都披上一层洁白的盛装，那种破旧荒芜被暂时地掩盖起来了。整个自已的周围立刻变成了一个童话般的世界，厚厚的积雪松松软软地铺盖在上面，晶莹剔透，刺破阴云的那一缕缕阳光洒在上面泛着耀眼的银光。大人们拿起了扫把清理庭院的门口的路上的积雪，堆起一个又一个锥形的洁白雪堆，围绕在树的根部；更有勤快的人们把路边的积雪用架子车拉去倒在自家的麦地里，给麦子盖上更厚的雪被，期待来年更好的收成。

我们小孩家，则成群结队地鸟雀般欢呼着飞向广阔的田野，那是属于我们的世界，一片洁白的童话般的世界，在偌大的银白色的世界里，我们就像一个一个黑色的小弹珠在快乐地蹦跳，相互追逐打雪仗、滚雪球，跌倒了爬起来继续着那种无忧无虑的快乐，小伙伴们变换着高高低低的位置，正如那黑色的音符在洁白的乐章上热烈地跳跃，流淌出欢快优美的旋律一样，清脆悦耳的充满着欢乐的笑声就回响在空旷的原野上空。

当晴日来临，遥远的东方天际，辽阔、洁白的冬日原野尽头，一轮巨大的红日腾空而起，万道金色的光芒给这本已如童话般的世界涂上一层瑰丽斑斓的色彩，我们会禁不住地对着空旷寂静的田野、对着湛蓝如洗的天空努声呐喊，我们会对着墙头上几只出来觅食的肉球似的麻雀歌唱，我们会对着高高的国槐树叉上的巨大鸟巢痴傻般地诉说，我们会踩着一串深深的脚印不知不觉地来到自己本来不该来的地方，我们会忘情地望着无垠的白色天地里一个不知名的移动着的小黑点狂呼乱叫，生出许多奇异的幻想来……

很多时候，我们觉得自己很坚强、很勇敢，我们觉得自己很潇洒、很洒脱，我们觉得自己很无所谓、很了无牵挂，我们大步趔趔着离开了或者狠点地说叫摆脱了自己曾经无数次产生过嫌弃心理的故乡，踏进一个陌生的世界。多年以后，我们会突然发现，自己是多么的脆弱，多么的在乎，以至于脆弱到一声熟悉的轻轻的呼唤、一个曾经不起眼的角落、一个曾经满不在乎的情景，我们那敏感而脆弱的感情再也无法支撑我们一直都在伪装的虚假外表，我们会禁不住鼻根发酸、两眼温热、在不经意间两滴晶莹泪珠会挂在我们已略带岁月风霜的面颊上。

最后，我想引用一段文字，作为这篇如同故乡这场雪一样突如其来的文章的收尾。亲爱的读者，你不要期待这文字有多么的优美，也不要期待这文字有多么大的文学价值，他只是一个离乡多年后回到故乡面对一场不期而遇的大雪的一种直接的感情表白。

用现在的时兴而亲昵的话说，他是我的“发小”，用家乡话说，他和我一搭儿穿开裆裤长大的，一块玩尿泥长大的。他不是作家，也不是狂热的文学爱好者，他只是这块土地上长出的一棵普普通通的“苗木”而已。当洁白的雪花飘落在他的头发上衣领上的时候，他情不自禁地写下了下面的话，你不要苛求语句有多么的通顺，你不要苛求句式有多么的巧夺天工，你只需要用心去体会那份炽烈的醇厚的感情即可。在这寒冷的冬天，当我看到这段文字时，我的眼睛里涌出了温热的泪水：

“洁白的飞雪，晶莹的冰凌，似乎又回到儿时下雪的感觉。有这么大雪的时候应该是刚上小学一二年级的冬天，清晨推开房门，一片洁白无垠的世界，那么宁静，那么素美。轻轻地背起书包，跨出房门，小心翼翼地在雪地上留下脚印，激动和愧疚并存，激动的是第一次感受到厚厚的、松软的雪毯，愧疚的是怕自己破坏了纯美的意境。在纠结中继续前行，依稀记忆分辨着房屋和麦垛的形状，终于找到了去学校的那条小路，竟然发现了三三两两的脚印，兴奋地顺着脚印追过去，小伙伴们个个都显得异常兴奋和新奇，冻得红扑扑的脸庞都乐开了花，不知道谁第一个开始，大家似乎醒悟过来，在洁白的雪地上撒泼打滚、打雪仗、堆雪人！小伙伴们终于放开了，放开享受着漫天雪花和松软洁白的雪毯！我也忘记愧疚纠结，似乎我们就是在这银装素裹的洁白画纸上挥毫泼墨的主角！”

山村秋韵

这是北京几乎最北端的一个小山村——孙栅子村，坐落在喇叭沟门满族乡的山坳里，静悄悄地，不喧也不闹。

月已西沉，头顶只剩下乌蓝的天空，东方微明，整个村子还笼罩在白色的轻梦里。

推门出来，巷道里还没有行人，家家户户的门还是紧闭的，犹如人睡着了闭着的眼，一切都是那么的宁静。空气清爽得让人禁不住激灵一下，清醒许多。路边湿漉漉的野草上、田禾叶子上挂满了白色的露珠，一串一串的，晶莹剔透，是昨夜月光下大地向天空求爱时捧上的项链。沿着曲曲弯弯的田间畦畔，每一步都好像能合上村庄的呼吸。

门前五十米就是一座并不高大的山，突兀地站立在面前。沿着屋前农人自修的原木铺成的栈道，便可以登上山顶。站在半山腰上，极目远眺，远山一黛，裹一层白色的纱幔，起起伏伏，凹凸有致，柔美典雅，犹如一位含羞带涩的少女，欲盖弥彰地躺卧在天穹之下，愈显出她的身材的优美来。整个村庄随即完整地呈现在眼前了，横横竖竖的巷道结成一张巨大的网，将整个村庄划分成清晰的条条块块，像是江南水乡的一家挨着一家的鱼塘，甚是悦目。红色的屋瓦，鳞次铺就，房屋也似乎成了一条一条的红色鲤鱼，在这由巷道组成的网格水域里静静地等待天空降下那一弯巨大的银色吊钩，倏忽间将一切都打捞起。一声分不出来从哪个方向传来的公鸡打鸣，悠悠扬扬，唤醒整个山坳。院子里面也就有了走动的人，打水洗脸梳头，伴随着数声清嗓的“咳——咳——”声，大门也就“吱扭”一声打开了，接着就是“唰啦唰啦”地扫地声，扫把儿在地上画出一个挨着一个的扇形，动作协调优美，新的一天就这样开启了。

不多时，各家各户房顶的烟囱里也就陆陆续续袅起青蓝色的炊烟，在乌蓝而略带阴云的天穹下，曼妙升起，最后散尽，也许最后就幻化成一朵一朵的云彩，悠悠地飘荡在村庄的上空，深情地俯瞰着它的故乡。饭香就笼罩了整个村庄，笑声细语就在巷道间回荡了，生活的气息如同这漫山的秋色一样绚烂。

走进巷道间就更感生活了。每家门前都有一方土地，并不大，种着各种各样的菜蔬：茄子、辣椒、豆角、西红柿、黄瓜、韭菜、大葱、南瓜、菜花，等等，只有你没见过的，没有你见不到的，一畦一垄，整洁清晰，跟这里的人一样，淳朴得到了简单，一是一二是二，爱憎分明。

巷道间、院门口逢着满脸黑红带有明显生活磨砺印迹的农人，都会热情地上前来问候，似乎自己是他们家久未登门走访的亲戚，那种由心而发的热情，让人如沐春风，倒比文明的城市人更懂礼貌，更懂人情。

天是半阴的，没有耀眼的阳光，山头上只一片蛋黄似的云，像是给整个大山绾了一个大大的发髻。

漫山遍野的树叶，绚丽多彩，有红得似火的，有黄得似金的，有红里透着黄的，有黄里透着红的，有苍劲墨绿的，不像是成片成片地铺展着，倒像是一朵一朵地开放着，一堆一堆地绣着。于是，路上的车就多了，山上的人也多了，有扶老携小的，有男女情侣的，有三五成群的，有兀自独行的，都是在看这如渲如染的景色，都在想象着“层林尽染，漫江碧透”的诗句的意境。

山脚下是层层叠叠的梯田，一片一片的，成熟的玉米有的已经被掰走了棒子，只剩下空朗朗的玉米秆呆站在那里，风儿吹过，叶片“噌楞噌楞”

地响，显得有点悲凉；有的则紧抱着棒子，憨憨地站立着，顺着眼睛是在等待主人的光临和赞扬吗？

几大片的向日葵在不远的山脚下灿灿地开着，忘了季节，头面统一朝向一个方向，像接受检阅的军队在行注目礼，远远望去，黄金铺地。除此之外，就没有别的农作物了，田间地头还有荒废的土地上竟是无边衰草，黄黄红红，参差夹杂，间断延绵，直到更远处的山脚下。

我想秋天该是一位浪漫的女画师，虽历经岁月，仍眸似秋水，眉似远山，收尽春夏的华彩，纤指如笔，曼妙轻舞，绚烂如织的五彩锦帛就活脱脱地落在她眼前的峰峦山野上，红黄交错的落叶就绣在了她的裙边上，丹唇微启，今夜如水的月光下应该有秋虫为她轻吟……

大山在没有开发旅游资源之前，就是穷乡僻壤，人人厌恶，生怕避之不及；旅游开发后，却成了旅游胜地，人人喜爱，趋之若鹜。

人类随着文明社会的发展从大山深处走了出去，又随着文明社会的发达再次走进了大山。世间好多的事情，只是转变了一下时空，转变了一下视角，转变了一下观念，就完全是两个天地了，其实也是一种返璞归真，或者叫轮回，或者叫循环。

但无论如何，眼前这个秋天是美丽的，这个秋天是祥和的。这个秋天也是有她该有的气韵的。

风之歌

有一天，当你倾听到掠过耳边的风在歌唱时，那么，你一定会自然而然地学着像风一样，为风吹过的所有的人、事、物歌唱，用自己的泪，用自己的血，用自己的爱和恨，还有那一丝淡淡的忧伤。风没有耳朵，却能听懂你的歌。

农 人

每夜
躺卧在宽大厚实的大塬怀里
黑亮眼睛里的星星
一颗一颗地种满天空
那是千年万年前
祖先给你托的梦
你现在仍不愿醒来

你种了那么多星星
她们能长出什么
你只知道自己也是祖先梦里的
一颗星星
天空那么大 那么深
你什么时候能耕种完毕
你说
祖先的梦一直就没有醒
黑亮的眼睛像星星
一直亮在每一个梦的夜空中

你多么渺小啊
不如一颗最不起眼的星星

但你耕耘整座大塬
你的眼睛装着整个天空
你播种进土地的种子
比满天的繁星还要多

土地是自己的母亲
也是自己的孩子
你用月亮的清辉
把爱打磨成皎洁的犁铧
星星播种进每一道犁沟
泥土的馨香 弥漫
你每一个星光满天的夜
孩子是遍野生命蓬勃的稼穑
在虫鸣蛙声里成长
一转眼
孩子也就成了母亲
秋装绚烂 冬雪洁白

你熟悉庄稼比熟悉自己多
比起自己的身体
你更关心土地的贫瘠与肥沃
你念叨了一万遍的
仍是那生生不息的五谷与六畜
你听祖母讲过无数遍
关于星星和人和魂灵的故事
但你从不敢奢望
自己也成为一颗星星
你说那是神灵

自己只能是农人 即便死了

太阳 月亮一睁眼
就撒下一把一把
如金似银的丝线
经天纬地
大地是你的织机
你甘愿自己成为来回奔忙的梭子
织就的 是日子
绚烂如锦 挂满天空

你说
人死如灯灭
你说你舍不得土地
舍不得草木庄稼
还有那头年老的耕牛
但自己还是被埋进了
自己曾经无数遍耕作的土地
厚实的大塬陪着你
金色的太阳陪着你
还有银亮的月光和星星

你一直藏在心里的那个
——渴望成为天上一颗星星的秘密
陪着你
在未来的岁月里
期待孩子及家人能在夜晚认出
自己的光亮

土　地

与我的相遇
你比母亲更必然

你是我的另一个母亲
西风引领你从太阳入海的地方
归来
你俯卧在我们的脚下
你不比任何一枚蒿草更高
但没有人不俯首叩拜你
你是神祇的天空
浩如瀚海
倒映在人间
我们只是一枚枚
随时就可能熄灭的星辰
多亏你的承载

在你怀抱里的
不光是善良
那丑陋不堪的
你也照样拥抱
欢畅的古井水在你的胸怀里流淌

滋养千百世的人和庄稼
你也用温情的颜面
承接人和畜类的汗与泪水

我知道你的厚实
看看那密不透风的田禾就知道
麦苗拔节的声音响彻天空时
你夜晚的鼾声也悦耳无比
麦穗扬花的时节
你的胸膛就被各种野花点缀满了
你的笑容在布谷鸟的歌声中
渐次绽开

你很勤劳
叫醒了雄鸡
叫醒了太阳
叫醒了耕牛
炊烟也醒了
整个村庄都在你的胸膛上
快乐地舞蹈

你虽然已是一位相当成熟的母亲
子女遍布每个能望见你的角落
但你却始终保持着三日新娘的娇怯
羞红满天的朝霞
拢着绿茵茵的庄稼
如你蓬勃如云的秀发
草尖上的露珠

是你晶莹的汗香
遍布四野的鸟鸣
是你秀口轻启的余音
村庄里因此充满了善意

你把温凉冷暖刻画成四季的风景
人 畜 虫类繁荣更替
你把日 月 星辰演绎成
时光的故事
年轻了谁 衰老了谁
生命更迭
你埋藏幸福的死亡
你托付悲痛的存在
你哺育了无数
高尚和丑恶的灵魂
但你的伟大和他们无关

你的厚重如同你的梦
梦里 你的子孙
是遍野的稼穑
绿成海洋
无论世风如何刮
一茬一茬的浪头
奔涌向前
在遥远的天地交合处
生出一道洁白柔美的弧线

纺线姑娘

你娴静地坐在那里
内心深处却是一片海
花潮在你的脸庞上涌起微微热浪
却只有自己能感觉到

你一手摇纺车
好像摇动了自己的心中乾坤
一手捻着丝线
绵软的岁月在你的手里刚强有力
那“嗡儿……嗡儿……”的声音
在你的耳畔幻化成一支
悠扬动听的生命之曲
你所有的努力就是不让它中断

你用清亮的眸子把那么悠长的岁月
在指尖上挑画成一个个美丽的虹
你从来没有想过这线能纺完
正如自己从来没有思考过
自己心头的牵挂会断线一样

你的发辫是被自己纺的线扎起的

那些让自己无限荣光的嫁妆
都是自己经手纺线 织就的
没有人能猜透你的心思
你只是依然娴静地坐在那架陪嫁的纺车前
一手扶摇纺车
一手牵引丝线
生活在你的眼里简单明了

你从没有思考过一生到底有多长
你只知道太阳月亮的光亮
会让一轴一轴的丝线闪烁出自己想要的光芒

你知道纺的线再结实
也不可能把自己拴在人间
但你也固执地知道
那些穿在子女身上的衣衫
会产生出持久而温暖的惦念

村　庄

你孤独过吗
火红的彩霞里
有那么多的鸟鸣 马嘶
是夜 落满清晖的露珠上
蟋蟀的歌声
未曾干涸

你孤独过吗
那一片一片的密林
如宽厚的臂弯
环绕你所有的梦
檐下的剪尾紫燕
将春风裁成
落满鸟雀的枝头
贴在你黑亮的窗棂上

你孤独过吗
屋顶的炊烟
袅娜出令我神往的姿容
灶膛里的炉火
几千年来

依旧温暖着你梦中的梦

你孤独过吗
春天 路边晶莹的小花
夏天 田间闪亮的麦芒
秋天 林间绚丽的落叶
冬天 瓦槽洁白的雪花
色彩汇成了海洋
荡着你再做一个有我陪伴的梦

你孤独过吗
犁铧上泛起的泥土之花
被耕牛脖颈上的铜铃
一步一响地带回家
那浑圆的鞭声
轻轻一甩
一片洁白如雪的云朵
就掉在庭院的磨盘上
那麦粉在夕阳的余晖里
灿若彩虹

你孤独过吗
那坟场凄厉的哭声
孝子贤孙长长的队伍
串起过往和未来
村巷里的孩童
在你幽深的眼神里穿梭
童稚的嬉笑声

像古老椿树上淡淡的花香
在每一个春天里如潮般涌起

你孤独过吗
深厚广袤的大塬
即便承载无数厚重的期待
依然会合着潮润的虫鸣
奏响平静舒缓的鼾声
陪着属于你的满天星光

我不在你身边的日子
我梦中的那个我
一直在你身边
你孤独过吗

场

奶奶对我说
她的奶奶告诉她
日头爷溜进西山沟里睡觉的时候
墨黑的天空就延伸成无边的场
银亮的星星是祖先的魂灵
一盏一盏地晾满场
最亮的那一颗
就是一世流汗最多的那位
奶奶讲得动情　真真的
我在那个只有星光的夜晚
看见端坐在门前场上的奶奶
脸上挂着比夜露还要晶莹的泪水

那是个多么宽阔的世界呀
却晾晒不下农人浸满汗水的日子
那愁苦　酸辛　悲凉
对 还有那一点点少得可怜的幸福
都在烈日的暴晒下尽显淋漓

从记事起
我就喜欢躺在宽阔的场上

那时的我幻想不出自己哪一天能跟场比大小
不知道多少个夏夜过去了
场还是那么大 我还是那么小
我就在心里暗暗怨恨场比我长得快
有一天
我把这个心思告诉了满天星光下的父亲
黑暗中我清晰地感觉到
父亲用眼神抚弄了一下我
说：还是“小的”好
父亲当时的眼神我多年后才读懂
那一刻我泪流满面

牛马、骡子拖曳着沉重的碌碡
年复一年地围着那根末梢黝黑发亮的鞭杆旋转
却怎么也挣脱不开命运的圈画
祖辈们用了一生的时间
却晾晒不干那些含泪潮湿的心思
那些一挨土地就能生根发芽的灵魂
在偌大的场上一遍一遍地被后辈人反复搅拌

在你的胸膛上金子般的稼穑籽粒
泛出每一个你精心打磨过的日月星辰的光芒

屋　院

大地很大　生命太小
你奋斗了一辈子
就是想为自己的灵魂安个家
太阳很红　黑夜太深
你努力了一生
只想把自己的尊严矗立在风雨中

你一直向往那通体的瓦蓝
你说：那是比天空还要高远还要纯净的追求
我知道，你最热衷的
还是心中那无比巍峨的脊梁

别人都说你没有话语
你说：话语是犁铧，用来耕耘土地
犁铧一天天梳理大地
于是
泥土便有了灵性 懂了你的心思

那一缕袅着青烟燃在秸秆上的火苗
把你的脸烧得比满天的火烧云还要赭红

诞生于如霞的火光中的砖瓦
在你的眼神中
有了火的烈性和烟的柔情
你脾气倔强
腰身如弓 顶起太阳底下最神圣的殿堂
从此 砖瓦没有口却能说出最美的语言

你说这土地上充满了诗情
你说你喜欢这诗情
可你把全部诗情化作了沉默
沉默是那住着诗情的屋院

巷 道

站在大塬的顶端
遥望
那曲曲弯弯的线条
是村庄的血脉
生活的浪流日夜奔涌
土地和生命的馨香川流不息
农人的日月光景流溢千年

你踩踏的每一寸道路
都将是你生活的模子
你用目光和爱打磨每一个脚印
日月的光辉　熔铸
村庄的故事
深邃幽远　情意绵长

耕牛驮着犁耙
农人肩膀上的扁担
一头挑着亮汪汪的古井水
一头挑着黝黑黑的大塬
那共同的血脉
是你们共同的出发地

你们也共同回到这
炊烟四起的人间灯火里

朝阳 晚霞 露珠 青草 庄稼
是你们眼里共同的风景

你的子孙们总想表达
表达对你的思念
但你的喉咙太深
哽咽了多少靠近心房的步子
总会有人到达
你说：我不需要那么多的语言
我不寂寞
村庄一直陪着我

大 塬

太阳是你唯一崇拜的神
于是 便有了亿万年前
那次朝圣似的旅程
生命都是会生根的
于是 你再也未曾离开

时光无痕
刻画出你层层叠叠的
额纹和满脸褶皱
你的生命
比耕牛的长哞更加幽远
叠摞起来
不就是
伟岸沧桑的自己吗
你的睡眠和叹息声
如此深沉 酣畅
但你不愿打扰星辉的梦

从未敢忘记
金戈的呼啸和铁蹄击碎的残梦
那是祖先留下的叮咛

于是
你把风儿拂过麦浪的声音
反复酝酿
带着清香的月辉
夜夜笼着你
轻柔的鼾声

你把农人的全部心思
焐在怀里
那些充满铁血的历史
一转眼
就疯长成遍野的庄稼
翻滚出绿色而柔软的浪涛

你胸怀的深处
埋葬着很多
曾经用胸怀拥抱过你的灵魂
你从没有过悲伤
你说
这些人 畜 庄稼一直都在
自己的胸怀里
从未离开
要么喧闹 要么寂静

你有那么宽阔的胸怀
塬脊伸展成你结实的臂膀
祖辈那些绚烂的神话
如同麦苗一样分蘖生息

那是你头顶上充满生命力量的头发
棵棵挺立
天空甘愿当你的新娘
雾霭如面纱笼着她的羞涩
满天的彩霞灿若三春的桃花
这笑脸足以让你陶醉一万年
那星辉清澈如河流
在每一个夜晚哺育你的甜梦
新娘说：
你睡吧
我会守候你每一声呓语

你的生命多么强健
你的子孙如同你怀里的庄稼
一茬一茬 绿了 黄了
长势旺盛

你永远也不会老去
因为
你的生命里总有许多鲜活的生命
把蒸腾着热气的血液
注进你的脉管
于是 年复一年
五谷丰登 六畜兴旺

那个清晨

那个清晨
是被檐前燕雀的呢喃啄破的
太阳掀开被子
眼睛迸溅出金色的光芒
射向古老的塬坡和村庄
一片玫瑰色的箭镞
比丘比特之箭更加神圣
顷刻间就温化成爱的海洋
谁都逃不过她的沐浴

那个清晨
耕牛悠长的哞声
唤醒那些古老的屋院
炊烟是最尊贵的客人
串遍巷道里每家每户的门子

那个清晨
浸染了星辉和月光的露珠
晶莹成一颗一颗的金色铃铛
四野的风
懒散而轻柔地拂过

清脆的鸟鸣便盛开在草尖上
带着泥土的潮润和清甜

那个清晨
我是从有着崭新的新年衣服的梦中笑醒的
红红绿绿的鞭炮碎屑
飘洒在门前厚厚的积雪上
村庄和大地穿上了花衣裳
沉浸在远远近近的醉心的爆竹声中
我和村庄的心像小鸟一样
飞了起来

那个清晨
我是从母亲做饭时
风箱的“啪嗒啪嗒”声中自然醒来的
袅袅的炊烟合着袅袅的饭香
让整个屋厦馨香四溢
而母亲
淹没在厨房幽暗的光线里
那一张布满沧桑的脸
在灶膛里猎猎的火光中
明了 暗了
如同生活 如同苦难
多年后 我才懂得

那个清晨
是被镰刀上嚯嚯的磨砺声照亮的
成熟的麦子浸了一夜的露水

秸秆略带韧劲
搭镰刚好
父亲说着　满脸的笑

……

那个清晨
我多想从“那个清晨”中醒来
泪痕便刻花了我的眼角
一如秋天的叶脉

庄　稼

金色的秋日阳光
带着暖意的思恋
带着灿烂的哀愁
带着深沉的叹息
铺向远方
……

土地啊
在你厚重的分量里
世世代代多少倔强的脊梁
甘愿匍匐在你的怀里
生息——死亡——
你是他们生命里不可更换的图腾

那褐色的籽粒
沉甸甸的
凝重似你的赭色面容
被你高高地举过头顶
叩拜——叩拜——叩拜——
你灵魂里唯一的神圣

埋进土地里
你确信
那是先辈的叮咛
燃起绿色的火苗
在满天的星光里
一夜燎原

寒冷的冬日
月光洒在白雪上
照亮你的比黑夜还要黑的眼眸
你说你看见了
那白雪之下分明是一汪火
明亮地涌动着 翻滚着
灼烤你难眠的梦

你确切地知道
当星光在天际隐退之后
当春日的阳光洒满塬坡之时
那绿色的火苗
定会刺破最后一层寒意
在你的躯体里返青 拔节
抽穗——扬花——
鼓胀你本已孱弱的生命希望

风是你的向往
风是你的追求
但你选择了送别
风离开时

你的馨香点亮了整个夜空
农人的笑容
盛开在晶莹的露珠上
悄悄柔润你的坚守

漂亮婆姨的笑声
在金色的芒尖上成熟 绽开
铺成满坡带香的云霞
那一双绣花鞋
透着甜香
摇曳在黄土扑扑的小路上
把你织成烈日里
古铜色的风景

汗水洗亮了星斗
银光撒落
场上亮晶晶的籽粒
双手捧起的那一瞬间
星光在眼角滴落成
你不能再捡拾的生命岁月

你存在了数千年
难道只是为证明生存的不易
和那一缕
飘忽不定的关于生活的
幸福？

镰　刀

岁月被打磨得锋利无比
能割断自己的过往和未来吗
生命弯成一泓
清辉如银的月光
轻抚自己曾经在铁砧上留下的
火红的伤痛

你有肚皮吗
身体那么单薄
农人的汗水润养了你的光亮
你一生行走的道路
薄如蝉翼　窄如时光的缝隙
但 博大无边的土地
满眼闪亮的麦茬
你在那里曼妙地起舞
你的舞场如此的宽大
只有农人的胸膛能比

你的眸
犹如太阳的光芒
将屋厦的角角落落照得雪亮

你甘心地销蚀自己
梦在夜里渐次圆满 发红 变甜

美好 成熟的稼穑
为你倾倒
所有的莠草 不快
一天一天刈除

赶　集

（一）

一路的说笑
好像经年的苦难
从没有降临在你身上一样

你多么渴望
这条路上那些沉重的脚印
能在子女的脸上开出花朵

那一身打了补丁
不知洗了多少次的土布衣衫
你穿在身上抻了又抻
好像自己当年出嫁时
青春在阳光里舒展地盛开

胳膊上挽着的柳条筐子里
挤满你积攒了一整年的心思
在那个你认为的“大世面”里
毫不保留地兑换成
满脸让人艳羡的笑

拎回家

（二）

无论那些过去的日子
如何满布尘垢
今天，你眼中的阳光
如同你少女时代的发辫
流淌着耀眼的金色

即便在这冰冷的冬月
你脉管里流淌的血液
仍可以温暖
迎面逼来的岁月寒气

你脚步儿轻快
笑容播撒了一路
在那红红绿绿的“世事”里
没有什么比你内心的期盼
更加暄妍

你一生的追求
只是想用爱
将那个柳条筐子装满

（三）

那条曲曲弯弯的路

尤似一支千折百回的生命之曲
你一直在西风里弹奏
那曲调里透着子女的乳名
你用了一生的时间
只为了能走近
那让人神往的“圣地”

那近似图腾的所在
你一直用生怯的眼神朝拜
你心中默念了一万遍的
仍是那几张鲜活的面孔
你终生为之虔诚躬身

你的双脚从来没有走过
比那个所在更遥远的路途
但你固执地认为
终有一天
自己的脚印能跨越
天边的彩虹

站　台

（一）列 车

每一次离开都是归来
每一次归来也是离开
但，你一直坚守着自己的方向——爱
为此 你穿越过无数的黑暗
那飞驰的温度
足以温暖那弯纤柔的下弦月

（二）站台

与十里长亭
隔着一条狭长的时空折痕
耳畔拂来的仍是不舍
那一双双炽烈的眼眸
能滚烫覆盖原野的冰雪
这一段距离
不长不短
只能用情感之足
丈量

（三）乘客

这是一片海洋
或者 是一条河流
从来没有奔腾过
但在每一个月夜
决堤

梦·乡

昨夜
我在梦里的原野上奔跑
天空湛蓝
白云像梦一样
自由
风是梦中的歌者
歌声轻抚我的头发
草儿青青
向我挥手
这是问候　只有我懂
花儿芬芳
这微笑让我陶醉
我的心思
鸟儿 蜂儿 蝶儿都猜到了
要不她们的舞蹈
怎会那么的欢情

梦里
我站在你的肩背上眺望
那比梦还要绚丽的远方
夕阳下的虫鸣——
我离开时唱的歌

被树梢上的月牙儿偷听了
惹得星泪如雨
洇湿了村庄满面的褶皱
天边的云霞——
我梦中的骏马
比一座一座的大塬更健壮
鞭梢上一声脆响
梦却醒了
你成了
我再也无法追赶上的
远方

父　亲

有人说你不会笑
但我不止一次看见过
雪亮的镰刀上
你酱红如菊的脸

有人说你怯懦
但我知道
这屋顶上的每一片瓦
你睡觉时也扛在肩上

有人说你寡言
但你说：土地有土地的语言
海洋似的麦浪
风都诉说给天空和鸟儿了

有人说你木讷
但我知道
你一直把土地当父母伺候
亲人在你眼里全是“孩子”

我的乡村

亘古灿烂的太阳
日复一日地
洒向这片古老的土地
耀眼的碎金
那些堆放在连成片的场上的
麦秸垛子
像一顶顶童话世界里的金色蘑菇
那里曾经安过我们的“家”
记忆中的那些“房子”依旧散发着
阳光和麦草的浓香
那些在春天里开放的油菜花
从古老的塬坡上望去
如同一匹一匹金色的绸缎
风儿一吹
就成了充溢着清香的梦幻舞场
在那里我们和蝴蝶蜜蜂一起舞蹈过
那绿意葱茏的古槐
就是一位位敦厚的老师
庄重 严谨 浸染着校园的空气
清脆悦耳的读书声
四季梳理着他们慈祥的目光

少时的梦想穿过浓密的绿叶
搭乘云之舟楫
在五彩的塬坡上疯长
那条条曲折的乡间小路
尽管坑洼尽管泥泞
我们欢蹦的脚印在它们的怀抱里
渐次开放成花朵
那些稚气的女孩儿——我的伙伴儿
多么天真多么活泼
像花儿一样开放
像蝴蝶一样翩飞
给了我多少甜蜜的童年懵懂幻想
我感谢你们
但 你们
都在充满寒冷的荒芜 贫穷里枯萎了
我不知道该怎样停驻你们的鲜艳
我只能在无人的角落
一次一次淌下痛苦的泪水
满眼充满生气充满英勇的男孩儿
你们也是我的伙伴儿
你们那鲜活的面孔让我的记忆
一次一次地鲜活起来
我曾经为此兴奋得彻夜难眠
但某一日来临
我看到你们被低矮残破长满蒿草的土墙围困成
只知道顺辙拉车的“憨兽”
我不知道该怎样解救你们
于是

我一次次心疼得晕眩过去

那些覆盖着褐色苔痕的围墙
那些低矮的土坯房
那些长满了瓦松的灰色屋顶
那些袅起的蓝色炊烟
那些古老粗大的皂荚树
那些充斥着牛哞马嘶的巷道
那些在月光下鸣叫的蛐蛐啁啾的檐头燕雀
那些对着东方天际泛起的微微晨光喔喔打鸣的雄鸡
那些在田头深情张望稼禾的农人
那目光像一双双慈祥的大手抚摸自己的儿孙
那些在夕阳下割草放羊的小小身影
欢乐如金色海洋里跳跃的鱼儿
我没有办法不赞美你们
但我仍为你一次一次地暗中流泪
贫穷和荒蛮像蔓生的野草一样
无论农人流淌多少汗水
无论手中的锄头多么的奋力
仍然无法挣脱它们的纠缠
我无法阻止那些情景一次一次地在我的梦中浮现
年少时只知道贫穷和荒蛮
让自己内心那棵还显稚嫩的小小“自尊”之树
枝叶不茂

那些祖辈口口相传的神话
繁星一样盛开在每一个个静谧的夜晚
萤火虫的灯笼为我点亮回家的路

月亮的银辉梦幻一般
轻纱似的笼着村庄笼着田野
也笼着自己轻盈如飞的小小心思
那清辉也像河流
是从天上落下来的
流淌在每一条我熟悉或不熟悉的路上
村庄像神秘的城堡轻轻地荡漾在月神的心里
惺忪入梦
偶尔一声两声的鸟儿啁啾
似村庄的呓语
当阳光再一次流金似的泼满塬坡的时候
晶莹的露珠是村庄昨夜梦中流下的泪
晨风一吹　泪就干了
但那泪痕却深深地留在这片土地的心里
村庄和我都知道
昨夜　土地也动了情
草尖上才汪满了露珠的
那是她们的泪
只有内心盛满爱
那露珠才能晶出太阳的光辉

在那所谓的繁华里
你跌跌撞撞地寻求了多年
那坚硬的柏油马路
踩不出带着露水香味的脚印
那些陆离的灯光
扭曲了你曾经白杨树一样的身躯
那些文明的笑脸的洪流里暗含着一个个巨大的漩涡

瞬间就会淹没你一直保藏在胸中的那份如同黄土一样的质朴
你究竟是逃避还是渴望回归
但，来时的路已经不是你当初离开时
泛着溏土开着小花两旁碧草莹莹的土路
泪水没有磁性
不能指引你归去的方向

我无法为此诗找到合适的收尾
只因为
我的乡村是月光下的一汪清泉
浓淡相宜地在心头洇开
带着我的梦 夜夜涟漪微澜
荡向似梦的远方

秦　腔

三千年前
渭水河边
周人用自己的一声呐喊
想要割断历史的裙萦
但，那座沉重的青铜大鼎
仍在一个叫“华夏”的名字里回荡
于是
一板一眼的咏唱
开始诉说历史深处的悲欢离合 飞短流长
“百姓”假借那些远去的帝王将相的爱恨情仇
哭泣自己的伤痛 抛洒自己的血泪 宣泄自己的悲愤

来自西部大漠的风
吹干了谁的歌喉
沙哑、苍凉，透着血液的腥咸
那站在遥远的地平线上的
是一张张沧桑而凝重的脸
就像古老的黄土高坡上摇摇欲坠的残阳
在每一个暗夜到来之前
把自己一次次灼疼

你的身体和嗓音
都是从这土地里长出来的
这土地一干旱
你自己的心也就跟着蔫了
你的生命从来就没有和她分开过
走到哪里都是那一嗓子滴血的吼
能呛出眼泪的吼
就像游子回到秦地家乡
仅仅需要的只是一大碗辣子汪汪的泡馍和
一嗓子青筋暴怒的吼
就能化解心中积郁已久的乡愁

这声音像利箭一样刺痛过多少漂泊的心
这声音多少次让梦中的他们泪洒沾巾
这声音一直都在山岳莽川间萦绕回荡
一下一下地撞击着每一个远离家乡的游子的心
那心中的悸颤是黄河的浪花哺育出来的
翻滚在跌宕起伏的土地上
翻滚在碧绿辽远的麦浪上

我是枕着这样的声音长大的
它是我生命的摇篮
这里的许多母亲都不识字
但孩子都是被这吟唱轻拍着入眠的
那梦很甜 带着嘴角上扬的笑
于是
没有谁能抗拒这声音对耳膜和灵魂的抚慰

无论你离开多久　走了多远
始终有一种丝丝缕缕的牵绊拉扯着你的心
于是，你就成了风筝
无论风往哪边吹
这声音拧成的若隐若现的丝线
总是牵着你一次一次地回眸

秋天的礼物

终于
秋风起了
你的眼神在高远宽大的天空中成熟了
那两行长而倔强的睫毛
将如血的残阳反复撕扯揉搓
如同岁月之风吹过后被雕刻的你的脸
丝丝缕缕 沟沟坎坎 明暗交错

终于
秋风起了
那些你迎来了就不愿意让过去的日子
都在辽远的塬坡上成熟了
泛起波浪般的光芒
一如阳光下你的满头白发

你总是嫌日子太薄
经不起耕耘
但岁月深处叠摞起的脚印都堆在你的额头上
那是你播种进土地里想数但不敢数的心思
那是比头顶的天空脚下的土地还要丰厚的念想
是你在一年一年地耕耘播种它
秋风起时

那些褶皱上的笑容会连同岁月一起成熟的

终于
秋风起了
那些曾经摇摇晃晃微弱如风中残烛的期待
在你如火般燃烧的眼眸深处成熟了
整个天空 整个土地 整个你的内心
都燃烧起柔软而又刚硬的火苗

终于
秋天来了
金色的塬坡
火红的眼神
成熟的稼穑
还有那月光下清澈如银的挂念
都是时光送给 送给
清凉里仍渗透着温情的西风的礼物

月圆前夜

我知道
今夜
你笼着一袭白纱似的月辉
静静地——静静地——
隐在那棵古槐的树荫里
看着我
眼眸里一直保持着当时的深情

我知道
今夜
我对你的思恋是一只无绳索的船
在你的河流里摇曳 飘荡
我自由得有点迷失
但你的牵绊总是如此温柔
我从不敢动情地忆起你
但你的波心里始终荡漾
我在时光里的任何影像

我知道
今夜
你只是遥远距离之外的一个小小村落

连同先辈的神话故事一起
日渐苍老
但流年却用倒叙的方式追诉
时光里未曾老去的你
和那个未曾长大的我

我知道
今夜
你是一片美丽的海
我却无法找到抵达
你的岸

打　春

是谁叩响了古老而久远的门环
这声音
倾诉一个民族泣血的希望
太阳深情地一顾
碧波万里的眼眸
便从历史的册页里袅成炊烟
给她的每一段灿烂都做一个最好的
注脚

这是她从胸腔深处
流淌出的一缕清泉
乳汁一般
将这片土地浇灌成最美的
山水
两岸的花红柳绿
点染
怀抱中每一寸鲜活的人间烟火

是谁唤醒你五彩的梦
农人的鞭梢
打扮一座座大塬

和自己梦中的新娘
那一颗颗硕大健壮的汗滴
映出赭色面庞上
阡陌纵横的来时路
时光如风轻轻拂过
你便有了五千年醉人的旖旎
和馨香